T0246580

ESCAPADA A ROMA

SARAH ADAMS

ESCAPADA A ROMA

TRADUCCIÓN DE
LAURA PAREDES LASCORZ

Penguin
Random House
Grupo Editorial

Título original: *When in Rome*

Primera edición: noviembre de 2023

© 2022, Sarah Adams
Publicado por acuerdo con Dell Books, un sello de Random House,
división de Penguin Random House LLC
© 2023, Penguin Random House Grupo Editorial S. A. U.,
Travessera de Gràcia, 47-49. 08021 Barcelona
© 2023, Laura Paredes Lascorz, por la traducción

Printed in Spain – Impreso en España

ISBN: 978-84-666-7342-6
Depósito legal: B-15714-2023

Compuesto en El Taller del Llibre, S. L.

Impreso en Black Print CPI Ibérica, S. L.
Sant Andreu de la Barca (Barcelona)

BS 7 3 4 2 A

A mi abuela Betty.
Ojalá hubieras podido leer esta,
porque te habría encantado Mabel.
Te extraño a ti, tu sonrisa
y tu suéter de Santa Claus.

«Nací con una inmensa necesidad de cariño y una terrible necesidad de darlo».

AUDREY HEPBURN

1

Amelia

«Esto está bien, ¿verdad? ¿Estoy bien?».

Hago una inspiración honda y aprieto un poco más el volante con los dedos.

—Sí, Amelia, estás bien. De hecho, estás estupendamente. Eres como Audrey Hepburn tomando las riendas de tu vida, y... estás hablando sola... por lo que puede que no estés del todo bien; dadas las circunstancias, semibién —digo escudriñando con los ojos entrecerrados la carretera que se extiende ante mi parabrisas—. Sí. Semibién no está tan mal.

Salvo que está todo negro como boca de lobo y el coche hace un ruido que recuerda al de unas monedas sueltas dando vueltas en el tambor de una secadora. No soy experta en coches, pero algo me dice que no es bueno que haga ese ruido. Mi pequeño Toyota Corolla, el coche que ha ido conmigo desde la secundaria, el coche en el que estaba sentada cuando oí por primera vez una canción mía en la radio a los dieciocho años, con el que me dirigí a Phantom Records y firmé mi contrato de grabación hace diez años, está llegando a su fecha de caducidad. No puede dejar de funcionar, aún conserva el olor de mis viejas rodilleras de voleibol incrustado en la tapicería.

«No, hoy no, Satanás».

Froto el salpicadero como si hubiera un genio escondido en

su interior esperando salir y concederme tres deseos. En lugar de deseos, lo que se me concede es la pérdida de cobertura del móvil. La música que oigo en *streaming* se interrumpe, y mi Google Maps deja de mostrar la flechita que me estaba guiando para salir de esta carretera rural, digna de un asesino en serie, en medio de la nada.

Vaya, parece el comienzo de una película de terror. Tengo la impresión de ser la chica a la que los espectadores gritan: «¡Eres idiota!», mientras les caen migajas de palomitas de sus ávidas sonrisas. Madre mía, ¿me habré equivocado? Me temo que me he dejado la cordura en casa, en Nashville, junto con mi verja de hierro y mi sistema de seguridad a lo Fort Knox. Y junto con Will, mi fabuloso guardia de seguridad apostado en el exterior para impedir que la gente se cuele en mi finca.

Esta noche, mi representante, Susan, y su ayudante, Claire, me han inundado de información con el abarrotado calendario que tengo las próximas tres semanas antes de empezar la gira mundial de nueve meses. El problema es que acababa de terminar el periodo de ensayos de la gira. He dedicado casi cada día de estos últimos tres meses a aprender la coreografía del concierto, a memorizar las posiciones en el escenario, a fijar el repertorio, a hacer ejercicio riguroso y a ensayar los temas, todo el rato sonriendo y fingiendo que no me sentía por dentro como un montón de compost en descomposición.

Me he quedado sentada en silencio mientras Susan hablaba y hablaba a la vez que con su largo y esbelto dedo, con una manicura perfecta, deslizaba la pantalla del iPad, llena de notas de mi agenda. Una agenda que tendría que entusiasmarme oír. ¡Que debería sentirme honrada de tener! Pero en algún momento me… he desconectado. Su voz ha adquirido el tono blablablá de Charlie Brown y lo único que podía oír era mi corazón latiéndome en los oídos. Fuerte y quejumbroso. Estaba totalmente aturdida. Y lo que más miedo me ha dado es que Susan ni siquiera ha parecido darse cuenta.

Eso hace que me pregunte si se me da demasiado bien disimular. Mis días son así. Sonrío por aquí a esta persona y asiento con la cabeza: «Sí, gracias». Sonrío por allá a esa persona y asiento con la cabeza: «Sí, claro que puedo hacerlo». Susan me da un guion elaborado por mi equipo de relaciones públicas y yo lo memorizo: «Mi color favorito es el azul, como el del vestido de Givenchy que llevaré en los Grammy». «Sí, por supuesto, debo gran parte de mi éxito a mi querida y abnegada madre». «No pasa un solo día sin que me sienta increíblemente afortunada por tener esta carrera y unos fans tan extraordinarios».

«Educada, educada, educada».

Me caen unos goterones en el muslo y me doy cuenta de que estoy llorando. Supongo que no es lógico llorar al pensar en estas cosas. He ganado dos Grammy y tengo un contrato firmado por noventa millones de dólares con la mejor discográfica del sector, de modo que no debería estar llorando. No merezco estar llorando. Y, desde luego, no tendría que estar en mi viejo coche en plena noche alejándome frenéticamente de todo. Por mi cabeza pasa, como si fuera un rollo manuscrito, la lista de personas a las que voy a dejar colgadas, y a duras penas soporto el sentimiento de culpa. Nunca he dado plantón en una entrevista. Detesto decepcionar a la gente o comportarme como si mi tiempo fuera más valioso que el suyo. En los inicios de mi carrera, me juré que no me convertiría en una engreída. Para mí, es importante ser lo más complaciente posible, aunque resulte doloroso.

Pero ha habido algo en las palabras de Susan al despedirse que me ha hecho pedazos:

—Rae —ha dicho, porque prefiere llamarme por mi nombre artístico en lugar de utilizar mi verdadero nombre, que es

Amelia—, pareces cansada. Duerme más esta noche para que mañana no se te vean los ojos hinchados en las fotos entre bambalinas de la entrevista para *Vogue*. Aunque... el aspecto exhausto vuelve a estar de moda... —Ha mirado pensativa al techo, como si esperase que el mismísimo Dios le enviara una respuesta sobre mis ojeras—. ¡Sí, olvida lo que te he dicho! Despertará la compasión de tus fans y causará un poco más de revuelo.

Se ha girado y se ha marchado. Su ayudante, Claire, se ha parado un momentito y me ha dirigido una última mirada vacilante por encima del hombro. Ha abierto la boca como si fuera a decir algo, y me he encontrado deseando desesperadamente que lo hiciera. «Mírame, por favor».

—Buenas noches —ha dicho finalmente, y también se ha ido.

Me he quedado sentada un buen rato en medio del estrepitoso silencio preguntándome cómo he llegado hasta aquí. Y cómo puedo salir de este caparazón que he creado sin querer. Empecé a tener esta sensación de vacío interior hace algunos años, y supuse que se debía a que estaba harta del estilo de vida de Los Ángeles y necesitaba un cambio. Hice las maletas y me mudé a Nashville, en Tennessee, donde podía seguir en el ámbito del sector musical, pero sin llevar una vida tan expuesta. No funcionó. La sensación de vacío me siguió.

En este tipo de situaciones, hay quien recurre a la familia, hay quien recurre a los amigos y hay quien recurre a las bolas mágicas del ocho. Pero yo acudo a la única persona que jamás me defrauda: Audrey Hepburn. Esta noche he cerrado los ojos y he pasado un dedo por mi colección de DVD de Audrey (sí, todavía tengo un reproductor de DVD) mientras recitaba el «Pito, pito, gorgorito» y he acabado en *Vacaciones en Roma*. Ha sido cataclísmico. En la película, Audrey interpreta el papel de la princesa Ana, que se siente más o menos como yo (sola y abrumada), y se escapa de noche para explorar Roma. (Bueno, más bien deambula porque está algo ida por culpa de un sedante, pero esto no viene al caso).

Y, de repente, vi que esa era la respuesta que había estado buscando. Tenía que alejarme de esa casa, de Susan, de mis responsabilidades, de absolutamente todo, y escaparme a Roma. Solo que, como Italia me queda demasiado lejos porque me voy de gira en tres semanas, me he conformado con la Roma más cercana que Google Maps podía ofrecerme: Roma, Kentucky. Exactamente a dos horas de mi casa, con un encantador *bed and breakfast* en el centro de la ciudad, según Google. El lugar perfecto para aclararme las ideas y superar una crisis nerviosa.

De modo que he ido al garaje de tres coches, he pasado los otros dos vehículos caros que poseo y he quitado la lona del precioso coche viejo que he guardado aparcado los últimos diez años. Lo he puesto en marcha y he ido en busca de Roma.

Y ahora estoy en una horripilante carretera secundaria y tengo la impresión de que mi aturdimiento emocional se está desvaneciendo en parte porque empiezo a ver lo ridícula que es esta idea. Desde algún lugar en el cielo, Audrey está mirando hacia abajo con su halo y sacudiendo la cabeza al verme. Echo un vistazo a la pantalla reluciente del móvil. Las palabras «Sin servicio» están clavadas donde suelen estar las barritas de la cobertura, y juro que, de algún modo, esas palabras me están parpadeando. Me están hostigando. «Has tomado una mala decisión. Serás el siguiente crimen real del que hablarán en el programa *Dateline*».

Trago saliva con fuerza y me digo a mí misma que tranquila. No pasa nada. Todo está bien.

—¡Sécate las lágrimas y dale una patada en el culo a esta actitud tan pesimista, Amelia! —me digo en voz alta, porque ¿con quién va a hablar, si no, una chica cuando conduce sola en medio de una crisis mental?

Solo necesito que mi coche siga avanzando diez minutos más, hasta salir de esta carretera que da miedo y llegar al *bed and breakfast* del pueblo. Entonces estaré encantada de dejar que mi vehículo tenga una muerte digna, rodeado de farolas y donde supuestamente Joe-El-Asesino-En-Serie-Rústico no esté acechando para acabar tirando mi cuerpo en alguna zanja.

Pero, oh, ¿te lo puedes creer? Ha empezado a emitir un sonido renqueante y está traqueteando… literalmente, como si estuviéramos a principios de la década de 2000 y le hubieran instalado un sistema hidráulico. ¡Solo me faltan unas luces púrpuras bajo el coche para poder viajar en el tiempo!

—No, no, no —le suplico—. ¡No me hagas esto ahora!

Pero lo hace.

Y tras unos cuantos trompicones, se detiene de un modo muy poco digno a un lado de la oscurísima carretera. Intento desesperadamente poner otra vez el motor en marcha, pero no hay manera. Solo consigo que emita una serie de ruidos metálicos. Sin dejar de aferrar el volante con las manos, me quedo contemplando la quietud de la noche y no doy crédito: he intentado vivir una aventura por mi cuenta, sin la ayuda de Susan, y he fracasado la primera noche, a las dos horas. Si no es lo más patético que has oído en tu vida, ya me dirás qué es. Puedo cantar en un escenario ante miles de personas, pero no puedo hacer algo tan sencillo como irme en coche a otro estado.

Como no hay nada que pueda hacer, aparte de quedarme allí sentada y esperar a que salga el sol para al menos ver con claridad si hay alguien a punto de atacarme con una motosierra ensangrentada o no, me recuesto en el asiento y cierro los ojos. Dejo que la sensación de derrota se apodere de mí. Por la mañana buscaré la manera de llamar a Susan. Le diré que me mande un coche y me obligaré a mí misma a dejar de sentirme melancólica.

Toc, toc, toc.

Suelto un grito y doy un brinco en mi asiento, tan alto que me golpeo la cabeza con el techo. Miro por la ventanilla y, mierda, ¡hay alguien junto a mi coche! Se acabó. Voy a morir asesinada, y después de que *E! Hollywood News* cuente la historia real de mi fallecimiento, solo se me recordará por mi espantosa muerte en un maizal.

—¿Va todo bien? ¿Necesitas ayuda? —me llega la voz apagada del hombre a través del cristal. Me enfoca con una linterna y me deslumbra.

Levanto las manos para proteger mis ojos de la luz, y también para impedir que me reconozca.

—¡No, gracias! —grito a través de la ventanilla subida mientras el corazón me late como loco—. ¡Estoy bien! ¡No-no necesito ayuda! —Desde luego, no de un desconocido en mitad de la noche.

—¿Estás segura? —pregunta.

Parece darse cuenta de que me estaba destrozando los ojos con la linterna y deja de apuntarme a la cara con ella. Tiene una voz agradable, eso tengo que reconocérselo. Suena estruendosa y tierna a la vez.

—¡Segurísima! —afirmo en tono alegre, porque puede que todo se esté desmoronando a mi alrededor, pero todavía sé cómo derrochar simpatía—. ¡Lo tengo todo bajo control! —Para apoyar mis palabras, levanto el pulgar indicando que todo va bien.

—Parece que se te ha averiado el coche.

¡No puedo admitir eso! Básicamente le estaría diciendo que soy una presa fácil. «¡Y mi móvil no tiene cobertura! ¿Quieres que salga para que puedas secuestrarme o prefieres romper la ventanilla? ¡Elige lo que más te apetezca!».

—No. Solo… estoy descansando un momento. —Esbozo una sonrisa tensa, manteniendo la cara medio girada con la esperanza de que no se percate de que quien está sentada en este Corolla destartalado es una cantante famosa.

—Te sale humo del motor. —Ilumina con la linterna la densa nube que se eleva desde el capó. Eso no puede ser bueno.

—Oh, sí —digo con la mayor naturalidad posible—. A veces le pasa.

—¿Al motor de tu coche suele salirle humo?

—Ajá.

—No te oigo.

—Ajá —repito más fuerte y animada.

—Vale. —Está claro que no se cree mi historia—. Mira, creo que tienes que salir. No es seguro quedarse dentro de un vehículo humeante.

¡Ah! Eso es lo que él querría, ¿no? Pues a mí nadie va a sacarme de este coche. Aunque tenga una voz agradable.

—No, gracias.

—No voy a matarte, si es lo que estás pensando.

Suelto un grito ahogado y miro la silueta oscura del hombre.

—¿A qué viene eso? Ahora sí que lo pienso.

—Ya decía yo. —Parece irritado—. ¿Qué tengo que hacer para demostrarte que no soy ningún asesino?

—Nada —aseguro frunciendo el ceño al pensar en ello—. Es imposible que puedas demostrarlo.

Gruñe en voz baja y se dirige hacia la parte delantera de mi coche, de modo que los faros lo iluminan. Ahora puedo verlo, y caray. El rústico Joe tiene el aspecto del Ken Amante de la Naturaleza. Lleva vaqueros y una camiseta blanca. Tiene el pelo rubio rojizo más corto a los lados y con algo de volumen por arriba. Una desaliñada barba corta le cubre una fuerte mandíbula, y te diré que le va de maravilla a sus espaldas anchas, su cuerpo delgado y sus bíceps, que se mueven cuando golpea el capó de mi coche. En conjunto, el efecto total es… el de un hombre duro en un sentido que me hace desear que funcionara el aire acondicionado.

—¿Puedes abrir el capó para cerciorarnos de que nada se está incendiando?

Sí, claro. Lo siento, pero va a ser que no. Sexy o no, no abro el capó ni loca. ¿Y si…? Bueno, la verdad, no sé nada de coches y no tengo ni idea de lo que podría hacer para empeorar la situación, pero estoy segura de que algo puede hacer.

—Gracias, ¡pero no necesito tu ayuda! Esperaré a mañana y llamaré a una grúa —grito lo bastante alto como para que me oiga.

Cruza los brazos.

—¿Cómo vas a llamar a una grúa? Aquí no tenemos cobertura.

Mecachis. Ahí me ha pillado.

—No te preocupes. Ya me las arreglaré. Puedes volver al sitio del que has venido. —Seguramente un arbusto cercano donde se quedará esperando para golpearme en cuanto abandone la seguridad de mi vehículo. Y sí, me doy cuenta de que estoy siendo demasiado paranoica, pero cuando estás acostumbrada a tener acosadores que intentan escalar la valla que rodea tu casa, hacerse pasar por el fontanero para sortear a tu guardia de seguridad y/o enviarte mechones de pelo pidiéndote que los coloques debajo de la almohada por la noche, sueles desarrollar cierta paranoia hacia los desconocidos. Y por eso JAMÁS tendría que haber salido sola de casa. Tengo que aceptar el hecho de que ya no soy simplemente yo y que nunca volveré a serlo.

El Ken Amante de la Naturaleza no se va. Regresa junto a mi ventanilla y se agacha con una mano plantada con firmeza sobre la puerta, lo que me demuestra su gran envergadura.

—Que salga humo del motor no es bueno. Tienes que salir. No voy a hacerte daño, pero acabarás lastimada si el coche se incendia. Te prometo que soy de fiar.

—Eso es lo que dicen todos los asesinos… antes de matar a alguien.

—¿Te has topado con muchos asesinos en tu vida?

«Un punto para el Ken Amante de la Naturaleza».

Sonrío e intento sonar lo más amable posible:

—Lo siento, pero… ¿puedes marcharte? En serio, no quiero ser maleducada, pero… me estás poniendo nerviosa.

—Si me voy, ¿saldrás?

Suelto una débil carcajada.

—¡Ahora seguro que no! ¿De dónde has salido?

Señala con la cabeza hacia el otro lado de mi coche y no parece impresionado cuando dice:

—Estás en mi jardín delantero.

«Oh».

Me giro y veo que, efectivamente, estoy en medio de un jardín. Su jardín delantero, según él. No puedo evitar sonreír al ver la preciosa casa. Pequeña. Blanca. Con las contraventanas negras. Dos luces junto a la puerta principal y un columpio colgado en el porche. Una gran extensión de terreno a su alrededor. Parece acogedora.

—Creo que ya sé la respuesta, pero ¿quieres entrar y llamar a alguien? —dice—. Tengo teléfono fijo.

Me río tan alto ante esta sugerencia que se estremece. Vaya por Dios, eso ha sido una grosería. Carraspeo.

—Perdona. No. Gracias… Pero no —digo muy seria.

—Muy bien. Allá tú. Si necesitas algo y decides que no soy un asesino, estaré dentro. —Señala la casa y vuelve a incorporarse del todo.

Miro cómo cruza su largo jardín y su sombra desaparece en el interior de la casa.

Una vez ha cerrado la puerta principal, suspiro de alivio y me hundo en mi asiento, intentando no preocuparme por el humo que sigue saliendo del motor, ni por el sofocante calor que hace aquí dentro, ni por el hambre que tengo, ni porque necesito hacer pis, ni por lo decepcionada que estará Susan cuando vea que no me presento a la entrevista de mañana.

No estoy bien. Sin duda, nada está bien.

2

Noah

Sigue ahí fuera. Han pasado veinte minutos y ni siquiera ha entreabierto la puerta. Y sí, la estoy observando a escondidas desde la ventana, comportándome como el psicópata que ella cree que soy. No lo soy, que conste, aunque no sé si mi opinión cuenta para algo en esta situación. Pero me preocupa un poco que se muera esta noche. Estamos a casi treinta grados y no deja que entre nada de aire en su coche. Se va a achicharrar.

«Me da igual, no es mi problema».

Dejo caer la cortina y me alejo de la ventana.

Y después regreso y me asomo de nuevo.

«Maldita sea. Sal del coche, mujer».

Echo un vistazo al reloj. Son las once y media. Dirijo una plegaria a quien esté escuchando allá arriba para que Mabel no se cabree demasiado por llamarla a estas horas. Tras marcar su número, tengo que esperar seis tonos antes de oír su voz áspera por haber fumado durante cuarenta años pero haberlo dejado hace poco:

—¿Diga?

—Mabel, soy Noah.

Gruñe un poco.

—¿Qué quieres, hijo? Ya había conciliado el sueño en mi sillón, y sabes que tengo insomnio, de modo que más vale que sea algo importante.

—Créeme, Mabel, no estaría perturbando tu sueño si no se tratara de una emergencia —aseguro con una sonrisa.

Se hace la dura, pero siente debilidad por mí. Mabel y mi abuela eran muy buenas amigas; su relación era de hermanas, en realidad. Y como mi abuela fue quien nos crio a mis hermanas y a mí, Mabel siempre nos ha tratado como si fuéramos familia. Dios sabe que nos comportamos como parientes. Tenemos aspectos distintos, porque Mabel es negra y yo blanco, pero a ambos nos disgusta por igual que la gente se meta en nuestros asuntos. (Y, sin embargo, a ella le encanta meterse en los míos).

—¿Emergencia? No me tengas en ascuas, Noah. ¿Está tu casa en llamas, hijo? —Me llama «hijo» desde que usaba pañales y sigue haciéndolo a pesar de que tengo treinta y dos años. No me importa. Es reconfortante.

—No es eso. Necesito que hables por mí con una mujer.

Tose, incrédula.

—¿Una mujer? Me alegra oír que estás buscando de nuevo, cielo, pero que te sientas solo en plena noche no quiere decir que yo tenga una lista de muchachas en marcado rápido para que…

—No —digo con firmeza antes de que continúe con lo que estoy seguro de que será una sarta de palabras que no quiero que salgan de sus labios—. La mujer está en mi jardín delantero.

Oigo un chasquido y me imagino a Mabel incorporando su sillón reclinable EZ Boy hasta quedar totalmente erguida.

—Dime, Noah, ¿estás borracho? No pasa nada si lo estás, yo no soy de las que juzgan, ya lo sabes. He elevado mis mejores plegarias al Señor tras una noche con Jack Daniel's, pero prefiero que llames a James o a una de tus hermanas cuando estés borracho, no…

No dejará de hablar si no la detengo.

—Mabel, a una mujer se le ha averiado el coche en mi jardín delantero y le sale humo del motor, pero tiene miedo de salir porque cree que voy a hacerle daño. Necesito que le des referencias mías para que saque el culo de ahí dentro. —Llamaría a una de mis hermanas, pero seguro que harían algún comentario subido de tono sobre lo mucho que hace que me acosté con alguien y después preguntarían a la mujer cuál es su situación sentimental. De ningún modo voy a llamarlas. De ningún modo me importa cuál es la situación sentimental de esa mujer.

—¡Oh, bueno, cielo, habérmelo dicho antes! ¡Sal y déjame hablar con esa pobre chica! —Noto una pizca de entusiasmo en la voz de Mabel que no me gusta ni quiero fomentar.

Últimamente todo el pueblo me ha estado dando la brasa para que le dé otra oportunidad a salir con alguien, pero no estoy interesado. Ojalá paren de insistir y me dejen vivir en paz, pero no es su estilo. Y ahora que lo pienso, no estoy tan seguro de que Mabel no diga algo parecido a lo que dirían mis hermanas.

Vuelvo a echar un vistazo desde detrás de la cortina y veo que la mujer se está abanicando enérgicamente con la mano. Juro que como tenga que llamar a una ambulancia y pasarme toda la noche en el hospital con esta desconocida porque ha tenido un golpe de calor, nunca volveré a abrir la puerta de mi casa. Estoy a «una mujer más destrozándome la vida» de tapar todas mis ventanas con tablones y convertirme en un ermitaño que grita irreverencias a los que cantan villancicos en Navidad.

—No te montes películas, Mabel. No es nada romántico. Simplemente no quiero que se muera de calor dentro del coche.

—Ajá. ¿Es guapa?

Me pellizco el puente de la nariz y cierro los ojos ante el enfado que estoy empezando a sentir.

—Está muy oscuro ahí fuera. ¿Cómo voy a saberlo?

—Oh, por favor. Te he hecho una pregunta. Espero una respuesta.

—Sí —gruño—. Muy guapa. Solo he podido verla un instante con la linterna, pero he tenido que mirarla dos veces. Llevaba el cabello oscuro recogido en un moño en lo alto de la cabeza, tenía una bonita sonrisa, unas pestañas tupidas y los ojos de color azul intenso. Lo curioso es que me da la impresión de que la conozco, aunque nunca he visto su coche en el pueblo. Tiene que ser uno de esos casos extraños de *déjà vu*.

—Muy bien —dice Mabel con un suspiro satisfecho—. Anda, ve junto a nuestra belleza.

—Mabel... —Uso mi tono de advertencia antes de abrir la puerta principal y salir de casa. El calor estival amenaza de inmediato con asfixiarme, y me pregunto cómo la mujer ha sobrevivido tanto rato en su coche con las ventanillas subidas y sin aire acondicionado.

—¡Oh, calla! No pasa todos los días que una mujer te caiga así en el regazo, de modo que cierra la boca y pásale el teléfono.

Es lo que tiene haber vivido en Roma, Kentucky, la mayor parte de mi vida. Mis vecinos me siguen tratando como si fuera el chaval que recorría el pueblo en ropa interior de Superman.

Dejo la puerta de casa entreabierta para que no aplaste el cable del teléfono y cruzo el jardín hacia el pequeño coche blanco. Está demasiado oscuro para ver sus rasgos sin iluminarla otra vez con la linterna, pero sí distingo cómo la silueta de su cara se vuelve hacia mí. E inmediatamente echa el asiento hacia atrás. Quiere hacerme creer que no está ahí. Me niego a sonreír ante tamaña ridiculez.

Cuando llamo a la ventanilla, grita. «Es asustadiza».

—Hola... —«Oye. Tú. La mujer que está aparcada sobre el césped de mi jardín»—. Esto... Verás, tengo a una amiga al teléfono. Va a darte referencias mías para que te sientas segura y salgas del coche.

La mujer tira de la palanca del asiento y el respaldo se levanta de golpe. Cuando chilla, tengo que morderme el interior de las mejillas. Me mira detenidamente con sus grandes ojos a través del cristal y, por desgracia, no hay bastante luz para averiguar de qué la conozco, pero ahora estoy convencido de que la he visto antes.

—¿Cómo es que tienes cobertura en el móvil? —pregunta con el ceño fruncido.

—No tengo. —Levanto el teléfono para que pueda ver el cable.

Baja la mirada hacia él y suelta una carcajada.

—¿Qué es eso?

Por lo boquiabierta que se ha quedado y el modo en que se ríe, cualquiera diría que estoy sujetando una especie rara de animal.

—Es lo que normalmente se conoce como teléfono.

—Sí, pero… —Se detiene para soltar otra alegre carcajada y su sonido me envuelve como una brisa fresca—. ¿Lo has robado del museo de historia de los años cincuenta? ¡Ahora el maniquí con el vestido de guinga azul y la cinta en el pelo a juego no recibirá la llamada de su marido avisándola de que llegará tarde a cenar! ¡Madre mía, ese cable debe de tener quince metros de largo!

—¿Vas a bajar la ventanilla o no, listilla? —suelto con los ojos entrecerrados.

Arquea las cejas.

—¿Acabas de llamarme… listilla?

—Sí. —Y no pienso disculparme por ello. No intento entablar amistad con ella ni hacerla sentir a gusto; además, se ha reído de mi teléfono. Me encanta mi teléfono. Es un buen teléfono.

Curiosamente, sus labios esbozan una sonrisa enorme, espléndida, y suelta una carcajada. Se me hace un nudo en el estómago y el corazón me late deprisa. Ordeno a mi cuerpo que se comporte. No va a conmoverme otra mujer que está de paso en mi pueblo. Esta noche voy a ayudarla porque (1) es lo correcto; (2) no quiero que se muera en mi jardín, y (3) así espero lograr que se largue.

—Bueno, de acuerdo. —Baja la ventanilla cinco centímetros para que pueda pasarle el teléfono.

Nuestros dedos se rozan cuando se lo doy, y noto que todo mi ser reacciona; al parecer, no ha escuchado lo que le he dicho hace un momento. La mujer mete el teléfono en el coche y vuelve a subir la ventanilla antes de que pueda introducir una horca y ensartarla con ella.

Mira con recelo el teléfono antes de llevárselo a la oreja.

—¿Sí?

Me doy cuenta al instante de que Mabel ha tomado el mando porque la mujer abre los ojos como platos y escucha con mucha atención. Cinco minutos después, me resbalan gotas de sudor por la nuca mientras espero, apoyado en el capó con los brazos cruzados, a que la listilla acabe de partirse el pecho con Mabel.

—¡No la creo! —dice casi chillando, y decido que ha llegado la hora de recuperar el teléfono.

Me acerco para llamar a la ventanilla.

—Se acabó el tiempo —suelto—. ¿Sales o no?

Levanta un dedo hacia mí mientras pone fin a su conversación con Mabel.

—Ajá... Ajá... Sí. ¡Bueno, también ha sido un placer hablar con usted!

Tengo que retroceder cuando, sorpresa, sorpresa, la mujer abre la puerta del coche, sale y me devuelve el teléfono. De pie, me llega a la barbilla, pero su despeinado moño se eleva hasta lo alto de mi cabeza. No quiero admitirlo, pero es preciosa, elegante. Lleva una camiseta a rayas blancas y azul marino metida en unos pantalones cortos blancos de aspecto antiguo. Suben hasta su estrecha cintura, le cubren la suave curva de las caderas y le terminan en lo alto de los muslos. Tendría que estar en una foto en blanco y negro posando sobre un barco de vela; no aquí, eso seguro. Se habrá largado en un abrir y cerrar de ojos, por lo que no tiene sentido que me detenga a admirar su belleza.

Levanta la cabeza hacia mí, pero no deja de desplazar la mirada de mí a mi casa y viceversa.

—Tu amiga, la señora Mabel, te ha recomendado con entusiasmo, Noah Walker.

Dice mi nombre con un ávido énfasis, regodeándose de que ella sabe el mío pero yo desconozco el suyo.

—Genial, es un alivio. —Mi tono es tan seco como el desierto del Sáhara. Cruzo los brazos—. ¿Y tú te llamas...?

La comodidad que pudiera estar empezando a sentir se desvanece, se aleja un paso de mí, dispuesta a volver a meterse en esa trampa mortal.

—¿Para qué quieres saber mi nombre?

—Básicamente, para saber a quién le tengo que reclamar el importe de mis semillas de césped. —No tengo la menor intención de ser simpático ni chistoso, pero ella parece tomárselo así.

Sonríe y se relaja de nuevo. No estoy seguro de querer que se relaje. De hecho, tengo muchas ganas de pedirle que no se sienta como en casa.

—¿Sabes qué? —dice con una brillante sonrisa de camaradería que yo no le devuelvo—. Te dejaré algo en metálico en la mesa por la mañana. —Durante el silencio abismal que se produce tras su frase, arqueo una ceja y, por fin, se da cuenta de lo que acaba de decir—. ¡Oh! No. No he querido decir... No pienso que seas… un prostituto. —Hace una mueca—. Lo que no quiere decir que no puedas serlo si…

—Déjalo ahí, por favor —pido levantando una mano.

—Gracias a Dios —susurra bajando la mirada mientras se pasa los dedos por las sienes.

«¿Quién coño es esta mujer?». ¿Qué hará en este pueblo tan apartado en plena noche? Se asusta con facilidad. Está tan nerviosa que no para de hablar y da la impresión de estar huyendo.

—Puedes quedarte en la habitación de invitados, si quieres. La puerta tiene cerrojo, así que podrás sentirte segura mientras duermes… A no ser que haya alguien a quien puedas llamar para que venga a recogerte.

—No —dice enseguida.

Soy incapaz de interpretar la expresión de su cara. Es cauta e insolente a la vez y, maldita sea, me gustaría que hubiera más luz aquí fuera. Hay algo que mi cerebro está intentando recordar sobre ella, pero no logro saber qué es.

—Yo… —Titubea como si estuviera buscando las palabras adecuadas—. Es que iba a alojarme en un *bed and breakfast* que hay aquí cerca para pasar un tiempo lejos del trabajo. De modo que… por extraño que parezca, ¿creo que voy a aceptar pasar esta noche en tu habitación de invitados y mañana llamaré para que se lleven el coche a un taller donde puedan arreglarlo?

¿Por qué lo dice como si fuera una pregunta? A lo mejor espera que le confirme que es una buena idea.

—Claro —respondo encogiéndome de hombros para que vea que no me importan los planes que tenga, siempre y cuando no incluyan que yo haga nada más por ella.

Asiente una vez con la cabeza.

—Muy bien, entonces. Sí…, vamos… a ver tu casa, Noah Walker.

Unos minutos después, tras ayudarla a sacar una bolsa del maletero y llevarla hasta mi casa, sujeto la puerta principal para invitarla a entrar. Cuando pasa a mi lado, su olor suave y dulce me acaricia la nariz. Como mi casa huele a mí, el perfume de esta mujer me descoloca un segundo el cerebro, que coge una goma de borrar, hace desaparecer mis habituales pensamientos de «soy feliz estando solo» y dibuja unos odiosos corazoncitos.

La mujer vacila de espaldas a mí mientras se fija en todos los detalles de mi sala de estar. No es gran cosa, pero por lo menos sé que tampoco es una birria. Mis hermanas se encargaron de amueblar la casa después de que la reformara; adujeron que necesitaba una decoración de estilo de casa de campo tradicional, sea lo que sea eso. Solo sé que ahora tengo cosas rústicas de madera que me costaron un ojo de la cara, y un gran y cómodo sofá blanco que apenas uso porque prefiero el sillón de piel de mi cuarto. Pero es acogedora. Me alegro de que me convencieran y no me dejaran seguir viviendo como un miserable soltero cuando me mudé de vuelta aquí.

Mis ojos van del sofá a los mechoncitos de cabello oscuro cubiertos de sudor que tiene en la nuca. Y entonces, como si notara mi mirada, se vuelve de golpe. Sus ojos se encuentran con los míos, y el estómago me da un vuelco. Ahora comprendo por qué no quería decirme su nombre. Por qué no quería salir del coche. Por qué está hecha un manojo de nervios. Ya sé quién es la listilla, y ninguna plegaria que Mabel pueda estar elevando al cielo en este momento va a servir de nada porque de ningún modo voy a permitirme entablar una relación con esta mujer.

—Eres Rae Rose.

3

Amelia

—¡No, no lo soy! —suelto deprisa, presa del pánico, lanzando miradas a un lado y a otro como una ardilla intentando proteger una valiosa bellota secreta. Quiero meterme ese secreto en la boca y echar a correr.

—Sí que lo eres —insiste sin inmutarse.

—No. —Sacudo enérgicamente la cabeza—. Ni siquiera… ¿Quién es esa cantante, por cierto? —No establezco contacto visual con él. No soy cobarde; es solo que no soy especialmente valiente.

—Yo no he dicho que fuera cantante.

Arrugo la nariz. Parece que el Ken Amante de la Naturaleza me ha acorralado.

—Muy bien. Tienes razón. Soy yo —digo levantando las manos y dejándolas caer luego. Me abstengo de soltar un abatido y angustiado: «¿Qué quieres?». No puedo decir eso porque Rae Rose nunca es grosera con sus fans.

Me he puesto muy contenta cuando me ha mirado a la cara ahí fuera y no me ha reconocido. Ha sido un golpe de suerte que me ha hecho pensar que tal vez esta aventura no era una idea tan terrible, después de todo. Ahora vuelvo a estar sumida en la fatalidad, el pesimismo y el terror. No me malinterpretes, me encantan los fans, y me encanta conocerlos. Es solo que prefiero que las presentaciones tengan lugar cuando estoy rodeada de un equipo de seguridad y no cuando estoy sola, en plena noche, con un hombre de algo más de metro ochenta.

Y este es el momento en que los fans fingen saber muy poco sobre mí, pero los pillo mirándome a cada paso, o empiezan a volverse locos, a gritar y a hacerme firmar todo tipo de objetos. A veces me piden que llame a su madre o a su mejor amigo. Que me saque una foto con ellos. Algo que les permita demostrar a sus amigos que han estado conmigo. Tal vez podría adelantarme y ofrecerle un trueque: ¿una entrada VIP a cambio de no asesinarme esta noche? A mí me parece un buen trato.

Vuelvo a ponerme en la piel de Rae Rose. Es más suave, más dulce, más majestuosa que la mía. Rae Rose es la mejor amiga de todo el mundo. Es complaciente y se hace querer.

—Bueno —digo—, como se ha descubierto el pastel, me gustaría ofrecerte una entrada VIP entre bastidores para mi próximo concierto a cambio de dejar que me quede aquí, además de una compensación económica, por supuesto.

Miro a Noah a los ojos. Son verde fuerte. De una intensidad sorprendente, penetrante, que casi no parece natural. Son prácticamente del mismo color que las rayas de un caramelo de menta. Suma a esos ojos una mandíbula definida con una barba de tres días y el toque severo de sus cejas, y el efecto es… inquietante. Pero, por extraño que parezca, de un modo nada alarmante.

Con los brazos todavía cruzados, sube y baja un hombro.

—¿Para qué iba a querer yo una entrada VIP?

Esa pregunta no me la esperaba. No sé qué responder, y cuando hablo, lo hago a trompicones:

—Pues… porque… ¿eres fan mío?

—Tampoco he dicho nunca que fuera fan tuyo.

Vale. Vaya. Entendido.

Cae el silencio entre nosotros como una granada. Él no se siente obligado a decir nada más y yo no sé cómo continuar, así que nos limitamos a mirarnos fijamente. El decoro me sugiere que ahora mismo tendría que estar disgustada. Ofendida, incluso. Curiosamente, no lo estoy. De hecho, tengo una creciente sensación de mareo en el estómago. Me provoca ganas de reír.

Nos observamos el uno al otro un buen rato, mientras nuestros pechos se hinchan y deshinchan a un ritmo perfectamente sincronizado. Tengo claro por qué yo lo estoy mirando con cautela, pero no se me ocurre por qué él parece tan preocupado. Como si fuera a arrebatarle los cojines y las lámparas para después salir huyendo con ellos en mitad de la noche. La Ladrona de Cojines a la fuga.

De acuerdo, no le interesa ir a un concierto mío, pero digo yo que sabrá que puedo permitirme comprar mis propios cojines, ¿no?

Cuanto más rato estoy contemplando su tensa mandíbula, más tengo la impresión de que no solo No Es Fan Mío, sino que es todo lo contrario. La adoración absoluta que suelo ver en los ojos de los demás queda sustituida por fastidio en los suyos. Mira esa arruga profunda entre sus cejas. Es arisca. Malhumorada. Inquieta.

Ya he descartado que vaya a hacerme daño, pero parece tener muy mala opinión de mí. Puede que sea porque he aparcado sobre su césped. Puede que sea por otra cosa. En cualquier caso, para mí es algo total y maravillosamente nuevo, y como es tarde y estoy un poco histérica, decido provocarlo.

—Ya sé qué pasa —suelto a la vez que imito su postura—. ¿No te basta con una entrada? —Le dirijo una sonrisa como si estuviéramos compartiendo un secreto—. Quieres que además te dedique un póster, ¿verdad? —Muevo las cejas. No me creo para nada que quiera un póster.

Parpadea.

—¿Dos entradas VIP y un póster dedicado? Caray. Eres duro negociando, pero quiero complacer a mi mejor fan.

Su semblante no cambia ni un ápice, pero algo centellea en sus fieros ojos. Creo que quiere sonreír, pero no voy a permitírselo. Hay personas que deciden que les caigo mal por razones de lo más arbitrarias. A veces es solo porque les incomoda que sea famosa y tenga éxito. A veces, porque no he votado lo mismo que ellos. Y a veces, porque he fruncido el ceño delante de su tienda de yogures favorita y me bloquean para siempre porque creen que estoy en contra del yogur. No puedo evitar preguntarme si me he topado con una de esas personas. Normalmente, mi equipo de seguridad está ahí para protegerme, pero ahora mismo no hay nadie entre Noah y yo, y no puedo decir que me desagrade. La emoción me recorre las venas a toda pastilla.

Noah sacude ligeramente la cabeza y baja la mirada para coger mi bolsa. Ha dado por terminada esta conversación.

—Sígueme —dice.

Una palabra. Una orden. Ya nadie me da órdenes; bueno, siguen diciéndome lo que tengo que hacer, pero de un modo que parezca que es idea mía. «Rae, tienes que estar exhausta. La habitación de invitados está al final de ese pasillo, ¿quizá te iría bien acostarte y descansar un poco?».

Noah Walker está demasiado seguro de sí mismo como para manipular a nadie. «Sígueme».

Se adentra con mi bolsa por un pasillo que sale del recibidor y desaparece en un dormitorio. Quiero deambular un poco por la casa, pero está casi toda a oscuras, y algo me dice que invadir la casa de alguien y empezar a encender luces, abrir armarios y revolver las cosas podría resultar extraño. Así que sigo a Noah por el pasillo tal como me ha ordenado. «Sígueme».

Me detengo cuando llego a dos cuartos situados uno frente a otro. Una puerta está cerrada y la otra, no. A través de la que está abierta, veo mi bolsa en el suelo, y a Noah cubriendo una cama de matrimonio con una sábana blanca.

Lo observo desde la puerta un instante y me siento como en un sueño. Hoy he huido de mi vida de persona famosa y ahora estoy en casa de un desconocido mirando cómo me hace la cama a pesar de que le caigo mal. Sus actos son tan paradójicos como esa suave sábana junto a su fuerte mandíbula cubierta de barba. En este momento, Susan me diría, sin duda, que saliera inmediatamente de esta casa y me fuera a un lugar seguro.

—Noah —suelto a la vez que apoyo el hombro en el marco de la puerta—. ¿Qué opinas del yogur?

Se detiene y se gira para mirarme.

—¿El yogur? —pregunta.

—Sí. ¿Te gusta?

Vuelve a concentrarse en las sábanas.

—¿Por qué? ¿Vas a ofrecerme una bañera llena de yogur junto con las entradas, el póster y el dinero si digo que sí?

¡Ajá! Hay sentido del humor bajo ese fastidio. Me lo imaginaba.

—Puede. —Sonrío, aunque no me está mirando.

—Pues olvídalo. No quiero el yogur ni lo demás.

Tomo un rotulador grueso Sharpie y tacho mentalmente: «Enfadado por la foto delante de la tienda de yogures».

Noah extiende un entrañable edredón de patchwork sobre la cama. Tiene pinta de haber pasado por varias generaciones de miembros queridos de la familia. Mi corazón se retuerce para alejarse de los sentimientos que me evoca ese edredón. Me pregunto si mi madre habrá leído siquiera el mensaje que le he enviado antes.

—¿Puedo ayudar? —pregunto adentrándome un paso en la jaula del oso.

Se vuelve otra vez para mirarme y, cuando sus ojos se posan en mí, frunce más el ceño. Se inclina sobre la cama para remeter la sábana encimera bajo el colchón. No le digo que voy a sacarla antes de acostarme.

—No —contesta.

Estaba alargando la mano hacia la esquina del edredón, pero cuando me lanza ese monosílabo, levanto las manos y me alejo un paso.

—Vale.

Los ojos de Noah se dirigen hacia mis manos levantadas y por una fracción de segundo veo que se ablanda.

—Gracias. Pero no —repite en un tono más suave.

Y volvemos a quedarnos en silencio.

A lo largo de los últimos diez años he asistido a cientos de actos con la prensa, he interactuado con miles y miles de fans en encuentros con ellos. El mes pasado, sin ir más lejos, acudí al programa de Jimmy Fallon e improvisé una canción delante del público que estaba en el estudio sin el menor titubeo. Y, sin embargo, delante de Noah Walker no sé muy bien qué decir. Pero no me apetece ser educada. Ni cortés. Esa emoción cobra fuerza.

Me quedo en algún lugar entre la puerta y la cama para no estorbarle, observando cómo agarra en silencio una almohada y la introduce en una funda. Es todo muy normal, muy doméstico, y me parece totalmente fuera de lugar tener que compartirlo con un desconocido al que no le gusto.

Tras echar un vistazo a la habitación, vuelvo la cabeza y mis ojos se detienen en la puerta cerrada al otro lado del pasillo. De repente, se me ocurre algo. ¿Noah está casado? ¿Quizá por eso es tan irascible y distante? No quiere que me haga ideas raras. Habrá visto alguna película, o las portadas de las revistas, y supone que todos los famosos nos dedicamos a destrozar hogares.

Carraspeo mientras busco la forma adecuada de hacerle saber que no pienso intentar tirármelo esta noche:

—Bueno, pues… Noah. ¿Tienes a… alguien especial?

Su mirada se desplaza como una flecha en mi dirección. De pronto, se le ve considerablemente nervioso.

—¿Es esa tu manera de invitarme a salir?

Escupo la bebida imaginaria que tenía en la boca.

—¿Qué? ¡No! Solo… —Por lo visto, esta noche tengo cero Normalidad dentro de mí. Estaba tratando de tranquilizarlo y, de algún modo, me las he arreglado para empeorar las cosas y para que sea obvio que no sé qué hacer con las manos. Las agito hacia atrás y hacia delante como un *T. rex* intentando aterrizar un avión—. No. Solo quería asegurarme, antes de pasar la noche aquí, de que no estoy… pasando por encima de nadie. —Hago una mueca. Eso no ha sonado bien—. Diosss, no quiero decir pasar por encima de nadie porque vaya a pasar la noche contigo. Sé que voy a dormir aquí sola. No me van los rollos de una noche porque siempre resultan incómodos…

Oh, noooooo. Estoy hablando demasiado. Es la segunda vez que he introducido el sexo en una conversación con un desconocido al que no le gusto. Ya no sé ni qué decir, y eso no me pasa nunca.

Noah deja la almohada enfundada sobre la cama y finalmente se gira hacia mí. Sin decir nada, se me acerca. Tengo que levantar la barbilla, más, más y más para mirarlo. No está sonriendo, pero tampoco frunce el ceño. Es el Hombre Inescrutable.

—Estoy soltero, pero no estoy en el mercado.

Se queda ahí parado mientras me pongo colorada como la lava y se me derriten los pómulos. Ha sido el chasco más suave, más educado, que me he llevado en toda mi vida, y ni siquiera le estaba invitando a salir.

Gracias a Dios que nada de esto importa. Mañana por la mañana me iré al *bed and breakfast* y el Ken Amante de la Naturaleza nunca más tendrá que estar molesto conmigo.

Pero ¿por qué sigue plantado así delante de mí? ¿Por qué siento una conexión tan fuerte con él? Hay algo dentro de mí que me empuja hacia él, que me suplica que levante la mano y le acaricie el pecho por encima de su camiseta de algodón. Él no se mueve. Yo no me muevo.

De repente, la expresión de Noah se vuelve incómoda y señala la puerta, hacia la que he regresado sin darme cuenta.

—No puedo pasar si te quedas ahí —dice.

Oh.

¡OH!

«Educada, educada, educada».

—¡Sí! ¡Perdona! Ya… me aparto.

Su expresión pétrea no se resquebraja cuando me hago a un lado y señalo teatralmente la salida.

—Los vasos están en el armario de la cocina sobre fregadero, por si necesitas agua. El cuarto de baño está al final del pasillo. Me voy a la cama. Puedes cerrar tu puerta con llave. Yo lo haré.

—Muy hábil. Te proteges de un ataque de la Ladrona de Cojines —suelto, y de nuevo noto que crece en mí esa emoción tras decir exactamente lo que quiero, sin restricciones y sin filtro.

Quizá… solo quizá, esta aventura no haya sido un error después de todo.

4

Noah

Me pongo las gafas de sol y la gorra de béisbol, y sostengo el café delante de mí a modo de escudo. Voy a necesitar esa protección añadida mientras voy a pie desde mi plaza de aparcamiento municipal hasta mi local. Es un trayecto de apenas cinco minutos por Main Street, pero es tiempo más que suficiente para encontrarme con todos y cada uno de los habitantes del pueblo. No importa que Rae Rose haya estado en mi casa solo nueve horas. Son ocho horas más de las necesarias para que Mabel haya llamado a todas las personas que conoce e iniciado el teléfono escacharrado más increíble que se haya visto jamás. Por lo menos, eso significa que hoy será un no parar en la tienda. Todo el mundo querrá un pastel con un fuerte toque de cotilleo.

Este es el problema de vivir en tu pueblo natal. Se acuerdan de cuando cantaste «Mary, Did You Know?» en el coro de la iglesia vistiendo un horroroso chaleco de punto a los siete años, y de cuando el sheriff recibió un aviso porque tú y tu novia de la secundaria teníais empañadas las ventanillas de tu camioneta junto al lago. Y, desde luego, jamás se olvidan de cuando tu prometida te rompió el corazón. Por lo que cuando se rumorea que una mujer, y además guapa, ha dormido en tu casa, es imposible que te dejen en paz. Esta gente no olvida absolutamente nada y no podría estar más pendiente de mi vida amorosa, como en un programa de televisión matinal.

Lo suyo sería cerrar hoy la pastelería e irme a pescar en lugar de meterme en la boca del lobo (es decir, la plaza del pueblo), pero es mañana de reparto. James, un amigo que posee una granja local y me suministra todos los ingredientes frescos, traerá varias cajas de productos, huevos y leche, y tengo que estar ahí para recibirlos.

Si alguien me hubiera dicho que estaría viviendo en este pueblo a los treinta y dos años llevando una pastelería (llamada ingeniosamente The Pie Shop, «La Pastelería») que me dejó mi abuela, habría pensado que estaba como una cabra. Sobre todo después de haberme llevado todo lo que tenía a Nueva York con Merritt, haber planeado nuestra vida allí juntos y haber intentado echar raíces en un lugar donde, durante un año entero, me sentí como una tabla a la deriva. Pero aquí estoy, de vuelta en casa, llevando una vida que jamás vi venir y que me encanta.

Bueno, en su mayor parte. No tendría problema en prescindir de todos estos entrometidos armando revuelo sobre mi vida todo el día.

Allá vamos. Obstáculo número uno: Phil's Hardware, la «Ferretería de Phil». Al acercarme, veo que Phil y su socio, Todd, están fuera fingiendo barrer y limpiar el escaparate, aunque tienen contratado al nieto de Phil para hacer justo esas dos tareas al salir de clase.

Se detienen cuando me aproximo y murmuran entre dientes algo que no puedo oír, y después hacen como que se sorprenden de verme, a pesar de que cada día paso por aquí a esta misma hora.

—¡Vaya! Hace mucho calor hoy, ¿verdad, Noah?

—La misma temperatura que ayer, Phil —respondo antes de dar un sorbo a mi café. No dejo de andar.

Phil pestañea cien veces y busca alguna genialidad que capte mi atención. Como no se le ocurre nada, Todd prueba suerte.

—A lo mejor el calor atrae a nuevos clientes. ¿Algún forastero, quizá?

—¿Con el calor te suelen entrar ganas de comer pastel, Todd? Deberías hacértelo mirar. A mí me parece raro. —Sigo andando y los dejo atrás, y levanto una mano por encima del hombro a modo de despedida. Tienen suerte de que no les haya hecho una peineta.

Bien, obstáculo número dos: Harriet's Market, la «Tienda de Comestibles de Harriet». Me encasqueto un poco más la gorra sobre los ojos porque si hay alguien a quien no me apetece ver hoy es a Harriet. Esa mujer es implacable. Paso bajo su toldo a rayas azules y blancas, y creo que me he salvado cuando oigo la campanilla de la puerta de su tienda. Me estremezco y me planteo caminar a toda velocidad, pero es demasiado tarde. Estoy atrapado.

Va directa al grano:

—Noah Walker, no creas que no me he enterado de que una mujer ha pasado la noche en tu casa.

No me queda más remedio que inspirar hondo y volverme hacia Harriet. Tiene las manos apoyadas en sus esbeltas caderas y me lanza una mirada feroz de severidad, lo que añade más arrugas a las ya presentes en su entrecejo. El alegre vestido amarillo que luce no hace juego con su personalidad. Lleva el pelo oscuro salpicado de canas recogido hacia atrás en un moño apretado. No es que Harriet sea cascarrabias porque no le guste la gente; es que está segura casi al cien por cien de que ella es mejor que la mayoría de la gente. Quién sabe, a lo mejor lo es.

—En mi época, los chicos y las chicas no intimaban tanto antes de casarse. Eso dejaba algo a la imaginación. Algo que desear—. Agacha la cabeza, frunce los labios y arquea las cejas—. A ver, ¿quién es la mujer con la que has pasado la noche? ¿Y tienes intención de casarte con ella?

La cosa ha escalado rápido.

—Pues… no, señora. Para empezar, no he pasado la noche con ella. Su coche se averió en mi jardín y le ofrecí mi habitación de invitados. —«No es asunto suyo», es lo que le diría si no me diera pánico esta mujer. Me gusta discutir con Mabel, pero me escondo de Harriet.

—Será mejor que tengas las manos quietas —me advierte agitando un dedo en mi dirección—. Si no tienes intención de llevarla al altar, ni sumerjas los dedos de los pies en su estanque.

Hago una mueca. No estoy del todo seguro de si eso tenía connotaciones sexuales, pero me asquea igualmente.

—No se preocupe. No estoy interesado en su… estanque.

Sí. Decir eso me ha resultado tan repugnante como me imaginaba. Genial. Ahora tengo que encontrar el modo de achicharrarme el cerebro hoy. Esa es otra de las razones por las que procuro salir de los límites del pueblo si quiero pasar tiempo con una mujer. Lo que, siendo sincero, no hago desde hace mucho tiempo. No me gustan los rollos de una noche, porque, como Rae Rose señaló ayer, los rollos de una noche siempre son incómodos. Y a mí toda la situación que los rodea me resulta incómoda. Me gusta tener una conexión emocional con una mujer antes de acostarme con ella, lo que es un puñetero inconveniente.

Dicho esto, no llevo a ninguna mujer a mi casa porque en este pueblo siempre hay alguien con unos prismáticos en busca de cotilleos. Harriet se acabaría enterando y enviaría al pastor nazareno a llamar a mi puerta para recordarme que la lujuria es uno de los siete pecados capitales. Solo que al pastor Barton le encantan los pasteles y se come nada más y nada menos que tres trozos mientras te suelta el sermón. Así que le llevaría una tarde entera.

Harriet asiente con el ceño tan fruncido que casi se le juntan las cejas.

—Eso está bien. Sigue así.

Estupendo, me alegro de haberle puesto fin.

—Le tendré preparado el pastel de melocotón a la hora de cerrar. —Es miércoles, y se pasará a recogerlo de camino a su grupo de labores de punto. Levanto el café a modo de despedida y sigo andando.

Acelero el paso y milagrosamente no me encuentro con nadie más al pasar frente a la cafetería y la floristería (que lleva mi hermana menor, quien seguro que saldría como una exhalación y me exigiría respuestas si no fuera porque está fuera del pueblo con mis otras dos hermanas), y finalmente llego a la puerta principal de The Pie Shop. Introduzco la llave en la cerradura, aunque podría dejar el establecimiento abierto de par en par por la noche sin que nadie se planteara siquiera destrozar o robar nada. De hecho, es probable que Phil entrara, arreglara el taburete que se tambalea y cerrara por mí al marcharse.

Entrar en la pastelería es como recibir un abrazo. Puede que no le parezca gran cosa a nadie, pero para mí es mi hogar. Ha pertenecido a mi familia desde hace décadas. A lo largo de los años ha cambiado muy poco, cosa que agradezco. De las ventanas dobles cuelgan las mismas cortinas a cuadros blancos y azules. Junto a la vitrina se extiende la misma barra de madera llena de arañazos. Tuve que cambiar la mesa alta que está delante del escaparate porque estaba muy vieja, pero logré encontrar una que era una réplica casi exacta.

Camino diez pasos, levanto la trampilla de la barra y la cierro al pasar. La barra, junto con la vitrina con cristal abovedado, separa la mitad delantera del local de la mitad trasera. Detrás hay una cocina diminuta donde mi madre, mi abuela, y su madre antes que ella, y su madre antes que ella, han horneado los pasteles de la familia Walker con sus recetas secretas. Pero esto es básicamente todo. Es pequeña, o pintoresca, o como quieras llamarlo, pero yo no necesito más.

Paso los siguientes minutos poniendo la pastelería a punto para abrir: enciendo el horno gigantesco, preparo café para los clientes, limpio las superficies. Cuando estoy metiendo una bandeja de pasteles del congelador en el horno, la puerta trasera se abre y entra James con una caja llena de manzanas. James también ha crecido en este pueblo y se ha hecho cargo de la granja de su familia. Fuimos juntos al colegio desde preescolar, y luego al centro de enseñanza superior, donde ambos nos especializamos en administración de empresas.

—¿Cómo te va, Noah?

—Bien. ¿Cómo est...?

—Dime, ¿quién es esa mujer? —pregunta mientras deja la caja y cruza los brazos.

Me sirvo una taza de café recién hecho y tengo la sensación de que hoy va a ser de esos días en los que necesitaré unos cuantos.

—Maldita sea. ¿Cómo te has enterado? Solo son las ocho de la mañana.

—Mabel me llamó para preguntarme si podía ver algo desde mi porche —responde encogiendo un hombro.

Técnicamente, James es mi vecino. Solo que nuestras casas están separadas por más de una hectárea.

Me llevo el café a los labios y le doy un sorbo.

—¿Y podías?

—No, estoy demasiado lejos.

—¿No encontraste los prismáticos?

—Creo que se los dejé a alguien. —James coge un vaso de poliestireno para llevar y lo llena de café antes de apoyarse en la barra como si no tuviera nada que hacer en todo el día. Cruza los pies, calzados con botas.

—¿Estás cómodo? —le suelto en tono molesto—. ¿Puedo ofrecerte alguna otra cosa? ¿Una revista? ¿Una manta? ¿Una silla?

—Estoy bien así, gracias. —Sonríe indulgente. Las mujeres suelen decir que James es encantador. Yo digo que es un grano en el culo—. Y bien…, ¿cómo se llama?

La verdad es que no sé cuál es el protocolo en estos casos. ¿Se supone que puedes contarle a la gente que tienes a alguien famoso en casa?

—Rae —digo con un discreto carraspeo.

—¿Y su apellido? —Sopla el café y me mira por encima del borde de su vaso.

Miro hacia arriba como si me estuviera estrujando el cerebro en busca de la respuesta. Como si no me llevara zumbando en la cabeza toda la mañana. Como si no lo tuviera en la punta de la lengua. Como si no hubiera copado mis sueños ayer por la noche.

—Pues… creo que era Métete-En-Tus-Puñeteros-Asuntos. ¿No tienes cajas que descargar? Te encargué más cosas.

Recojo las manzanas y las llevo hasta la despensa, donde empiezo a ponerlas en cubos. Mi molesta sombra me sigue.

—¿Por qué te muestras tan reservado?

—No lo hago. Es que estoy cansado de hablar contigo.

—Ummm…, hoy estamos extrairritables. Será que esa mujer te ha sacado de quicio. ¿Cuánto tiempo va a quedarse?

Me doy la vuelta y me choco con su hombro al salir de la despensa.

—Eres tú quien me está sacando de quicio.

Si no va a descargar las cajas lo haré yo. Este pueblo le está dando demasiada importancia a una chorrada. ¿Que hay una mujer en mi casa? Ya ves. No va a quedarse. De hecho, espero que se haya largado para cuando vuelva. Lo último que necesito es una privilegiada cantante pop haciendo subir mi factura de la luz.

Salgo al callejón trasero y saco una caja de huevos de la camioneta de James. Me planteo coger uno o dos de los de arriba y lanzárselos al parabrisas. Cuando me giro hacia la pastelería, James está bloqueando la entrada con el mismo aspecto pícaro que cuando éramos unos chavales y me convenció una noche para salir a escondidas de casa e ir a nadar con las hijas de los Fremont. Aunque esa noche nos lo pasamos muy bien.

—Cuéntame los detalles y me iré.

Suelto el aire con fuerza y me sale más como un gruñido.

—Muy bien. Se llama Rae Rose y su coche se averió en mi jardín delantero. La he dejado dormir en mi habitación de invitados y eso es todo. Fin de la historia.

Frunce el ceño y veo que está intentando situar su nombre. Ha oído hablar de ella, como todo el mundo, así que solo es cuestión de tiempo que se dé cuenta de quién está en mi casa. Yyyyy ahí está. Abre los ojos como platos y se le desencaja la mandíbula.

—No me estarás diciendo que...

Asiento con la cabeza y termino la frase por él:

—En este momento, la princesa del soulful pop está campando a sus anchas por mi casa.

—¡No me jodas! —Adopta una expresión que no acaba de gustarme. Como si se estuviera imaginando la cara de Rae. Como si estuviera valorando sus posibilidades. Y entonces dirige los ojos hacia mí y su expresión cambia—. Ohhhh, ahora entiendo que estés tan arisco.

—Yo siempre estoy arisco.

Sonríe satisfecho, como si lo supiera todo sobre mí. Y es probable que lo sepa. No lo soporto.

—Es preciosa, tiene talento y te gusta. Pero no es de aquí, y tú estás demasiado escamado como para permitirte siquiera hablar con ella.

—He hablado con ella la mar de bien. Aparta —digo antes de entrar y dejar los huevos. Luego paso una mano por unos cuantos cacharros haciendo un montón de ruido por pura diversión. No me gusta que me haya calado con tanta facilidad.

Por desgracia, a James no le asusta mi mal humor como al resto del pueblo.

—Estás siendo idiota, tío. Rae Rose es... —Deja la frase en el aire con otra expresión que hace que me entren ganas de darle un puñetazo a algo. O de dárselo a él—. En fin, la probabilidad de que se le averiara el coche en tu jardín es de una entre un millón. ¿Puede saberse adónde iba?

Ojalá se hubiera quedado tirada en su jardín delantero en lugar de en el mío. Está claro que valora la situación más que yo.

—¿Por qué tendría que importarme eso?

—Porque... Yo qué sé. Quizá tengas posibilidades con ella.

—No quiero tener posibilidades con ella.

—Venga, hombre. —Pone los ojos en blanco con expresión burlona—. ¿No piensas salir nunca con nadie? ¿Tan hecho polvo te dejó Merritt?

—No me hables de ella —digo con la mandíbula apretada.

James pasa de mi amenaza.

—Tendrás que volver a intentarlo tarde o temprano. ¿Por qué no vas a por todas y lo intentas con una famosa guapísima?

De todas formas, ¿qué le hace pensar que tengo posibilidades con una mujer como ella? Este pueblo es de locos. Rae Rose está fuera de mi alcance, ni siquiera se fijaría en mí.

Es evidente que James no va a parar si no le doy lo que quiere. De modo que, después de llenar mis pulmones, me sobrepongo a la incómoda sensación que tengo al compartir una parte emocional de mí y lo miro a los ojos.

—Volveré a salir con alguien cuando esté preparado. Pero lo que tengo clarísimo es que no voy a intentarlo con otra mujer cuya vida se desarrolla fuera de este pueblo, porque ya sabes que no puedo irme con ella. Pero imaginemos que el mundo se ha vuelto del revés y que ella estuviera interesada en el propietario de una pastelería de Kentucky; no me apetece salir con una celebridad y enterarme por un tabloide de que me ha engañado.

—Solo porque… —dice James dirigiéndome una mirada de compasión.

—No, ya hemos acabado. —Abro la puerta trasera de la cocina, lo que es una forma no demasiado sutil de decirle a James que se marche. No se mueve. Voy a tener que alquilar una carretilla elevadora para sacarlo de aquí—. ¿Quieres dejar de darle importancia a algo que no la tiene? Se marchará en cuanto Tommy remolque su coche hasta el taller y le ponga aceite. —Si tengo suerte, ni siquiera volveré a verla. Es lo que tendría que haber hecho cuando Merritt pasó por el pueblo hace años: ignorarla. Esta mañana le he dejado una nota a Rae en la encimera de la cocina con el número de teléfono del taller de Tommy con la esperanza de que lo haya solucionado todo antes de que yo regrese a casa.

—¿Qué está haciendo ahora? —pregunta James, y yo suspiro, cerrando otra vez la puerta de golpe y dirigiéndome hacia el frigorífico para descargar la caja de huevos.

—No lo sé, James. ¿Zapear por los canales locales? Como he dicho, me da igual.

—Eres gilipollas. Lo sabes, ¿verdad? —dice tras situarse a mi lado para verme de perfil.

—Lo intuía.

Sacude la cabeza y se frota la nuca.

—Tu abuela se avergonzaría de tus modales.

Veamos, eso ha sido un golpe bajo y él lo sabe. Mi abuela sigue siendo mi persona favorita de todas las que han existido jamás. Hasta la más ligerísima idea de que pudiera estar molesta conmigo me hace sentir fatal.

—¿Por qué lo dices? —pregunto mirando a James con los ojos entrecerrados—. Le he ofrecido a esa mujer un lugar seguro donde pasar la noche y le he dejado el número del taller local. ¿A qué viene ahora eso de que mis modales dan vergüenza?

—La has dejado sola en un pueblo al que llegó por azar y que se las apañe entre desconocidos.

—¡Yo soy un desconocido! —exclamo volviéndome de golpe hacia él.

Mueve la mano para descartar la idea como si no fuera válida.

—Sabes que podías haberlo hecho mejor. ¿Te imaginas cómo debe de sentirse ahora mismo? Esa mujer es absurdamente famosa. Seguro que le aterra tener que ir sola a cualquier sitio si no la acompaña un guardaespaldas.

Diría que es algo que tendría que haber pensado antes de salir de su casa sin ninguna seguridad. No es problema mío. No lo es. No podría serlo menos, la verdad.

La cara de James adopta una expresión de suficiencia absoluta, lo que me indica que lo siguiente que va a decir me asestará el golpe final:

—¿Cómo la habría tratado tu abuela de estar aquí?

Menudo sinvergüenza. Es evidente que mi abuela me diría que tengo que hacer todo lo que esté en mis manos para ayudar a Rae. Y me daría una colleja por no haberle preparado el desayuno esta mañana y no haberla llevado al taller para que no tenga que ir en la grúa de Tommy con su desagradable hendidura en la consola central. Y, madre mía…, las historias de la guerra. Seguro que le contará todos los detalles morbosos.

Gimo y cojo las llaves de la encimera.

—Saca los pasteles cuando suene el reloj y apaga el horno. Cierra con llave al salir.

—Oye… Tengo trabajo, ¿sabes? —suelta a mis espaldas.

—Es curioso, no daba esa impresión hace cinco minutos, cuando te servías café mientras charlabas.

—Muy bien —dice tras soltar una risita—. ¡Pero me llevaré un pastel cuando me vaya!

5

Amelia

Resulta que, a la luz del día, las decisiones impulsivas parecen distintas. Corrijo: no distintas, malas. Parecen muy muy malas.

Estoy en una casa ajena, en medio de la nada, con un coche averiado, cero cobertura de móvil, y la única persona que podría mostrarse algo amable me ha dejado una nota en la que me explica a quién llamar para que me arreglen el coche, pero sin más indicaciones. Supongo que esto es mejor que nada. Pero se trata de una experiencia totalmente nueva para mí. Estoy acostumbrada a que haya desconocidos trepando mi verja para colarse en mi casa y estar conmigo, no marchándose antes de que me despierte siquiera para no tener que verme.

—Muy bien, Amelia, puedes hacerlo —digo en voz alta. Al parecer, hablar conmigo misma es mi nuevo *modus operandi*. Es ridículo que me ponga nerviosa por tener que llamar a un taller, pero hace tiempo que no he hecho…, bueno, nada por mí misma. Suelo dejar toda la organización a Susan o a Claire. No he concertado ni una sola cita en diez años; y por si esto fuera poco, tampoco he acudido a ellas por mi cuenta.

La fama me llegó de repente. Un día era normal, una alumna de secundaria que subía a YouTube un vídeo cantando una de sus composiciones originales al piano. Al siguiente, causaba sensación en internet. Cada día subía vídeos de mis canciones originales, así como de versiones populares, y la gente se volvía loca. Por aquel entonces, cuando la expresión «hacerse viral» aún era novedosa, me sentía como una anomalía. Antes incluso de lanzar un álbum grabado en estudio, la gente ya sabía quién era gracias a mi canal de YouTube. Elogiaban lo madura que sonaba: una voz de soul de una persona de treinta años, aunque solo tenía dieciséis.

Recuerdo que me contrataban para bodas y eventos por doscientos dólares y pensaba que era muy rica. Pero no me importaba el dinero. Lo que valía la pena era interpretar por fin mi música delante de los demás. Y después, cuando tenía diecisiete años, una representante (Susan) se puso en contacto conmigo y me dijo que creía que tenía algo especial y que quería ayudarme a lanzar mi carrera hacia el éxito. Y acertó de pleno. Después de eso, todo ocurrió muy deprisa. Susan me ayudó a firmar un contrato discográfico que me hizo famosa a nivel internacional, pero nadie me preparó para el modo en que eso cambiaría mi vida por completo. Incluida mi relación con mi madre.

Esos primeros años fueron apasionantes, y mi madre y yo todavía estábamos unidas. La fama era deliciosamente satisfactoria… hasta que dejó de serlo. Hice un montón de amigos famosos, aunque enseguida me di cuenta de que solo lo serían a nivel superficial. Ya me entiendes, la clase de amigos que te preguntan: «¿Cómo estás?», y tú respondes: «¡Estupendamente!», cuando en realidad tu vida se está desmoronando. Sin duda, no son la clase de amigos a quienes puedes mensajear pidiendo socorro desde el cuarto de baño en una fiesta porque has atascado sin querer el retrete y necesitas un coche para salir huyendo.

Visto desde fuera, la gente podría pensar que lo tengo todo. Rae Rose es fuerte, serena, tiene talento y muchísimo éxito. Domina cualquier estancia en la que entra, y su seguridad ante un micrófono hace que te tiemblen las rodillas. El problema es que ni siquiera yo soy Rae Rose. No llevo mis redes sociales, no elijo mi atuendo para acudir a eventos o entrevistas, lo que más deseo en el mundo es llamar a mi madre pero nuestra relación es pésima y no lo hago, y la mayoría de las historias que cuento en los programas de entrevistas han sido debidamente afinadas y revisadas antes por mi equipo de relaciones públicas. Rae no es nada más que un personaje tras el que yo me escondo, porque desde joven aprendí que fingir seguridad es la única forma de abrirte paso en este oficio.

Pero cuanto más muestro esa fachada, más tengo la sensación de que mi yo se me escabulle. Echo de menos a Amelia. Echo de menos los días en que solo se trataba de tocar música y cantar. A veces me siento como una tarjeta de crédito agotada que todo el mudo sigue usando.

Y en este momento no dudaría ni un segundo en cambiar la seguridad en mí misma como famosa por aptitudes sociales básicas. Porque tengo que hacer una simple llamada telefónica y me tiembla la mano. ¿Qué digo cuando llame? Levanto el auricular del teléfono del Jurásico, y pesa tanto que calculo que hoy no me hará falta ejercitar más la parte superior de mi cuerpo. Con la otra mano me aferro a la nota de Noah como si fuera un salvavidas. Su letra es bonita. Repaso con el pulgar los alegres trazos de cada letra, y me percato de lo extraño que es que alguien escriba a mano hoy en día. De algún modo, estas letras se corresponden a la perfección con él. Enigmático. Imponente. Preciso. Y aun así... tienen un aire de ternura.

Dejo de acariciar la nota de Noah, me armo de valor y marco el número. Y, mira tú por dónde, es lo más gratificante que he hecho en mucho tiempo. ¿Sabe la gente que estos viejos teléfonos son el equivalente de un objeto antiestrés? Mi móvil va a ser una decepción enorme después de usar este trasto. Sus teclas me tranquilizan durante un instante, pero cuando empiezan a sonar los tonos, mi ansiedad aumenta otra vez.

¿Qué le habría costado a Noah darme unas poquitas indicaciones más? Esta nota, por muy bonita y artística que sea, tiene muchas carencias. Me dice: «Pregunta por Tommy. Él remolcará tu coche y te lo arreglará a buen precio». Bueno, detesto parecer una esnob, pero no estoy lo que se dice preocupada por el precio. De hecho, pagaría encantada al tal Tommy un millón de dólares si me asegurara que ni él ni nadie me va a secuestrar en su taller.

El teléfono suena una vez más antes de que un hombre conteste:

—¿Iga? Automuphinehijos.

¿Cómo? ¿Qué ha dicho ese hombre? No he entendido ni una palabra. ¿Pero en qué idioma está hablando? La verdad es que me ha parecido un batiburrillo de palabras pasando por una trituradora de basura. Y este es un ejemplo excelente de la razón por la que no hago llamadas telefónicas. Nunca sabes qué te vas a encontrar al otro lado de la línea, y casi nunca es una experiencia agradable.

—Oh… Hola… ¿Está… Tommy? —pregunto, y bajo los ojos hacia el papel para asegurarme de que he dicho bien el nombre, aunque lo he leído ya unas veinte veces y podría haberme quedado embarazada de él de tanto acariciarlo.

De repente se oyen unos fuertes golpes al otro lado de la línea, lo que me dificulta todavía más comprender al hombre cuando gruñe su respuesta, que sinceramente suena a algo así como: «Ajá, eres una mesa vomitiva».

No puede ser.

Me entra un sudor frío, estoy a dos segundos de perder los nervios y echarme a llorar a moco tendido. Me siento como un bebé perdido en un parque de atracciones. No consigo orientarme y nada me resulta familiar. Detesto tener que lamentar haberme ido de Nashville. Detesto no poder apañármelas por mí misma. Y sobre todo detesto no sentirme en casa en ningún sitio.

Y ahora estoy temblando. Puede que no esté hecha para esto. Tal vez haya llegado el momento de llamar a Susan. Le suplicaré que me mande un coche, o un avión, o un puñetero monociclo si quiere. Podría estar en casa a la hora de cenar como si nada hubiera pasado. Pero cuando pienso en mi vida allí, noto una opresión enorme en el pecho. Todavía no puedo volver. No puedo renunciar aún a lo que estoy buscando en este pueblo.

—¿Iga? —repite el hombre, que parece más impaciente que antes.

—Sí, sigo aquí. Ummm… No sé muy bien qué ha dicho, pero…

Suelto un grito ahogado cuando una mano masculina pasa por encima de mi hombro para arrebatarme el teléfono de la mano. Me giro y me encuentro mirando el inmenso tórax de Noah. No lo he oído llegar, y ahora el corazón no me late deprisa, sino que me grita y golpea indignado mis costillas para asegurarse de que estoy prestando atención. O quizá está intentando huir de mi cuerpo e irse a un lugar más seguro.

Mis ojos ascienden poco a poco por su cuello y su mandíbula, se tambalean en sus malhumorados labios carnosos hasta llegar sin ningún percance a sus ojos verdes. Noah sostiene mi mirada y se lleva el auricular a la oreja.

—¿Tommy? Sí, soy Noah. Tengo aquí a una mujer que necesita que le recojas el coche y lo remolques hasta tu taller.

Se queda escuchando, sin apartar los ojos de los míos ni un segundo. La intensidad con la que me mira me pone los pelos de punta. Qué guardia del palacio de Buckingham más excelente sería.

—Sí —asiente con la cabeza—. Eso estaría bien. Gracias, Tommy.

Se inclina por encima de mí y su pecho enciende un delicado fuego en mi hombro al rozarme. El clic del auricular al colgar el teléfono provoca tal estrépito en medio del silencio que doy un respingo. Reacciono a Noah de un modo que nunca había experimentado hasta ahora.

—Gracias —digo impulsando mi voz a través de una nube densa de repentina atracción—. No me puedo creer que entiendas lo que dice.

La comisura de sus labios hace un amago como si quisiera sonreír, pero no lo hace.

—Tommy masca tabaco. Eso, sumado a su fuerte acento, hace que sea difícil entenderlo.

—Pero a ti no te ha costado nada.

—Porque yo crecí aquí. Hablo el «mascatabaco». Es un idioma en sí mismo.

—Eres bilingüe —afirmo con una ligera risita, y dejo que mis ojos desciendan por el mismo camino que siguieron hace un momento. Nariz, labios, mandíbula con barba de tres días, cuello. Cuando se le mueve la nuez de Adán, me doy cuenta de que lo estoy contemplando fijamente. Babeando. No quiero hacerlo, es solo que tiene algo que me convierte en un imán. No se trata de que sea absurdamente atractivo (que, oye, ¡lo es!), sino que está esta suave firmeza, esta deliciosa paradoja de dura masculinidad mezclada con una acogedora normalidad que hace que quiera aferrarme a la camiseta de algodón gris que lleva puesta y quedarme a vivir ahí para siempre. Ni siquiera lo conozco y me siento segura. Noah es el fuerte que hacíamos con mantas para escondernos de pequeños. Así de cálido y de reconfortante.

Creo que se debe a que es muy diferente de los hombres que me rodean en mi vida diaria. Los tipos entregados a su arte que están en todo momento preocupados por cómo les queda el peinado, o como mi último novio, que solo me prestaba atención cuando estábamos en público y nos podía ver todo el mundo.

La relación no era del todo ficticia, pero nos la sugirieron nuestros representantes como «algo bueno para ambos». Yo esperaba que terminase siendo algo fabuloso, pero al igual que el puñado de relaciones nada serias que he tenido, acabó siendo descafeinada. Una botella de dos litros de soda que ha estado una semana destapada.

Él quería dejarse ver con Rae Rose, ir a fiestas todo el rato, gastarse cantidades enormes de dinero en restaurantes y exprimir nuestro estrellato al máximo, asegurándose siempre de que la prensa estuviera ahí para capturar nuestros «momentos de cariño sincero» y aparecer en la portada de las revistas lo más a menudo posible. (Por cierto, besaba de pena. Dos sobre diez; no se lo recomendaría a nadie).

El estilo de vida que él llevaba podría haberme molado cuando tenía veintiún años y aún no estaba quemada por estar en el candelero, pero ahora quiero a alguien que juegue al Scrabble y se acurruque conmigo bajo una manta. Jamás lograría que él hiciera eso, por lo que corté la relación enseguida, igual que con todos los demás que eran incluso menos destacados que él. (Pero, por lo menos, besaban mejor).

Ninguno de ellos parecía auténtico. A diferencia del hombre que está delante de mí en este instante.

Noah carraspea y retrocede.

—Tommy vendrá a las nueve para recoger tu coche. Lo llevará al taller y te dirá qué tiene.

Trago saliva con fuerza y asiento con la cabeza, y agradezco el aire fresco que sustituye el calor corporal de Noah. El protocolo me apremia:

—Fantástico. Y gracias de nuevo. Siento mucho causarte tantas molestias. Me encantaría compensarte por ello. —«Educada, educada, educada». A toda costa, soy siempre educada a tope.

—No te preocupes.

Es todo lo que dice antes de que la habitación vuelva a sumirse en el silencio, y siento envidia de su habilidad para comunicar las cosas. Dice solo lo que quiere y ni una sola palabra más.

Hay tanto silencio que oigo mi respiración. Los pensamientos me van dando tumbos por la cabeza como una mosca en un tarro. No puedo evitar preguntarme dónde estaba esta mañana y por qué ha vuelto. Su nota daba a entender que hoy no estaría en casa. Pero aquí está.

Del modo más discreto posible, lo observo y especulo sobre qué clase de trabajo podría tener. Lleva una gorra de béisbol y una camiseta holgada, pero lo bastante ajustada en los hombros y en el pecho como para que no le quede demasiado grande ni demasiado suelta. Sus vaqueros son sencillos y, aun así, elegantes. Gastados y ligeramente desteñidos en lugares que me llevan a pensar que son sus favoritos. Calza unas botas de trabajo marrones. Pero ahí está la cosa, no son unas verdaderas botas de trabajo. Son de las que llevan los chicos modernos a los cafés en la ciudad. Interesante.

—Me estás mirando disimuladamente —afirma, lo que me hace abandonar mi investigación a lo Sherlock Holmes.

Me siento obligada a tener un momento de rara sinceridad:

—Estoy intentando deducir a qué se dedica un hombre como tú.

Arquea una ceja y cruza los brazos. Es una postura arisca.

—¿Un hombre como yo? —pregunta.

—Sí, ya me entiendes… —Me atrevo a dirigirle una sonrisa burlona—. Con toda esa musculatura, la barba corta y la actitud imponente.

—¿Y? —Su tono es seco. No me encuentra encantadora. Para él soy la persona menos encantadora del mundo, y creo que eso me gusta mucho.

—¿Y qué?

Deja caer los brazos (adiós a la Postura Arisca) y se gira para abrir un armario de cocina y sacar un bol, con lo que me quedo cerca del teléfono porque no sé muy bien dónde tendría que meterme estando en su casa.

—¿Y qué dirías? —pregunta con delicadeza.

Eso me desconcierta un segundo porque no creía que fuese a seguirme el juego. No parece de los que te siguen el juego. Pues muy bien, vamos allá.

—Ummm… —Lo examino con descaro. Mierda. Tiene un buen cuerpo. De los realmente buenos. Pasa del metro ochenta (yo diría que ocho centímetros si tuviera que apostarme algo), tiene las venas marcadas, que le asoman por debajo de la manga corta y le recorren unos bíceps largos y fuertes, y unos robustos antebrazos. Vista la fortaleza de la parte superior de su cuerpo, yo diría que hace algo con las manos. Y como lleva una gorra, ¿tal vez su trabajo lo obligue a estar mucho rato al sol? El cabello dorado que le sobresale un poco respalda mi sospecha.

—¿Ganadero? —pregunto a la vez que dejo atrás a mi amigo el teléfono para ocupar uno de los taburetes que hay al otro lado de la pequeña isla, donde Noah ha empezado a reunir ingredientes para preparar algo.

—No.

Saca un envase de suero de leche y unos cuantos huevos de la nevera.

—¿Granjero?

Después va la mantequilla.

—Error.

—Vaaale. ¿Tienes un servicio de mantenimiento del césped?

Los últimos en llegar a la encimera son los recipientes de la harina, el azúcar, la levadura en polvo y el bicarbonato de soda. Noah dirige un instante los ojos hacia mí y desvía la mirada.

—¿Debería ofenderme que no hayas mencionado todavía

que sea abogado o médico? —pregunta en un tono seco que, de algún modo, transmite sentido del humor.

Esa ligera insinuación de burla en su voz es para mí incentivo suficiente para intentar ganármelo. Es un poco gruñón y hay algo en él que dice: «Cuidado, podría morder», aunque sus ojos susurran: «Pero seré tierno». Es un verdadero misterio. Bien mirado, últimamente todo es un misterio para mí. Es como si me hubiera despertado de un sueño criogénico y, de repente, tuviera que asimilar este mundo nuevo y evolucionado que me rodea.

—No conozco a ningún abogado que vaya a trabajar en vaqueros. —Apoyo el codo en la encimera y descanso la barbilla en la palma de mi mano.

—Eso es porque todavía no conoces a Larry.

«Todavía». ¿Por qué esa palabra hace que me dé un vuelco el estómago?

—Venga, dímelo. Ya no se me ocurre nada más.

Se encoge de hombros, y tras añadir los ingredientes al bol, sin ni siquiera usar medidor, empieza a mezclaros. Cuando tensa el antebrazo, me fijo en el suave vello rubio que le salpica la piel.

—Supongo que jamás lo sabrás —suelta.

Se gira, enciende un fogón y derrite un poco de mantequilla en una sartén. Aunque suene a estereotipo, se desenvuelve en la cocina con mucha más soltura de la que me esperaría de alguien que tiene un aspecto tan…, bueno…, tan varonil como él. Me quedo callada, disfrutando más de lo que debería de este hombre tan enigmático. Toma una cucharada de masa y la deposita en la sartén, y entonces me doy cuenta de que está haciendo tortitas. Tortitas de la nada y sin receta.

Lo veo claro.

Suelto un grito ahogado y lo señalo con el dedo.

—¡Pastelero! Eres pastelero, ¿verdad? —¡Ha conseguido esos deliciosos antebrazos amasando!

Solo puedo ver un poco su rostro cuando ladea la cabeza, pero me basta para captar la insinuación de una sonrisa. Noto esa sonrisa en la parte superior de mis orejas. En la punta de los dedos de mis pies. En lo más profundo de mis entrañas.

—Lo has adivinado, Nancy Drew. Tengo una pastelería.

—No te creo —digo, boquiabierta.

—Sí. ¿Pasa algo?

«Se ha puesto a la defensiva».

Sacudo la cabeza, me bajo del taburete para apoyarme en la encimera al lado de los fogones. Noah no me mira, pero dirige los ojos hacia el lugar donde tengo plantada la mano. Como puede que le esté estorbando, cruzo los brazos.

—Es genial. Solo que no me lo esperaba. No con todo tu…, bueno…, ya sabes. —Señalo otra vez su figura masculina porque el barco de mi incomodidad ha zarpado y no hay forma de que vuelva a puerto—. ¿Y cuál es tu pastel favorito?

—No me gustan los pasteles —afirma con rotundidad.

Lo miro parpadeando.

—Pero tienes una pastelería —objeto.

—Seguramente esa sea la razón por la que no me gustan los pasteles.

Sacudo de nuevo la cabeza, anonadada. Más paradojas. ¿Qué pensaría él si le dijera que no me gusta cantar? Pero como me encanta, esa idea es irrelevante. O, por lo menos, solía disfrutar cantando y tengo la esperanza de que vuelva a ser así.

—Pero si no te los comes, ¿cómo sabes si son buenos o no?

—Heredé la pastelería de mi abuela. Lleva generaciones en nuestra familia. Uso las mismas recetas infalibles que usaban ellas. —Baja los ojos hacia mí y ve que frunzo el ceño con curiosidad—. ¿Nunca te ha gustado algo solo por lo que significa para ti?

En primer lugar, estoy flipando porque no me da la impresión de que Noah sea un sentimental. Pero es el propietario de la pastelería de su abuela, por lo que está claro que me equivoco. En segundo lugar, sí que me ha pasado. Y su nombre es Audrey Hepburn. De inmediato recuerdo aquella noche, cuando tenía trece años, en que no podía dormir. Tuve una pesadilla, me desperté cubierta de sudor frío y fui a la sala de estar en busca de mi madre. Era noctámbula (seguramente porque, como madre soltera, esas pocas horas después de que yo me acostara eran las únicas que tenía para ella), y la encontré acurrucada en el sofá viendo una película.

—Hola, cielo, ¿no puedes dormir? —me preguntó a la vez que levantaba la punta de la manta para que me acurrucara junto a ella.

—He tenido una pesadilla —respondí.

Me apretujó en un abrazo, y ambas nos concentramos en la película en blanco y negro que había en la tele.

—Bueno, tengo la cura perfecta para las pesadillas —aseguró—. *Desayuno con diamantes*. Audrey Hepburn siempre me hace sentir mejor cuando estoy mal.

Nos quedamos despiertas hasta tarde viendo esa película, y mi madre tenía razón. Durante ese rato no sentí ni miedo ni tristeza. Para nosotras pasó a ser una tradición ver juntas películas de Audrey Hepburn cuando alguna de las dos había tenido un mal día. Ahora las veo sola porque hace mucho tiempo que nuestra relación se ha roto y creo que nunca se recompondrá.

Pero no puedo contarle nada de esto a Noah porque es demasiado personal. Así que hago como él y me limito a decir:

—Sí, me ha pasado.

Acepta mi respuesta sin más y le da la vuelta a una tortita. Hay mil preguntas que me gustaría hacerle pero, al igual que ayer por la noche, estar tan cerca de él me deja sin palabras. Ahora mismo huele a ropa limpia, loción corporal masculina y tortitas dulces con mantequilla. Es la fragancia perfecta.

El silencio se alarga, pero no me apetece interrumpirlo. En lugar de eso, observo cómo la masa sisea y burbujea en la sartén, y me pregunto cuándo fue la última vez que alguien se sentía lo bastante a gusto conmigo como para guardar silencio. Hace años.

—¿No te gustan las tortitas?

La pregunta de Noah me saca de mis pensamientos. Cuando le dirijo una mirada de extrañeza, añade:

—Estabas mirando la sartén con el ceño fruncido.

Como no quiero explicarle que fruncía el ceño porque estaba pensando en mi madre, esquivo la cuestión.

—Oh…, no. Es solo que no puedo comerlas.

—¿Por el gluten?

—Por los carbohidratos. Tengo que seguir una dieta muy estricta. Especialmente ahora que me voy de gira en unas semanas. Mi representante me asesinará si vuelvo a casa con un centímetro de más en la cintura. —Tengo varios vestidos que deben quedarme perfectos y, créeme, si le parece que se me ve demasiado regordeta con ellos, Susan me lo dirá. O hablará con el chef que me prepara todas las comidas de la semana, y adaptará de forma muy poco sutil el menú para que las raciones sean más pequeñas y no contengan nada delicioso.

—Muy bien —dice sirviendo la tortita más esponjosa y dorada que haya visto jamás. Deja caer otra pizca de masa en la sartén y se oye cómo sisea—. ¿Huevos, entonces?

—¿No vas a intentar convencerme de que me coma las tortitas? —pregunto con los ojos entrecerrados.

Esta vez me mira, tan desconcertado como fascinado.

—No, ¿tendría que hacerlo? —dice.

—Esperaba que lo hicieras. Porque así podría decirle a mi representante que me acusaste de ser una grosera por rechazar tu hospitalidad, y vería que no tuve más remedio que comérmelas para que no me calumniaras ante la prensa.

Arquea una ceja y luego le da la vuelta a la tortita.

—¿Necesitas la aprobación de tu representante para comer?

Oigo el desafío en su voz.

Pero, más que eso, oigo lo sencilla que es su pregunta y lo fácil que sería decir: «No, ja, ja, claro que no. ¡Eso es ridículo!». Pero la necesito, mierda. Pienso la cantidad de veces que me ha venido a la cabeza el nombre de Susan desde que me fui ayer por la noche y empiezo a preguntarme si ella es parte del problema que estoy teniendo. ¿Acaso he dejado que ella tome todas las decisiones relativas a mi vida?

Mis ojos siguen la espátula con la que Noah lleva una tortita dorada hasta el hermoso montón que ya ha formado. Parece una obra de arte. Esa tortita debería tener su propia cuenta en las redes sociales para que puedan adorarla desde todos los ángulos.

—Así que… —dice Noah—. ¿Huevos revueltos para ti?

Como no respondo enseguida, Noah me mira a los ojos. Cuando nuestras miradas se encuentran, siento que me recorre el cuerpo la misma emoción que ayer por la noche. Es terror y alegría. Esperanza y pavor. Solo sé que me da el empujón que necesito para tener confianza en mí misma.

—No. Hoy comeré tortitas.

6

Noah

—¿Cómo dices? —le pregunto a Tommy por teléfono con la esperanza de no haberlo oído bien la primera vez.

—No estará antes de dos semanas por lo menos —suelta con su habitual forma de hablar embarullada.

Pero en esta ocasión estoy seguro de haberlo oído bien. ¿Ha recogido el coche hace nada y ya me está arruinando el día?

Miro a Rae, que ya va por el segundo montón de tortitas. Está zampando como si llevara años sin comer. Hoy lleva una camiseta gris claro metida por dentro de unos elegantes vaqueros pitillo, tobilleros, de color azul oscuro. La camiseta se le pega al cuerpo. Es de una tela suave y elástica que le llega más o menos hasta las clavículas y se le ciñe al pecho y al torso como una segunda piel, lo que resalta su figura esbelta, muy femenina. Las mangas le cubren los brazos justo hasta debajo del codo. Lo único moderno que hay en su aspecto es su cabello, casi negro si no fuera por los mechones más claros que brillan cuando les da el sol. Lo sigue llevando en un moño alborotado en lo alto de la cabeza, y tiene un pie (con las uñas pintadas de rojo) apoyado en la silla donde está sentada.

Está inclinada hacia el montón de tortitas, y sus tupidas pestañas se acercan a sus pómulos mientras se lleva otro pedazo a la boca con el tenedor. Me gusta su delineador de ojos (término de maquillaje que conozco gracias a mis hermanas). Consiste en una precisa raya negra pintada en la base de esas bonitas pestañas que sobresale ligeramente y hace que parezca salida de una película en blanco y negro. Está… maravillosa.

Hago una mueca.

—Imposible, Tommy. Debe estar listo cuanto antes. Mi amiga tiene una vida a la que necesita regresar.

Cuando digo las palabras «mi amiga», los grandes ojos azules de Rae se alzan hacia mí, tan llenos de gratitud mientras se traga un mordisco gigante de tortita que tengo que desviar la mirada. No tendría que haber dicho «amiga». No lo he dicho en serio. Es solo que no quería decir su nombre y alertar a todo el pueblo de que tengo en mi casa a una estrella del pop. Porque, créeme, no quiero ser amigo ni nada más de Rae. Lo único que pretendo es asegurarme de que se largue lo antes posible y salga de mi vida para que todo vuelva a ser normal.

—No se puede hacer más, Noah. Me he quedado sin manguitos del radiador y no tendré existencias hasta dentro de dos semanas como pronto. Ya te avisaré cuando lleguen. —Dicho esto, cuelga, y mi esperanza rueda patéticamente por los suelos.

Dos semanas. No se quedará dos semanas en el pueblo, ¿no? Claro que no. ¿A quién quiero engañar? «Ya has tratado antes con una mujer como ella, ¿recuerdas, Noah?». Merritt también era una chica de ciudad, y le faltó tiempo para marcharse una vez hubo terminado lo que tenía que hacer aquí. Estoy seguro de que Rae Rose se muere de ganas por volver a su lujosa vida. No tengo de qué preocuparme.

—¿Todo bien? —pregunta, y oigo el ruido del tenedor cuando lo deja con cuidado en el plato.

—Esto…, sí. —La miro frotándome la nuca—. Bueno, no. Depende de cómo quieras tomártelo, supongo. Al parecer, no podrán arreglarte el coche en dos semanas, hasta que reciban una pieza que necesitan. Pero lo bueno del caso es que tú sí puedes llamar a quien normalmente te haga de chófer y pedirle que te lleve... a donde sea que vayas. ¿Era a la playa?

—¿Qué? No —dice, aturdida.

—¿A la montaña, entonces? —insisto, y me siento delante de ella en mi pequeño rincón de desayuno. No me gusta el modo en que la luz le cae sobre los hombros y hace que casi resplandezca. Tengo que echar las persianas.

—No —responde sacudiendo la cabeza, visiblemente afligida—. Quiero decir que no puedo llamar a nadie para que venga a buscarme.

Mira por dónde, ahora se me han encendido todas las alarmas. ¿Estará metida en algún lío? ¿Estoy dando cobijo a una estrella del pop fugitiva?

—Espero que no suene demasiado melodramático, pero es que quiero estar... escondida un tiempo.

—¿Escondida? —repito con un gruñido.

—Sí. —Se rasca un lado del cuello y baja los ojos hacia su plato, ahora vacío—. No es que me esconda de las autoridades, de un ex que me persigue ni nada parecido, si es eso lo que estás pensando.

—Pues sí. Estaba pensando en estas dos opciones, de hecho.

Esboza una sonrisa de lo más triste, sin apartar los ojos de su plato.

—La vida empezó muy pronto a ser demasiado para mí. Necesitaba tomarme un respiro de...

Me levanto con tanta brusquedad que las patas de la silla arañan el suelo. Ha sido un poquito exagerado, pero no tengo tiempo para escuchar lo dura que es la vida de una estrella del pop. ¿No puede tomar carbohidratos? Menuda faena. Ella eligió esta vida y a mí se me ha acabado la compasión. Por un segundo, he estado a punto de preocuparme por ella, preguntándome por qué sus grandes ojos ingenuos reflejan dolor y tristeza. Pero no puedo seguir por ahí con Rae Rose. Que vaya a llorarle a su séquito; yo ya tengo bastante gente por la que preocuparme.

—Tengo que irme a trabajar. Ya llevo demasiado tiempo fuera. Pero te acercaré al pueblo para que puedas conseguir una habitación en el *bed and breakfast* de Mabel, porque no puedes quedarte aquí. —Eso ha sido descortés incluso para mí. Pero no puedo evitarlo. Tiene algo que me hace sentir como si le estuviera dando un manotazo a alguien que va a tocarme una herida abierta en la piel.

—Oh. —Pestañea varias veces y se levanta. Sus movimientos son demasiado suaves para que las patas de la silla crujan siquiera—. Claro. Sí. Lo siento, no era mi intención dar a entender que pensaba quedarme aquí. Ese nunca ha sido mi plan. —Recoge el plato y lo lleva al fregadero con dos manchas rosadas en las mejillas—. Pondré esto en el lavavajillas y recogeré mis cosas.

Se sube las mangas y frota frenéticamente el jarabe del plato, de modo que siento que soy el gilipollas que James ha dicho que era. Genial. Explícame, por favor, por qué coño me siento ahora culpable si es ella la que me ha trastocado la vida.

Observo cómo se le mueven las caderas debido a la fuerza que emplea para eliminar el jarabe apelmazado usando la mano y una gota de jabón. Tiene los hombros pegados a las orejas y estoy bastante seguro de que, si la mirara a los ojos, los tendría llenos de lágrimas. ¿He mencionado que tengo tres hermanas? Pues sí, y conozco bien ese frenético mecanismo de limpieza para enfrentarse a las situaciones.

Solo que, evidentemente, Rae no está al tanto del mundo de la limpieza.

Me abstengo de gruñir cuando doy dos pasos hacia ella, le quito el plato de las manos y utilizo el estropajo verde que tengo bajo el fregadero para dejar limpio el plato con facilidad.

Noto que me está observando, pero me niego a devolverle la mirada. No es porque no me fíe de mí mismo si vuelvo a mirarla a los ojos estando tan cerca (he aprendido la lección cuando hablaba por teléfono esta mañana), sino porque no quiero que se sienta como en casa y crea que somos amigos. Esto es lo que yo llamo trazar una línea clara.

—Gracias —dice en voz baja—. Y..., por cierto..., me llamo... —Hace una breve pausa—. Amelia. Amelia Rose. —Empieza a retroceder—. Rae es mi nombre artístico.

Una vez se ha ido de la cocina, me quedo inmóvil mientras su nombre deambula por mi cabeza. «Amelia». Maldita sea, es algo que desearía no saber.

Cuanto antes logre sacar a Amelia Rose de mi casa, mejor.

7

Amelia

—Estamos al completo.

Veo con consternación que Noah tensa la mandíbula. Inclina ligeramente sus anchas espaldas sobre el mostrador de la recepción hacia la encantadora mujer mayor que ha hecho añicos sus sueños. Siento compasión por Mabel, que tiene que hablar de tú a tú con Noah. O, mejor dicho, hacia arriba, porque tiene que levantar la barbilla para mirarlo. Es una mujer de raza negra que aparenta estar en la setentena, lleva el cabello corto, plateado y extrarrizado, los labios pintados de malva fuerte, y tiene un aspecto tan abuelil que te encantaría que te diera un abrazo enorme. Ver a estos dos mirándose fijamente es como asistir en directo a una escena entre el Lobo Feroz y la abuela de Caperucita Roja.

—No puede ser, Mabel. Casi nadie visita este pueblo.

Mabel dirige los ojos un momento hacia mí y vuelve a posarlos en Noah. El repentino brillo travieso que veo en ellos me indica que he interpretado mal esta situación. Es ella quien está al mando, no Noah.

—Bueno, eso no es del todo cierto, ¿verdad? Además, de ser así, estaría en bancarrota. Y tengo montones de dinero.

A Noah se le ensanchan los orificios nasales al inspirar hondo. Este hombre quiere librarse de mí más que ninguna otra cosa en su vida. Noto que su cuerpo rezuma irritación como si fuera vapor.

—¿Puedo ver el registro de huéspedes?

Mabel cierra de golpe el registro que tenía abierto delante de ella, y frunce el ceño ante Noah de un modo aterrador.

—No, no puedes. Y no intentes mangonearme de esta forma. Te he cambiado los pañales, no lo olvides —responde acercándole un dedo acusador a la cara.

Noah no parece sentirse regañado en absoluto. «Cansado» es la palabra que yo le atribuiría.

—A ver, Mabel —dice, despacio y con dulzura esta vez. Ha impregnado su voz de una miel densa y dulcísima—. No tiene dónde quedarse. Seguro que puedes encontrarle una habitación en tu maravilloso *bed and breakfast*.

—Das la impresión de estar plagiando un relato bíblico —suelta Mabel con los ojos entrecerrados. Y entonces sonríe de oreja a oreja—. Además, Noah, sí que tiene dónde quedarse. Tu habitación de invitados sigue teniendo las puertas abiertas y está libre como un pajarillo, si no recuerdo mal.

Al ver la mirada que Noah dirige a Mabel, me gustaría hacerme un ovillo y esconderme en un agujero en el suelo. ¿Qué pretende esta mujer? Está claro que miente sobre las habitaciones y está haciendo algún tipo de tejemaneje para que me quede en casa de Noah. Y está claro que Noah no desea tenerme en su casa. No acabo de decidirme si es porque quiere preservar su espacio o porque no le gusto. Diría que es una combinación de ambas cosas.

Podría resolver esta situación llamando a Susan para que me mande un coche. En dos horas y media, me estaría abrochando el cinturón de seguridad en la parte trasera de un SUV blindado con las ventanillas tintadas y este pueblo solo sería un puntito en el retrovisor. Pero no quiero eso. Cuanto más tiempo estoy aquí, más siento que mis extremidades vuelven a la vida. Para mí es importante quedarme, por más incómodo que me resulte.

Me acerco al mostrador con la idea de que, tal vez si hablo yo, sirva de algo.

—Hola, señora Mabel, soy...

—Rae Rose. Sí, cariño, ya lo sé. Tengo radio y televisión. Me encantó tu actuación en *Good Morning America* el mes pasado.

—Oh. —Suelto una ligera carcajada. Su respuesta me ha pillado desprevenida porque apenas me había mirado hasta ahora—. Pues muchas gracias. —«Educada, educada, educada»—. Le agradecería muchísimo si pudiera conseguirme una habitación. Le puedo pagar el triple de la tarifa habitual si es necesario.

Sonríe con dulzura y pasa su mano curtida por el tiempo por encima del mostrador para darme unas palmaditas en la mía. Bajo los ojos, algo sorprendida. Nadie me toca. Bueno, eso no es del todo cierto. Si estoy en medio de una multitud de fans, todo el mundo tira de mí, intenta sujetarme y me toquetea... pero los desconocidos jamás me tocan la mano con cariño como haría una abuela. El gesto es tan dulce y tierno que es como si una burbuja me rodeara el corazón. Extraño de nuevo a mi madre.

—No necesito tu dinero. Soy muy rica. Mi amado esposo, que en paz descanse, tenía un seguro de vida fantástico. Te quedarás en casa de Noah, y no quiero oír ni una palabra más al respecto. —Dirige sus penetrantes ojos castaños hacia Noah y arquea las cejas como si lo desafiara a replicarle.

De la garganta de Noah sale algo parecido a un gruñido, entorna los ojos y su corpulenta figura sale a toda velocidad por la puerta.

Pues vale. Miro a Mabel y sonrío incómoda.

—Mantente firme, cielo —me susurra guiñándome el ojo.

Me da otra palmadita cariñosa y reconfortante en la mano antes de soltarla e indicarme con gestos que vaya tras él.

Una vez fuera, veo a Noah, adusto y malhumorado como un toro, dirigiéndose a toda pastilla hacia su camioneta naranja oscuro. Tendría que darme miedo acercarme a él, aunque creo que ya lo conozco lo bastante como para saber que es ladrador pero poco mordedor. «Mantente firme, cielo». Siendo sincera, me siento extrañamente segura con él. Al menos, más segura que deambulando por mi cuenta.

Se sube a su Chevy clásica y cierra la puerta de golpe. Voy despacio hacia el asiento del copiloto y miro por la ventanilla. Noah rodea el volante con la mano y mantiene la mirada al frente, negándose a dirigirla hacia mí. Y, en contraste con su exterior gruñón y hostil, abre la puerta para que me siente a su lado. Salvo por el dulce aroma a tortitas, su camioneta huele irresistiblemente como él. Paseo despacio los dedos hacia atrás y hacia delante por el suave asiento de piel mientras reúno el valor para decirle algo.

—Hola. ¿Cómo te va el día? —me atrevo a preguntar en tono de disculpa.

Tuerce el gesto y fija sus ojos verde bosque en mí.

—Soy gilipollas, lo sé —sentencia.

—Bueno, verás, dicen que el primer paso es admitirlo.

Su respuesta es una sonrisa sincera de sus labios carnosos y unas arruguitas junto a sus ojos. Oh, qué bien le quedan. Y ya sé por qué no lo hace a menudo: es desconcertante. Me dan ganas de pincharle las mejillas con el dedo, justo en los hoyuelos que forma esa sonrisa, y a duras penas consigo contenerme. Nunca había sentido esta luz con nadie. No hay ni una sola estrella en sus ojos cuando me mira, y casi me hace sentir normal. Si no tengo cuidado, me volveré adicta a esto.

—¿Por qué no te caigo bien? —pregunto, no porque esté dolida sino por auténtica curiosidad.

Baja los ojos hacia el volante. Al principio, creo que no va a contestarme. El silencio se prolonga un buen rato hasta que, finalmente, habla.

—No es por ti —asegura.

Sus ojos se fijan en los míos, y me sumerjo en un denso bosque verde.

Espero un minuto a que se explique, pero me doy cuenta de que explicarse no es la especialidad de Noah. Le lanzo un hueso:

—Mira, sé que no has buscado esto. Sin duda, no pediste que una estrella del pop malcriada irrumpiera en tu vida y se instalara en tu habitación de invitados. Así que… —No quiero decirlo, pero tengo que hacerlo. Es lo correcto—. Si es lo que quieres, llamaré a mi representante para que alguien venga a recogerme. Puedo dejar de molestarte esta tarde —digo procurando no mostrarme decepcionada al ofrecerle mi opción menos favorita.

—¿Pero no es lo que quieres tú?

Elijo las palabras con mucho cuidado.

—Bueno…, esperaba pasar un tiempo fuera. —Trato de abreviar porque no he olvidado cómo ha reaccionado esta mañana cuando he empezado a hablarle de mi vida.

Sigue teniendo los ojos puestos en mí. Me está observando, se pregunta algo y busca una respuesta. Inspira hondo y mira hacia delante. Pasan tres segundos antes de que suelte el aire de golpe.

—Muy bien. Te diré lo que vamos a hacer. Puedes quedarte en mi casa hasta el fin de semana. Pero el lunes por la mañana tendrás que encontrar otro lugar.

—¿De veras? —Mi voz es la de una niña de tres años a la que le acaban de ofrecer un brownie antes de acostarse. Nunca había necesitado tanto esa mano tendida. Nunca me había hecho tan feliz una perspectiva. Carraspeo—. Quiero decir…, ¿estás seguro?

—Sí —responde conteniendo una sonrisa—. Pero… no puedo hacerte de guía turístico mientras estés aquí. Trabajo a jornada completa, así que tendrás que apañártelas sola. ¿Entendido?

—Entendido. —Asiento enérgicamente con la cabeza—. No te molestaré para nada. En serio, no diré ni pío. Ni siquiera sabrás que estoy ahí.

Pone en marcha la camioneta.

—Lo dudo mucho —murmura con la cabeza vuelta mientras da marcha atrás para salir del aparcamiento.

8

Amelia

Me toca hacer algo que me resulta más desagradable que sacarme un ojo. Miro el móvil y abro el contacto de Susan. No tengo ninguna llamada perdida ni ningún mensaje de ella porque sigo sin cobertura (lo que es de agradecer). Aunque deseo aislarme de todo, sé que no puedo ser tan irresponsable. En este momento, hace diez minutos que tendría que haber llegado a mi entrevista para *Vogue*, y estoy segura de que Susan estará haciendo un agujero en el suelo, a pocos segundos de llamar a los SWAT.

No tenía intención de estar tanto tiempo sin ponerme en contacto con ella, pero entre las tortitas y la visita al pueblo, por una vez me he olvidado de Susan y de mis responsabilidades. Pero ahora soy consciente y me tiembla la mano.

Salgo del dormitorio que Noah me ha cedido para los próximos cuatro días y me dirijo a la sala de estar. Noah ha dicho que tenía que trabajar, pero no se ha ido después de que llegáramos a casa. En lugar de eso, ha mirado la hora, ha suspirado como si hubiera tomado alguna decisión y se ha dedicado a hacer tareas domésticas. Ha puesto una lavadora. Ha puesto el lavavajillas. Ha entrado y salido de su cuarto, abriendo la puerta lo justo para poder pasar. Mi curiosidad ha alcanzado proporciones épicas. ¿Qué coño hay ahí dentro y por qué no quiere que lo vea?

Mi imaginación se ha desbocado. Es un antro de perversión sexual. Noah es trekkie y tiene la habitación llena de fetiches de *Star Trek*. Oh, no, a lo mejor tiene una colección de Beanie Baby, esos animalitos de peluche. Las opciones son infinitas, y jamás sabré qué hay al otro lado de esa puerta (quizá salga ganando), porque el lunes buscaré otro sitio donde alojarme. Puede que para entonces Mabel haya cambiado de parecer y se apiade de mí.

Noah tensa la espalda cuando oye que me acerco, pero no se vuelve enseguida. Termina de limpiar la encimera de la cocina y, después, él y sus anchas espaldas se giran hacia mí.

—¡Holaaaa! —suelto con una sonrisa radiante.

—Hola —contesta, escéptico. Sus ojos irradian preocupación, como si estuviera esperando a que hiciera algo terrible de un momento a otro.

—Mira, no voy a robarte los cojines, ¿vale?

Frunce el ceño y sacude la cabeza.

—No pensaba que fueras a hacerlo.

Entorno los ojos, burlona.

—Bueno, pues por la forma en que rondas por aquí, como un cavernícola que protege sus valiosas piedras, da esa impresión. —Me muevo pisando fuerte e imitando el aspecto que imagino que tendría un hombre prehistórico que está cabreado y se muestra posesivo. No es un aspecto que me favorezca mucho.

Noah arquea las cejas. Cruza los brazos. Es su Postura Arisca.

—¿Se supone que ese soy yo?

—Obvio.

—Ah. —Una pausa—. Necesito mejorar la postura.

Noto que mis labios esbozan una mueca.

—¿Es eso… una broma, Noah Walker?

—No.

Dice que no, pero la palabra se desliza por mi piel como si me estuviera susurrando «sí» en la nuca. Qué desconcertante, pero qué desconcertante es este hombre. También me desconcierta la temperatura de mi cuerpo ahora que nos miramos fijamente, siento como si mi ropa fuese a arder espontáneamente. Aunque es absurdo, me viene a la cabeza el protocolo que aprendí en el jardín de infancia, pero que todavía no he tenido necesidad de usar: «Detente, déjate caer y rueda».

—¿Querías algo? —pregunta Noah, de cuyos ojos ha desaparecido cualquier insinuación de que me considerara atractiva hace un instante.

No queda ni rastro, lo que hace que me pregunte si me lo habré imaginado.

—Pues… sí. ¿Tienes wifi? —Levanto el teléfono.

—No.

Se apoya en la encimera con los brazos cruzados y pasa una bota por encima de la otra. La postura es un *spin-off* de su aclamadísima Postura Arisca (pendiente de registro), y es tan increíblemente masculina que se me eriza el vello de los brazos. «Detente, déjate caer y rueda».

—¿No… no tienes internet? —Supongo que no ha entendido la pregunta.

—Nada de internet —responde sacudiendo enérgicamente su pelo rubio arena.

Noah es como una hucha con forma de cerdito llena de dinero. Sus palabras son monedas, y una vez lo tengo cabeza abajo, lo sacudo para que caigan unos centavos. Empiezo a preguntarme si no estará reteniendo palabras solo para molestarme. Para ponerme de los nervios. ¿Y por qué me gusta tanto que lo haga?

Hay dos reacciones luchando en mi interior. La primera es mi habitual, perfeccionadísima e infalible «Educada, educada,

educada». La segunda, y la que decido adoptar, es nueva y está llena de deseos egoístas básicos: «Juega, juega, juega».

—Y todavía te extraña que te compare con un cavernícola... —suelto. Pero no, él no es un cavernícola, es... clásico. Como su camioneta. Como su teléfono. Como su letra. Como la camisa a cuadros remangada sobre sus robustos antebrazos.

—¿Es esta tu versión de no decir ni pío?

Mantiene la mar de bien el ceño fruncido, a pesar de que noto el buen rollo que hay entre nosotros.

—¿Es esta la frase más larga que has formado jamás?

Arquea una ceja. Ahí le he dado.

—Se apodera de mi habitación de invitados. Se zampa mi comida. Me llama cavernícola. E insulta mi inteligencia —enumera mientras sacude la cabeza a modo de fingida reprimenda.

—Y lo siguiente será preguntarte si me puedes prestar algo para dormir. —Desearía entrenar mi cara para que fuera tan severa y estoica como la suya, y así soltar mis bromas con un ingenio tan seco que, con solo rascar una cerilla, se incendiara todo. Pero no puedo. Soy una idiota que sonríe todo el rato mientras habla.

—¿Por qué quieres uno de mis pijamas?

Ah, así que es de esos chicos cuadriculados que no van más allá del pijama, en lugar de pensar en algo tan simple como una camiseta, como hago yo. Esta pequeña distinción nos resume a la perfección.

—¿Porque supongo que no querrás que me pasee por aquí medio desnuda? —suelto con una ligera sonrisa. «Juega, juega, juega». Como veo que se le sonrojan las puntas de las orejas, me apiado de él—. Se me olvidó meter en la bolsa algo cómodo para descansar.

Traga saliva con fuerza, me recorre el cuerpo una vez con los ojos, muy deprisa, y asiente con la cabeza.

—Enseguida vuelvo.

Sale huyendo hacia su cuarto como si la Ladrona de Cojines le estuviera pisando los talones, y aprovecho este momento de intimidad para llamar a Susan. Tras leer el número en su contacto y marcarlo en el catártico teléfono del Jurásico, oigo los tonos de llamada.

—Al habla Susan Malley —contesta con su inexpresivo tono de voz.

—¡Susan! Hola, soy…

—¡Rae! ¡Oh, gracias a DIOS! —Tengo que apartarme el auricular de la oreja para que no me dañe permanentemente el oído. Por un instante, su evidente alivio me llena de ráfagas de una cálida luz difusa. ¡Se ha dado cuenta de que me he ido y estaba preocupada por mí! Tengo la sensación de estar hablando con la antigua Susan que se puso en contacto conmigo y que cuidaba de mí durante los primeros años de mi carrera. Pero cuando sigue hablando, toda esa luz se desvanece—. ¡¿Dónde estás?! Es una desconsideración por tu parte llegar tan tarde. ¿Y dónde tienes el móvil? ¡Te he estado llamando toda la mañana! Solo te diré que más te vale estar vomitando hasta la primera papilla por culpa de un virus estomacal.

No estaba preocupada por mí. Estaba preocupada porque Rae Rose se había saltado una entrevista.

—No estoy enferma. Es solo que… no tengo cobertura.

Suelta una carcajada, pero es evidente que no lo encuentra nada divertido.

—¿Qué me estás contando? Tienes una cobertura excelente en tu casa. ¿Quieres que te pida un móvil nuevo? Lo compraré hoy mismo porque esto no puede volver a pasar ahora que…

—Susan, no estoy en casa —la interrumpo.

Una pausa.

—Vaaale —dice despacio, captando por fin el cambio en mi voz—. ¿Dónde estás?

—Estoy… —Aprieto los labios y me vuelvo hacia el pasillo que lleva al cuarto de Noah y al mío. ¿Le digo a Susan dónde estoy? ¿Me fío de que no vaya a presentarse aquí y echar la puerta abajo ni a enviar a un equipo completo de seguridad a seguirme la pista? Por una vez, estoy probando la libertad y me aterra perderla—. Estoy de vacaciones antes de la gira.

—Estás… de… vacaciones —dice muy despacio, como un padre que le da a su hijo la oportunidad de rectificar lo que acaba de decirle.

Cierro los ojos y me armo de valor.

—Sí —respondo.

—¿Me estás tomando el pelo? —añade tras soltar una carcajada aterradora.

—No, en absoluto. Me estoy tomando algo de tiempo para mí misma porque… —Me viene a la cabeza la pregunta que me ha hecho Noah esta mañana: «¿Necesitas permiso para comer?». De repente, no me apetece dar explicaciones. Me siento como una hucha con forma de cerdito—. Porque lo necesito.

Susan no está contenta. El silencio es tan tenso que empiezo a flaquear. Si me presiona, no sé si seré capaz de mantenerme firme.

—Tienes obligaciones, Rae —insiste—. Muchas, muchísimas. ¿Qué quieres que haga? ¿Llamar y cancelarlas todas? ¡Estás promocionando tu gira! Todo esto es para ayudarte a alcanzar tus sueños, y la gente ha reservado parte de su valioso tiempo para complacerte.

Uf, detesto cómo me está pintando. De golpe, parezco una mocosa malcriada que necesita aprender la lección. Como si lo único que hiciera todo el rato fuera pensar en mí misma. Pero entonces me doy cuenta de que, si eso fuera cierto, últimamente no me sentiría como un montón de mierda. Y la cuestión es que nunca opongo resistencia. Nunca falto a las entrevistas, y procuro ser siempre respetuosa con el tiempo de los demás. Esta es la única vez que me he saltado la norma. Tiene que contar, ¿no?

Noah reaparece y, cuando me ve al teléfono, da media vuelta para entrar en la sala de estar, donde se deja caer en el sofá de una forma sorprendentemente juvenil. Es desconcertante tenerlo aquí escuchando, aunque finja no hacerlo.

Me giro de espaldas a él y me enrollo el cable del teléfono en un dedo.

—De veras que lo siento, Susan. Pero estoy muy cansada y necesito algo de espacio para respirar y sentirme yo misma de nuevo.

Tiempo atrás, Susan y yo estábamos muy unidas y hablábamos de todo. Recuerdo que al poco de despegar mi carrera, nos llevó a mi madre y a mí a una gira radiofónica. Nos reservó habitaciones en los mejores hoteles y después de cada entrevista, íbamos a los mejores lugares turísticos y a cenar a restaurantes animados. O usábamos el servicio de habitaciones y veíamos películas en albornoz, riendo como hacen las amigas. Fue lo más, tenía conmigo a mi madre, y mi representante era mi amiga. La vida era apasionante y novedosa, y la fama todavía no me había quemado.

Durante esos días y esas noches, hablamos mucho sobre mis sueños y lo que quería lograr en mi carrera. Susan se desvivía por mí y era muy cariñosa. Paciente y comprensiva. No sé muy bien cuándo dejó de serlo, pero tengo claro que hace mucho que la Susan de entonces ya no existe.

La echo de menos, y también a la chica de ojos vivos que tocaba música y cantaba porque si no lo hacía, el mundo no era igual. Que se despertaba temprano por la mañana porque la letra de una canción le rondaba por la cabeza y tenía que escribirla. La chica a la que le dolían los dedos y la espalda al final del día por haberse pasado demasiado rato absorta al piano.

Pero una parte de mí se pregunta si Susan se ha dado cuenta siquiera de que esa chica tampoco existe ya.

—Todos estamos cansados, Rae, pero no por eso vamos a abandonarlo todo y a dejar colgada a la gente como has hecho tú. Bueno, mira, te doy el fin de semana, pero después tienes que regresar. Y necesito saber dónde estás para poder ordenarle a Will que vaya y se quede contigo.

Will, mi guardaespaldas. Me seguirá a todas partes. Y si bien normalmente valoro y quiero que esté conmigo, pienso en Mabel y en la palmadita cariñosa que me ha dado esta mañana en la mano y decido que no es necesaria su presencia aquí.

Me doy cuenta de que me he vuelto hacia Noah cuando él gira la cabeza y nuestros ojos se encuentran.

—No necesito a Will. Estoy a salvo y paso desapercibida.

—No. Eso no es negociable. Aquí tengo un bolígrafo, así que dame tu dirección. Y también tendrás que hacer algunas entrevistas para la prensa por teléfono mientras estés ahí. Es importante que no perdamos impulso. Ya tendrás tiempo de descansar en el autobús de la gira entre concierto y concierto.

Caray, ¿Susan ha sido siempre una apisonadora? Me ha dejado aplastada en el suelo.

Noah se levanta y se acerca, pero se queda a un par de metros de mí. Tengo mariposas en el estómago, y estoy segura de que si él lo supiera me obligaría a ingerir salsa picante o algo igual de brutal para matarlas todas. Al ver sus ojos clavados en mí, recuerdo que necesito estar aquí, que la lenta sensación de volver a la vida es fundamental y que Audrey Hepburn nunca se equivoca. Tengo que adentrarme en lo que quiera que sea esto, y por una vez Susan tendrá que apañárselas sin tenerme disponible 24/7.

—Mira, Susan, te llamaré el domingo por la noche y te diré dónde mandar un coche a recogerme el lunes por la mañana. Hasta entonces estaré ilocalizable.

—No, Rae, esp…

Cuelgo.

Y me quedo mirando el teléfono con los ojos como platos. ¿De verdad acabo de hacer eso? Me siento libre, poderosa e INCREÍBLE… hasta que el teléfono empieza a sonar. Hago una mueca y vuelvo la cabeza para mirar desesperadamente a Noah. No tengo ni idea de por qué le estoy mirando. No es que él pueda hacer nad…

Como esta mañana, está detrás de mí otra vez. Pasa el brazo por encima de mi hombro, desconecta el teléfono y deja caer el cable enrollado al suelo. Los timbres se detienen y lo único que se me ocurre es alzar los ojos hacia él.

No se puede decir que esté sonriendo, pero tampoco tiene el ceño fruncido.

—Los cavernícolas no necesitamos teléfonos, de todos modos —dice, y me pone un pijama en las manos.

Lo desdoblo y no me sorprende nada ver que me ha prestado un pijama de dos piezas a juego, con la chaqueta abotonada. De franela, en color azul grisáceo oscuro con rayas blancas verticales. Es el tipo de pijama que Gregory Peck habría llevado en *Vacaciones en Roma*. Un pijama sofisticado, sobrio, clásico. Era evidente que Noah tendría un pijama así.

Ve que sonrío y sabe automáticamente el motivo.

—Tengo hermanas —admite, y es un verdadero placer verlo avergonzado—. Me lo regalaron por Navidades porque dicen que parezco un anciano.

—Cuidado. Esas son muchas palabras. Si sigues así, podría pensar que te gusta hablar conmigo. —Sonrío y me llevo el pijama a la cara, me lo paso por la mejilla para comprobar su suavidad. Es un gesto raro pero, no sé por qué, me siento lo bastante cómoda como para hacerlo delante de él.

Me observa atentamente un momento y después vuelve la cabeza para impedir que le vea sonreír. Pero le veo.

—He quedado para almorzar con alguien antes de volver a la pastelería.

Oh. ¿Es esa la razón de que estuviera pasando el rato aquí en lugar de irse a trabajar esta mañana? ¿Tiene una cita para comer? Dijo que estaba soltero, pero supongo que eso no significa que no salga de vez en cuando. ¿Y POR QUÉ se le tensa la mandíbula?

—Así que… —añade mientras recoge las llaves de la encimera—, hay comida en la nevera por si tienes hambre, y ahora que ya sabes dónde está el pueblo. Si necesitas ir por alguna razón, hay una bicicleta en la parte trasera de la casa. Llama a los bomberos si hay un incendio.

—Detente, déjate caer y rueda —digo con una amplia sonrisa.

Asiente unas cuantas veces con la cabeza.

—De acuerdo. Muy bien. Supongo que te veo después —se despide.

—Supongo que sí.

9

Noah

Unos ojos brillantes me siguen dondequiera que voy. Como pequeños gremlins que no me dejan en paz.

Amelia lleva casi tres días en mi casa, pero, aparte de Mabel, nadie ha podido confirmar su presencia porque no se ha aventurado a salir y yo he mantenido una firme actitud de «sin comentarios». No sé qué diablos ha estado haciendo los dos últimos días porque la he evitado del mismo modo que evito a Harriet en… bueno, en todas partes. Pero es evidente que los rumores sobre Amelia, o Rae, como ellos la conocen, se han propagado rápidamente entre los vecinos porque ha habido más movimiento en mi pastelería en estos dos últimos días que en todo el mes.

Lo cierto es que por aquí no se suele escuchar música comercial, prefieren canciones con aire country y letras sobre un hombre y su querido perro viajando en coche por carreteras polvorientas. De modo que nadie se ha vuelto loco por verla ni nada de eso. No, solo siguen el tema por el jugoso sabor del cotilleo en sus lenguas. Esperan remover el café en la escuela dominical mientras van repartiendo detalles de la famosa estrella como si estuvieran donando billetes de cien dólares a los pobres y necesitados.

Además, recuerdan cómo fueron las cosas con Merritt, y buscan asientos en primera fila para ver la posible secuela de mi espantosa vida amorosa. Tengo algo que decirles: se van a llevar una enorme decepción porque no me acercaré a Amelia.

Estas son las únicas razones por las que merodean por aquí. Todo el mundo conoce mis pasteles. Cada quien tiene su favorito, y puedo recitar los pedidos habituales de cada habitante del pueblo incluso estando pedo. Y, aun así, se han detenido todos a mirar la vitrina como si esos pasteles redondos que contiene fueran alguna novedad.

—¿Y este pastel de moras está relleno de...?

—Moras —respondo cruzando los brazos.

—Bueno, eso ya lo sé, pero ¿no lleva ninguna baya más? —pregunta Gemma, la propietaria de la tienda de edredones que hay al otro lado de la calle.

—No. Los ingredientes no han variado en los últimos cincuenta años.

Gemma tiene más o menos esos años y ha nacido aquí, así que lo sabe igual que todos los demás.

Frunce la nariz al ver que sus tácticas dilatorias han llegado a su fin. La miro sin sonreír, deseando que elija de una maldita vez un pastel y se largue.

Phil y Todd están sentados en la mesa alta, acarician los cafés que han pedido hace una hora y toman bocados del tamaño de una migaja. He visto ratones dando mordiscos más grandes. Menos mal que en unos treinta minutos puedo cerrar y... Espera, no, no puedo ir a casa. Allí estará ella. ¿Qué se supone que voy a decirle? ¿Cómo voy a evitarla hasta que llegue la hora de irse a dormir? He estado yendo a casa de James todos los días al salir de trabajar para no tener que pasar tiempo con Amelia. Pero James me ha dicho, sin demasiada educación, que deje de ser un cobarde y que esta tarde no sería bienvenido en su casa.

No he parado de maldecirme por haber aceptado que se quedara el fin de semana. Tendría que haberla echado de inmediato.

No es que no tenga hogar ni dinero. Y cuando me pregunto por qué permití que se quedara, no me siento demasiado cómodo con la respuesta. Porque estoy bastante seguro de que tuvo algo que ver con la forma en que reaccioné en el cuarto de baño al ver su bote de loción corporal. Me dije a mí mismo que debía dejarla ahí. DÉJALA AHÍ. Pero estaba al lado de su cepillo y su neceser de maquillaje, y no resistí la tentación de quitarle el tapón y olerla como el patético desgraciado que soy. Y lo que es peor, me sentí decepcionado al olerla porque, después de haber estado cerca de ella en demasiadas ocasiones, me di cuenta de que la fragancia no era igual. Cambia en contacto con su piel. Se vuelve más intensa, más suave y más cálida.

Estoy molesto.

Estoy cabreado.

Estoy frustrado.

Y me apoyo en estas emociones como si fueran viejos amigos porque son las que me impiden cometer el error de encariñarme de una mujer hermosa, con talento, una enorme personalidad y una vida muy muy lejos de Roma, Kentucky.

Gemma se marcha por fin con su pastel de manzana con bourbon y vainilla (el que compra siempre, por cierto), y casi todos los demás, excepto Phil y Todd, desaparecen. Cuando estoy limpiando la barra, veo pasar por delante del escaparate a una mujer en bicicleta…

No. ¿Qué está haciendo aquí? ¿Y por qué lleva mi gorra?

La muy ladrona.

La campanilla de la puerta suena cuando Amelia entra con la luz del sol difuminada a su alrededor, como si fuera un puñetero ángel enviado a la tierra para demostrar que el cielo realmente existe. Desearía decir que mis ojos no recorren sus largas piernas tonificadas y bronceadas hasta sus pantalones cortos blancos, los mismos que vestía la noche que la conocí, pero lo hacen. Lleva su larga cabellera morena recogida en una trenza que le cae por encima del hombro y le llega hasta el centro del abdomen, atada con una cinta de seda azul marino que hace juego con la camiseta de tirantes a rayas que luce. Unas zapatillas de lona blanca le cubren los pies, pero sé que debajo se esconden unas uñas pintadas de rojo. Huelga decir que en este estilo clásico y sofisticado suyo no encaja para nada mi vieja y descolorida gorra de béisbol de los Atlanta Braves. ¿Cree que la ayuda a esconderse? Porque deslumbra con luz propia como una estrella hermosa y radiante.

Agacha un poco la cabeza y se acerca, titubeante, a la barra.

—Ya sé que dije que no te molestaría, pero tienes la nevera más bien vacía, y se me ha ocurrido venir al pueblo para comprar algo y preparar la cena. Por lo de colaborar y tal. Pero he visto el nombre de esta tienda y he recordado que tenías una pastelería, y ohmecachisestásenfadado. —Ve mi ceño fruncido y empieza a recular—. Me voy. Perdona. Ha sido una mala idea y… —Se interrumpe y, al darse la vuelta para dirigirse hacia la puerta, la trenza le golpea la espalda como si la estuviera espoleando para caminar más deprisa.

Phil y Todd juntan las cabezas, susurrando y lanzándome miradas de decepción. Como James, consideran que no estoy tratando a Amelia lo bastante bien. Este pueblo es demasiado educado y desearía que no me hubieran inculcado sus valores para pensar del mismo modo. Ojalá pudiera alejarla definitivamente como he estado intentando hacer en lugar de ablandarme y llamarla.

—Amel… Rae. —Agacha los hombros cuando digo su nombre y, tras detenerse en seco, gira ágilmente sobre sus pies para mirarme otra vez. Señalo la vitrina con la cabeza—. Echa un vistazo —digo.

A lo mejor, si lo ve todo ahora, llenará su cupo de «vida normal» y se irá antes. Porque estoy seguro de que eso es lo que significa todo esto para ella. La estrella rica y famosa se baja de su escenario para soltar unos cuantos «ooh» y «aah» al ver nuestras vidas pintorescas, y después se llevará consigo algunas historias de nuestro idílico pueblo para contárselas a sus amigos. Este pueblo es solo una escala para los de su clase. Créeme.

No sé si Amelia está sonriendo o frunciendo el ceño mientras mira hasta el último rincón de mi pastelería, porque decido irme a la cocina de la parte de atrás y hacer la limpieza del final del día. Cuando oigo la campanilla de la puerta principal, suspiro de alivio con fuerza porque eso indica que se ha ido.

—No tendría que haber dejado que se quedase —refunfuño en voz baja mientras friego un bol grande—. No vale la pena.
—Friega, friega, friega—. Qué idiota.
—Hablas más con los platos que con las personas.

Me llevo un susto morrocotudo al oír la voz de Amelia detrás de mí. Doy tal respingo que me lanzo una buena bola de espuma de jabón a los ojos.

—Mierda. ¡Maldita sea! —Me escuecen los ojos como si acabaran de rociarme con espray de pimienta. Intento secármelos con el codo pero no puedo, y todavía tengo las manos enjabonadas.

—¡Cuánto lo siento! Deja que te ayude.

Amelia tira de mi hombro para girarme hacia ella y, con los ojos entrecerrados, todavía ardiendo, veo que ha mojado un paño de cocina. Si cree que voy a dejar que me cuide lo lleva claro. No la quiero tener cerca de mí.

—Estoy bien. —Vuelvo a secarme los ojos con el antebrazo, pero la situación empeora. Me empiezan a saltar unas lágrimas involuntarias. ¡No estoy llorando! ¡Que conste que mis ojos están haciendo esto por su cuenta!

Meto las manos bajo el chorro de agua y me las aclaro con desesperación para poder limpiarme de los ojos lo que ahora da la impresión de ser ácido de batería. Amelia intenta tirar otra vez de mi hombro, pero no me muevo.

—Oh, por el amor de Dios —suelta como si hubiera vivido en este pueblo más de dos días.

Se desliza por debajo de mi brazo y se sitúa entre el fregadero y yo. Ahora la tengo entre mis brazos y nuestros pechos se tocan. Una electricidad caliente me recorre las venas y me quedo estupefacto. Hace demasiado tiempo que no rodeo a una mujer con mis brazos, y esta es la única razón por la que mi cuerpo está reaccionando con tanta intensidad.

—Deja que te quite la espuma y después podrás volver a ignorarme —dice poniéndose de puntillas para aplicarme el paño de cocina primero en un ojo y luego en el otro.

Enseguida noto alivio. O puede que haya dejado de sentir el dolor porque mi cerebro está concentrado en todos los lugares en los que nuestros cuerpos están en contacto. No tardo ni dos segundos en darme cuenta de que sus ojos tienen motas verdes. Que su loción de vainilla en su piel huele a azúcar moreno. Unas cuantas pecas le espolvorean el puente de la nariz. Aparte de esa sutil línea negra que le recorre el párpado para terminar sobresaliendo más allá de sus espesas pestañas, no parece que vaya maquillada. Si tuviera que apostarme algo, diría que esos labios color frambuesa son naturales.

Trago saliva con fuerza cuando baja la mano. Los ojos ya no me escuecen. Ella no se mueve. Yo no me muevo. Esta especie de atracción magnética entre nosotros no es que me alegre precisamente. Más que nada en el mundo, me gustaría que me provocara rechazo, pero no es así. De hecho, disfruto contemplando esos labios carnosos, y me pregunto si sabrán tan ácidos y tan dulces como parece.

Tendría que recular. Dejar caer los brazos. Inspirar hondo y distanciarme. Pero no puedo; mis pies se niegan a moverse y mis ojos no quieren apartarse de su boca.

Y entonces no sé quién da el primer paso, pero nuestros labios se encuentran. Subo la mano para sostenerle la nuca, y ella me rodea la cintura con las manos, lo que une el entusiasmo de mi cuerpo con el de ella. «Unas curvas suaves. Una fragancia cálida. Unas manos ávidas». Su deliciosa boca aleja mis pensamientos lógicos hasta que solo queda el deseo. Avanzo, con lo que le presiono la espalda contra el fregadero. Tendríamos que parar. Esto es todo lo contrario de lo que le he dicho, pero ella emite un suave gemido de aliento que me provoca una necesidad más fuerte de lo que puedo contener.

Por lo general, me gusta besar como si tuviera todo el día, con un aumento lento de la sensualidad que está pensado para saborear. Pero Amelia desata algo en mí. «Impaciente. Necesitado». Su lengua se desliza sobre la mía y es tan dulce que tengo la sensación de quemarme vivo.

Mis manos recorren su cintura y le rodeo la cadera con los dedos, y cuando estoy a un segundo de tumbarla sobre la encimera suena la campanilla de la puerta. El tintineo nos devuelve a la realidad, y todos mis pensamientos racionales regresan.

Dejo caer las manos y retrocedo muuucho, con la enorme sensación de que fuera lo que fuese eso, ha sido un error. Amelia arrastra los pies hasta el rincón opuesto de la encimera. Ya no nos miramos a los ojos, y el ambiente se vuelve incómodo.

—Lo siento, Amelia. Lo que ha pasado…

—No tendría que haber pasado —termina la frase a toda velocidad—. Lo sé. Y yo también lo siento. Pasemos página y acordemos no volver a hacerlo.

Una voz conocida que me llama desde la pastelería nos impide seguir hablando de esto, y puede que sea lo mejor.

—¿Noah?

Oh, no. Ahora no. Todavía no. ¡Creía que no iban a volver hasta mañana!

—Tiene que estar detrás…

—Seguro que escondiéndose…

—Me disculpo por adelantado —le digo a Amelia con una mueca.

Amelia solo dispone de un segundo para parecer desconcertada antes de que mis tres hermanas menores entren a empujones por la puerta de la cocina buscando con los ojos a su presa.

—¡Estás aquí! —exclama Emily, la mayor, a la que yo describiría como una botella de salsa picante—. ¡Tienes muchas explicaciones que darnos!

Cumplió los veintinueve el año pasado y tiene los ojos verdes de mi madre, igual que yo.

A continuación, Madison, la tercera de los cuatro, se abre paso por la puerta de vaivén para asomarse por detrás del hombro de Emily.

—¡Acabamos de volver al pueblo y hemos tenido que enterarnos por Harriet de que anoche alojaste en tu casa a una desconocida!

Madison se parece muchísimo a mi padre. Tiene el cabello y los ojos oscuros. Finge ser tan enérgica e imperturbable como Emily, pero a mí no me engaña: es muy sensible.

Y por último llega Annabell, la benjamina de la familia, de veintiséis años. La dulce Annie, callada, sin malicia, y también la única con el cabello rubio, casi blanco, natural. Solíamos bromear con que debía de haberlo heredado del cartero, ya que ni mi madre ni mi padre eran rubios. Hasta Emily y yo lo tenemos de un rubio dorado arena, no rubio del todo.

—¡Pero luego Phil nos ha dicho que Gemma le ha dicho que

Mabel le ha dicho que no es ninguna desconocida, sino Rae Rose! ¡La famosa Rae Rose!

Madison se me acerca y me hunde un dedo en el pecho.

—¿En qué estabas pensando para ocultarnos algo así? ¿Acaso no nos quieres? —suelta.

—¿Cómo ha ido la exposición floral? —digo con una ligera sonrisa.

—¡No intentes despistarnos! ¡Adelante, Noah, dinos que nos odias! —interviene Emily.

—Es la única razón que se nos ocurre para que no nos llamaras enseguida y nos contaras que la realeza del pop se aloja en tu casa —suelta Annie con las manos en las caderas. Se detiene un momento y se avergüenza un poco—. Y la exposición floral fue bien. Gracias por preguntarlo.

Como he dicho, pura energía. Las tres hablan tan deprisa que solo los más avezados pueden seguirlas. Yo soy uno de ellos.

Carraspeo y miro por encima de sus cabezas a la mujer con los ojos desorbitados del rincón opuesto que parece un conejito acorralado. Bueno, eso está bien. A lo mejor ellas la ahuyentan del pueblo. Tendría que haberla lanzado antes a mis hermanas.

Ellas siguen mi mirada hasta tener la cabeza vuelta hacia Amelia.

—Chicas, os presento a Rae Rose. —«Amelia», me corrige la cabeza—. Por desgracia, se le averió el coche en mi jardín delantero hace unas noches y se ha quedado tirada en el pueblo hasta que Tommy pueda arreglarlo o… —Dejo la frase en el aire: «O hasta que se harte de nosotros y llame para que vengan a buscarla. O hasta que mi nerviosismo la eche de aquí. O hasta que yo me despierte de este sueño/pesadilla».

Mis hermanas están con la boca abierta, y es probable que sea la primera vez en su vida que se han quedado sin habla.

Amelia les sonríe, y me doy cuenta de lo distinta que es esa sonrisa de las que me dedica a mí. Con lo que solo puede describirse como elegancia, Amelia levanta una mano hacia ellas y las saluda con cordialidad.

—Hola. Encantada de conoceros, chicas.

Siguen unos dos segundos de silencio absoluto antes de que la sorpresa de mis hermanas se desvanezca y vuelvan al ataque. Un torbellino de vivaces voces sureñas bombardean a Amelia con una pregunta tras otra. Por suerte para Amelia, en este pueblo solo hay tres personas que sean fans suyas. Por desgracia para Amelia, las tres están en este momento en la cocina junto a ella.

La conversación continúa así, pero, como quien dice, todo a la vez:

EMILY: ¿Estás atrapada en casa de Noah? Ni siquiera tiene wifi, ¿sabes?

MADISON: Noah es aburrido. ¡Vente con nosotras esta noche!

ANNIE: Iremos al Hank's, si te apetece venir.

EMILY: El Hank's es un bar donde vamos todos a tomar algo los viernes por la noche.

MADISON: ¡Podemos pasar a recogerte!

ANNIE: Nos aseguraremos de que nadie te moleste mientras estés allí.

EMILY: Te va a encantar, te lo prometo.

Espero que Amelia las aparte de un empujón y salga huyendo. Es imposible que haya comprendido todo lo que le han soltado de golpe. Pero, cómo no, vuelvo a equivocarme; al parecer, Amelia es la única mujer del mundo mundial que entiende el idioma de las alborotadas mujeres Walker.

Sus labios esbozan una brillante sonrisa, y francamente, nunca he visto a nadie parecer más contenta. «O más guapa», añade mi cabeza de nuevo porque es gilipollas.

—Ummm… El Hank's. Me encantaría ir con vosotras. A no ser que… —Desplaza los ojos hacia mí y su sonrisa se desvanece un segundo—. Que a Noah no le parezca bien.

Antes de que pueda contestar, Emily se interpone entre nosotros.

—¿Por qué diablos necesitas su permiso? —dice rotunda—. Hasta donde yo sé, no es el dueño del local. Bueno, es el dueño de este lugar, pero no del Hank's. Entonces, ¿vendrás con nosotras?

¿Cómo se ha infiltrado tan deprisa esta mujer en mi vida? Diría que ha habido tornados que han pasado más despacio por este pueblo. Y, lo más seguro, causando menos daños de los que probablemente provocará ella.

10

Amelia

Quedarme en casa de Noah tendría que hacerme sentir extraña. ¿Por qué no me siento extraña? No he estado tan cómoda ni siquiera en habitaciones de hoteles de lujo con el minibar a rebosar de mis tentempiés favoritos y un guardia de seguridad apostado al otro lado de la puerta. La casa de Noah tiene algo de hogareño. Echo un vistazo a la habitación en la que me he instalado y me doy cuenta de que es porque todo en esta casa parece tener un propósito, una historia o un sentimiento detrás. Donde él tiene un edredón de patchwork que seguramente hizo una abuela o una tía suya, yo tengo una funda nórdica cara, elegida por mi interiorista. Y esto es lo que le falta a mi casa en Nashville. Está llena de cosas, no de recuerdos.

¿Cuándo dejó mi casa de ser mi casa? A veces creo que el día que acepté el nuevo título de Rae Rose, una gran goma de borrar pasó por detrás de mí y eliminó mi vida anterior. Me duele el alma cuando pienso en aquellas tardes tranquilas con mi madre, sentadas a la mesa de la cocina, pintándonos las uñas y comiendo palomitas. No llegué a conocer a mi padre, porque cuando se quedaron embarazados de mí el último año de universidad, él no quería saber nada de tener una familia. Le dejó claro a mi madre que estaría sola si seguía adelante. Ella dijo que siempre le había gustado la idea de ser madre y formar una familia siendo joven. No veía por qué teníamos que ser menos familia sin mi padre, por lo que la decisión le resultó fácil.

Y tenía razón, nunca tuve la sensación de que faltara algo en casa. Quiero decir que las cosas eran difíciles y, al ser madre soltera, mi madre tuvo que trabajar mucho, pero éramos felices. Y nuestros épicos viajes en coche a la playa, donde alquilábamos una habitación en un hotel barato con arena en la moqueta porque no podíamos permitirnos otra cosa, siguen siendo de mis mejores recuerdos. Mi madre era toda la familia que necesitaba. Mi mejor amiga. Y entonces mi primer sencillo llegó al primer puesto de las listas de ventas y todo cambió.

Que mi carrera despegara y yo empezase a ganar dinero a montones nos fue separando poco a poco. Nos subimos a un camión de mudanzas y dejamos Arizona para instalarnos en una mansión de Los Ángeles en cuanto pudimos. Fue tenebroso al principio. Los nuevos muebles no tenían la huella de mi trasero y no lograba ponerme cómoda en ningún sitio. Pero mi madre estaba encantada, y verla feliz me hacía feliz. Siempre ha sido el alma de la fiesta, y no tuvo ningún problema para hacer nuevas amistades en los círculos de celebridades en los que me introdujeron. Al principio seguimos muy unidas, pero después, pasados los primeros años, ya no estaba tanto conmigo. Me dejaba plantada cuando quedábamos para cenar, y cuando la llamaba tras pasarme una hora sentada sola en una mesa, aseguraba que no recordaba haber planeado nada conmigo. Pero yo estaba segura de que habíamos quedado porque le pedía a Susan que me lo confirmara, y Susan es la persona más concienzuda que conozco.

Hubo muchos incidentes como este que empezaron a acumularse, por no hablar de que constantemente le pide a Susan que le transfiera más dinero a su cuenta. Lo hace a mis espaldas, pero Susan siempre me ha tenido informada y termino dando mi visto bueno a lo que sea que me pida. Pero ¿sabes qué? Aunque me encanta darle a mi madre todo lo que quiere, me gustaría que todavía me quisiera y que no solo le interesara mi dinero.

La gota que colmó el vaso fue cuando cumplió cuarenta y cinco años. Organicé una salida sorpresa para nosotras dos. Hacía semanas que lo tenía todo preparado. Susan me ayudó a reservar el avión y un chalet en Cabo San Lucas para cinco días. Pero cuando Susan envió el coche a recogerla para que se reuniera conmigo en el aeropuerto como habíamos planeado, mi madre dijo que no. Ya tenía planes con sus amigos y no quería cancelarlos.

Y desde ese día dejé de intentar tener una relación cariñosa con ella.

A pesar de sentirme utilizada, sigo manteniéndola económicamente porque es la única conexión que todavía tenemos. Y resulta que es muy difícil decirle que no a una madre cuando no deja de pedir más y más. O quizá es que soy adicta al subidón de autoestima que tengo cuando me necesita. Ahora nos comunicamos básicamente a través de Susan, que me ha ayudado a poner algo de distancia con mi madre, pero de vez en cuando recibo un mensaje de ella pidiéndome algo. Me duele, y suelo responder de forma muy breve.

En cualquier caso, me gusta que la casa de Noah sea pequeña. La decoración es bastante minimalista, pero es evidente que vive en ella y que no es un bicho raro. Aparte de mi visita a The Pie Shop, estos últimos días no he salido de esta casa, por lo que he tenido tiempo de observarla bien. Tengo la impresión de conocer un poquito a Noah a través de los objetos llenos de sentido que he visto. Un ramo de flores preciosas descansa en un jarrón de vidrio opalino en la mesa de desayuno. Nunca había conocido a un hombre que tuviera flores en su casa, y me parece importante destacarlo. Usa un enjuague bucal verde del mismo color que sus ojos. Está en el estante del cuarto de baño al lado de su cepillo de dientes (manual) y del dentífrico (Crest original). Todavía no me he asomado a su cuarto porque sigue teniendo la puerta cerrada, como si yo fuese un cachorrillo que todavía no sabe hacer sus necesidades fuera de casa y tuviera miedo de que entrase y me meara en su cama.

Me encanta.

Me encanta que no me ponga la alfombra roja. No ha intentado entretenerme ni una sola vez desde que estoy aquí; de hecho, se ha pasado la mayor parte del tiempo fuera. Creo que es por el beso fortuito (¡oh, ese beso increíble!), pero no me importa porque me permite vivir como si fuera normal. No puedo explicar lo maravilloso que es eso. Hasta la forma en que me han tratado sus hermanas es distinta a cómo me trata la mayoría de la gente. Sí, fueron intensas, pero en el buen sentido. Y te diré por qué pude confiar en ellas de inmediato. Me invitaron a acompañarlas esta noche en lugar de pedirme nada. Ni un selfi. Ni un autógrafo. Solo me lo ofrecieron porque les parecía que sería divertido. Y después de tres días hibernando en esta casa y preocupándome un montón por lo que voy a hacer con mi vida, lo de «divertido» suena increíble.

Y hablando de increíble, el beso de Noah regresa de nuevo a mi conciencia como lleva haciendo cada veinte segundos más o menos desde hace unas horas. ¿Cómo puede un beso con un hombre prácticamente desconocido haberme atrapado tanto? Pero tengo que apartarlo de mi mente, porque no puede volver a pasar de ningún modo.

Aunque ahora la pregunta es: ¿con qué se viste una para ir a un local llamado Hank's? ¿O era Honk's? ¿Tonk's? Creo que era Hank's.

—¡Noah! —grito a través a la puerta de mi habitación—. ¿Qué me pongo para ir al Honk's?

Cambio el nombre aposta porque fastidiar a Noah se ha convertido en uno de mis mayores placeres. Es un juego. ¿Cuánto tardará la cabeza del Pastelero Gruñón en estallar? Tendría que llevar un registro en el móvil. Descargar una sofisticada app para hacer el seguimiento de sus expresiones faciales.

Sé que está en casa porque le he oído entrar en el cuarto de baño y abrir la ducha al llegar del trabajo. Se ha tirado ahí veinte minutos. Veinte angustiosos minutos en los que he caminado de un lado a otro por esta habitación como un tigre enjaulado intentando no imaginar qué aspecto tendrá ese hombre en pelotas. Madre mía. Tiene que ser un espectáculo para la vista, fijo. Un espectáculo del que mi vista jamás disfrutará porque mi viaje no va de eso. Y, la verdad, me entran escalofríos solo de imaginarlo. «Me avergüenzo de ti, diosa sexual interior. Contrólate».

Me llega un gruñido desde algún punto situado al otro lado de la puerta.

—Hank's. Se llama Hank's. Si vas a ir, dilo bien.

—Muy bien, vale, ¿qué me pongo para ir al Hank's?

—Lo que te dé la gana.

No sé muy bien cómo es posible, pero Noah se ha vuelto más gruñón desde esta mañana (puede que tenga algo que ver con el incidente que no vamos a mencionar). Y cada vez que me ha mirado después del fiasco de la espuma de jabón, se le ha formado una arruga severa en el ceño. Lo pillo, hemos mezclado espacios personales y eso le ha molestado. No volverá a pasar.

Pero ahí está la cosa, he salido con tres chicos en mi edad adulta: un actor, un modelo y luego está mi último novio, que era cantante también. Todos ellos, hombres por los que las revistas y los tabloides babeaban, y de los que decían que estaban entre los más sexis y más exitosos del mundo. Y, aun así, jamás sentí por ninguno una atracción tan fuerte como la que siento por Noah Walker.

Pero no puedo sentirme atraída por él. El lunes me iré, y cuando me lo he planteado en el pasado, Susan me ha prohibido salir con un chico normal. Dice que nuestros mundos son demasiado distintos. Por desgracia, también tengo prohibidos los cupcakes, cualquier clase de actividad estimulante o pestañear sin el consentimiento de Susan.

Uf. Pensar en mi vida me está deprimiendo. Es el momento de fastidiar a Noah por diversión.

—¡Un vestido de fiesta, entonces! Tengo uno de lentejuelas con una raja hasta el muslo… Es el que llevé a la fiesta de cumpleaños de Harry Styles, pero no creo que a nadie de por aquí le importe que me lo ponga por segunda vez. Además, a Harry le encantó, así que…

Me muerdo el labio inferior y espero.

Ajá, oigo los pasos pesados de Noah acercándose a mi puerta.

—No te pongas eso. Harás el ridículo vestida de gala.

No se le puede acusar de no ser sincero. Es totalmente franco sin endulzar nada. Es fantástico.

PD. Ni siquiera metí en la bolsa un vestido de fiesta porque no soy idiota, a pesar de lo que él parece pensar de mí.

—Solo… ponte unos vaqueros y una camiseta —suelta Noah, como si hacer de mi asesor de moda fuese una tortura.

¿O tal vez es por hablar conmigo en general? No sé. Pero hay que ver lo que me gusta no tener que comportarme como una estrella en todo momento. Cree que me asusta con su actitud insolente. Lo que no se imagina es lo bien que me sienta su malhumor.

Abro la puerta para que vea lo que ya llevaba puesto: vaqueros, una camiseta y una sonrisa de vete a la mierda.

—¿Como estos? —pregunto.

Me mira de la cabeza a los pies, frunce el ceño y se vuelve hacia la puerta de su habitación. La entreabre un poco y se escurre dentro antes de volver a cerrarla enseguida.

—¡Ojo! —grito a la puerta cerrada—. ¡Esta vez casi me has dejado espacio suficiente para que me colara bajos tus pies!

Le oigo gruñir y sonrío. Dos puntos para Amelia. Cero, para el Pastelero Gruñón.

11

Amelia

Las hermanas de Noah no son como nadie que haya conocido. Pararon el coche delante de la casa y tocaron el claxon para que saliera. Literalmente. Tocaron el claxon. Cuando salí, silbaron y gritaron:

—¡Toma ya, la princesa del pop va al Hank's! ¡Súbete atrás con Annie!

Y con «atrás» se referían a la caja de su camioneta. Si Susan pudiera verme ahora, dando botes por esta carretera secundaria y oscura, subida en la caja de una camioneta sin cinturón de seguridad, como un grano de maíz en una sartén, se moriría. Se desplomaría en el acto. Va a ser una noche animada, lo presiento. Lo presiento entre botes y bandazos.

Por desgracia, el traqueteo me está provocando dolor de cabeza. Podría quedarse en nada o convertirse en una de esas terribles migrañas que he empezado a tener con más frecuencia. El médico dice que se deben al estrés y que tendría que tomarme más vacaciones. Pero no he tenido tiempo para vacaciones, y esa es la razón por la que llevo el ibuprofeno que me ha recetado en el bolso, ibuprofeno que ahora busco.

Cuando encuentro el frasquito naranja, desenrosco discretamente el tapón, saco una pastilla y uso la saliva para tragármela antes de que Annie me vea. No sé por qué, ese gesto me hace sentir tonta. Solo es un ibuprofeno fuerte, pero la gente suele montarse películas extrañas cuando ve a un famoso tomando alguna pastilla, y ahora mismo no me apetece contarle mi historial médico a las chicas. Guardo el frasco de nuevo en el bolso justo cuando enfilamos el bar y Madison asoma la cabeza por la ventanilla del copiloto para gritar:

—¡Todo el mundo alerta! ¡Maestras desmadradas a la vista!

—¿Sois maestras? —le pregunto a Annie, sujetándome al lateral de la camioneta cuando Emily gira bruscamente para entrar en el aparcamiento de grava.

—Ellas sí —me contesta sonriendo—, pero ahora están de vacaciones de verano. Yo tengo una floristería al lado de la pastelería de Noah.

«Una floristería». De repente, el ramo de la mesa de Noah tiene más sentido.

—Entonces tú tienes que ser la que pone flores frescas en casa de Noah.

Annie suelta una carcajada y sacude la cabeza.

—Más o menos —responde—. Noah se pasa por la tienda casi cada día y me compra un ramo para llevárselo a casa. Creo que, en el fondo, le preocupa que me vaya a la quiebra si no lo hace.

¡Ah, no! Ni se te ocurra, corazón. Noto que empiezas a derretirte, pero no voy a permitirlo. ¿Y qué? Es un buen hermano.

A. Mí. Plin.

Emily y Madison salen de la camioneta y van hacia la parte trasera para abrir el portón y que Annie y yo bajemos. Cuando miro el Hank's, se me hace un nudo en la garganta. Es un bar tirando a pequeño, básicamente en medio de la nada, rodeado de un aparcamiento de grava y lleno hasta los topes. Un letrero de neón parpadea sobre la entrada confirmando que, efectivamente, estamos en el HANK'S BAR, y hay tantas camionetas que el aparcamiento parece el Tetris. Los que han llegado primero no podrán marcharse en un buen rato. A través de la cristalera, veo que el bar está poco iluminado, pero hay tanta gente dentro que seguro que está infringiendo alguna norma de prevención de incendios.

—¿Va todo bien? —me pregunta Annie, que se para a mi lado y capta mi expresión nerviosa.

Trago saliva con fuerza y señalo débilmente el bar.

—Es que parece... bastante concurrido —suelto.

—Pues claro —dice Emily, que se me ha acercado por el otro lado—. Todo el mundo..., y me refiero a todo el mundo, viene al Hank's los viernes por la noche. Es lo único divertido que se puede hacer en el pueblo, y nadie se lo pierde.

Oh, genial. Todo el mundo metido en ese sitio y yo sin ningún tipo de protección real. ¿Qué probabilidades hay de que me encuentre con alguien obsesionado con la música pop? De golpe, desearía que Noah estuviera aquí, lo que es una idea absurda en sí misma. Solo hace unos días que lo conozco, pero de algún modo sé que con él estaría a salvo.

—No habrá algo como... una puerta trasera por la que podamos entrar, ¿verdad? ¿Lleváis una gorra en la camioneta? De saber que esto estaría tan abarrotado habría...

Madison empieza a empujarme por detrás. Me lleva hacia la puerta principal, y yo parezco un gato acercándose al agua.

—Este pueblo es inofensivo —dice riendo—. Confía en nosotras. Cuidaremos de ti. Y Emily dirige el cotarro por aquí, de modo que le harán caso.

Ummm... ¿Por qué tengo la sensación de que me están ofreciendo como sacrificio a la bestia de neón?

Annie abre la puerta para que entremos todas y me dirige una sonrisa empática cuando nos llega el sonido de la música country. El interior es ruidoso y bullicioso. Emocionante y aterrador.

—Deja que Emily entre la primera.

Me quedo atrás como me indica y efectúo unas cuantas técnicas de respiración de las que uso antes de salir al escenario, cuando los nervios pueden conmigo. Antes de terminar la segunda respiración, Madison me agarra de la mano y tira de mí hacia dentro.

Juro que los siguientes treinta segundos transcurrieron así:

Cruzamos la puerta.

Todas las cabezas se giran hacia nosotras.

El grupo que baila en línea en el centro del local se para de inmediato.

La música se interrumpe.

Hay tal silencio que podemos oír el clic de la puerta al cerrarse detrás de nosotras.

Y todo el mundo me mira fijamente.

Resulta que... esta gente conoce la música pop. O, como mínimo, a las celebridades. Porque no cabe duda de que me están mirando como a una de ellas. El corazón me empieza a latir muy deprisa, y el fuerte olor a cerveza y a sudor me provoca ganas de potar. Ha sido una mala idea. Irme de Nashville ha sido una mala idea. ¿Por qué coño creía que podría pasar desapercibida en un pueblo y pasearme como si nada en medio de una maravillosa soledad? Ahora todos saben dónde estoy. Se acabó la paz. Olvídate del lunes, tengo que irme hoy mismo porque en cualquier momento levantarán el móvil, sacarán fotos y las subirán a todas las redes sociales. Los paparazis llegarán en menos de una hora. Así es como pasa siempre.

Me giro para salir pitando, pero Madison me sujeta por el antebrazo.

—Espera. No pasa nada.

Señala con la cabeza a Emily, y veo, estupefacta, que se sube a la barra y hace bocina con las manos para decir:

—Escuchadme todos: estoy aquí con mi amiga Rae Rose, que quiere pasárselo bien y tener cero molestias. ¡De modo que comportaos como os enseñó vuestra madre y tratémosla con respeto! Además, pasará algo de tiempo en nuestro pueblo sin que se sepa, así que hacedle el favor y actuad como si nunca la hubierais visto. ¿Lo habéis pillado todos?

Todos emiten un fuerte rugido y asienten con la cabeza, con la cerveza en alto y una enorme sonrisa en los labios.

—¡Genial! ¡Que alguien me sirva una bebida!

Emily es una diosa. No puedo decir otra cosa, porque los allí presentes hacen exactamente lo que ha dicho. La música suena de nuevo, se vuelven a oír carcajadas, todo el mundo sigue con lo que estaba haciendo antes de que entráramos, el hombre tras la barra ayuda a Emily a bajar y le pone una cerveza en la mano.

Y listos.

Nadie me trata de forma diferente. Nadie me mira fijamente. Nadie me pide un autógrafo. Durante la siguiente media hora, las hermanas Walker y yo nos reímos, bebemos y hablamos. Olvido de verdad que en el resto del mundo me consideran importante. Sí, quieren saber cómo fue salir con mi ex, Tyler Newport (imagino que algo muy parecido a salir con esa reina vanidosa de Disney que se miraba sin parar al espejo y le preguntaba quién era la más hermosa de todas). También quieren saber lo que más me gusta de ser cantante (un tema que esquivo porque mi crisis profesional ha alcanzado cotas épicas y no consigo recordar ningún aspecto positivo), pero esas preguntas se acaban enseguida y nuestra conversación se vuelve más terrenal.

—Tengo que admitirlo —digo tras terminarme la primera cerveza y sentirme un poco más relajada—. Me preocupaba que todo el mundo alucinara al verme entrar. Ya me he visto antes en medio de una turba de fans y me aterraba que me pasara otra vez.

Madison se ríe, porque para cualquier persona ajena a este mundillo, lo de «turba de fans» suena a escena fantasiosa de una película de Disney. En realidad, es doloroso, espantoso, y una invasión de la seguridad emocional y física tan grande que cuesta recuperarse. Pero la mayoría de la gente no tiene ni idea de esto, por lo que le perdono el pitorreo.

—Si parecían interesados es solo porque este pueblo está buscando algo de lo que hablar desde que Kacey se quedó preñada y todos pensaban que era de Zac, pero al final resultó que el bebé era de su marido, Rhett. Desde entonces se aburren.

Emily se inclina un poco más hacia la mesa.

—Pero, en serio..., yo también creía que era de Zac. Especialmente después de la forma en que...

—¡La miró en la iglesia aquel domingo! ¡Sí! —Madison da un manotazo en la mesa, lo que hace que las cervezas se agiten. La única aportación de Annie a la conversación es una sonrisa y una risita entre dientes—. Pero, por encima de todo, los de por aquí somos buena gente. Es solo que había que aclarárselo desde el principio. Ahora no te molestarán, y no tiene que preocuparte que nadie filtre nada a los medios sociales, porque, por si no te has dado cuenta, no tenemos cobertura. Nuestro hermano ni siquiera tiene móvil.

No me sorprende que Noah no tenga móvil. Lo que sí me intriga, sin embargo, es el cosquilleo que me provoca la mera mención de su nombre. El modo en que mi mente visualiza sus manos sobre mi cuerpo, su boca gruñona explorando la mía. La sensación de comunión que me recorrió el cuerpo cuando nuestras pieles entraron en contacto.

—Y dime —suelta Emily, apoyándose en los antebrazos—, ¿adónde ibas cuando se te averió el coche en el jardín de Noah?

Doy un sorbo a mi segunda cerveza y me humedezco los labios.

—Bueno..., aquí, de hecho.

Las tres fruncen el ceño.

—¿Aquí? —pregunta Madison, sorprendida—. ¿A Roma, Kentucky? ¿Viniste aquí a propósito? ¿Y por qué coño hiciste eso? Yo llevo años intentando largarme de este pueblo, pero Annie y Em no me dejan.

—Pues claro, no te jode —dice Emily.

Annie les dirige a ambas una mirada de frustración y saca una libretita en la que añade algo a una especie de registro.

—Perdona, Annie. Quería decir «no te joroba» —corrige Emily con un airoso gesto del brazo al pronunciar la palabra «joroba».

Annie ve mi expresión de desconcierto mientras trato de escudriñar la libreta. Veo escritos los nombres «Emily», «Madison», «Annie» y «Noah», con unas marcas al lado. «Annie» no tiene ninguna marca, y «Noah» tiene por lo menos el doble que sus hermanas. Esto me hace sonreír por razones inexplicables.

—Estoy intentando que dejen de soltar tantos tacos. Cuando alguien alcanza veinte marcas, tiene que meter veinte pavos en el tarro de las palabrotas —explica Annie, que cierra la libreta y la deja a un lado.

—¿Y eso por qué? —pregunto con una ligera carcajada.

—Porque es un angelito dulce y sin malicia —responde Emily con una sonrisa burlona.

Annie le saca la lengua a Emily.

—Al menos uno de nosotros debería cruzar las puertas del cielo en representación de los Walker —afirma.

—¿Las puertas del cielo? —suelta Madison sonriendo con sarcasmo—. Yo me conformo con salir de los límites de este pueblo de mie... mi niñez.

—Muy hábil —sonríe Annie.

Madison la señala con la cerveza.

—Solo porque te quiero, y también porque si me pones una

marca más tendré que pagar —responde—. ¿Me vas a devolver todo ese amor y alguna vez dejarás que me vaya de Roma?

—No —sueltan a la vez Emily y Annie.

—Noah ha vuelto y somos una familia —añade Emily con una nota definitiva en su voz. Me da la impresión de que ejerce de madraza con sus hermanas—. Aquí es donde tenemos nuestras raíces, y donde está nuestro hogar.

«¿Noah ha vuelto?». Me muero de ganas de preguntar a Emily de dónde ha vuelto, pero no tengo ocasión.

Madison suspira, y ese aire que exhala expresa muchas cosas: añoranza, derrota, resolución. Un abanico de emociones de las que seguramente jamás sabré el origen porque el lunes ya no estaré aquí.

—Perdona, divagamos con facilidad —dice mirándome a los ojos—. Estábamos hablando de por qué viniste al pueblo.

Ahora que he pasado unos días aquí, comprendo su asombro. No es lo que se dice un destino turístico. Doy otro trago a mi cerveza para ganar algo de tiempo antes de responder. Pero entonces el local se tambalea un poco, y me noto la lengua pesada y suelta a la vez. Tras distraerme un instante por esta sensación repentina, les confieso la verdad.

—Por *Vacaciones en Roma*. Busqué en Google Maps qué ciudad que se llamara Roma me quedaba más cerca, porque ahí es donde va Audrey.

Me miran estupefactas, y me pregunto qué parte de lo que he dicho les sorprende tanto. Decido empezar con la parte menos extraña.

—Ya sabéis, la película clásica. —Más miradas estupefactas—. Oh, estoy segura de que la conocéis. La protagonizan Audrey Hepburn y Gregory Peck. Ella interpreta a la princesa Ana, y una noche huye de su vida de realeza y... ¿no tenéis ni idea de lo que estoy hablando?

Las tres sacuden la cabeza. Emily es la primera en hablar.

—Creo que nunca he visto una película de Audrey Hepburn. ¿Son buenas?

Me quedo boquiabierta. Ahora quien las mira estupefacta soy yo. ¿Cómo es posible que no sepan quién es Audrey Hepburn?

—¡¿Qué?! —exclamo—. ¿Cómo podéis ir por la vida sin haber visto a Audrey? Es lo más en elegancia y precocidad. Belleza y, aun así, rareza. —Sacudo la cabeza, atónita—. Es… maravillosa.

«Y mi mejor amiga». Esto no lo digo porque no me apetece que sepan lo rarita que soy en realidad. O lo sola que me siento. Porque solo una persona sin amistades afirmaría que su mejor amiga es una difunta estrella de cine.

—Me recuerda a Annie —sonríe Madison. Y tras una pausa dramática en la que dirige una mirada pícara a su hermana, añade—: Por lo menos, la parte de la «belleza y, aun así, rareza».

Es evidente que esta pulla es cariñosa por la forma melódica en que la dice.

No obstante, Emily le da un empujoncito juguetón a Madison en el hombro.

—Vale —dice—, ya está bien por hoy de meterse con la pequeñaja. Sabes que es demasiado dulce para contraatacar.

—Oye, no necesito que me defiendas. Puedo hacerlo yo sola —se queja Annie, irguiéndose cinco centímetros. Las dos hermanas la miran pacientemente y esperan con las manos entrelazadas bajo la barbilla—. Maddie es tan… Bueno, es… —Resopla, enojada, antes de entornar los ojos y recostarse en su asiento al ver que no se le ocurre nada malo que decir—. Está claro que Madison es la parte de «la elegancia y la precocidad», y además estás muy guapa con esa blusa esta noche, Maddie.

Las hermanas estallan en carcajadas y Emily besa con cariño a Annie en la mejilla, que parece molesta por su falta de ocurrencias.

—No cambies nunca, Annie —dice Emily.

Estar aquí sentada, viendo a estas hermanas bromeando, chinchándose y queriéndose tanto, hace que eche en falta esto en mi vida. Me muero por tenerlo. Conocer y que me conozcan. Me gustaría abrirme paso hasta introducirme en su pequeña familia y suplicarles que me tomen el pelo como hacen entre ellas. Quiero que me pinchen con verdades sobre mí que yo no veo. Quiero reírme, entornar los ojos y ser una más. Tener lo que ellas tienen. Pero para eso debería abrirme y ser sincera sobre mí misma. Dejar que accedan a mí, que vean que soy un poco rara y disfuncional, y no sé si vale la pena porque me marcho el lunes.

Así que sonrío con dulzura y doy un sorbo a mi cerveza. «Educada, educada, educada».

Unos minutos más tarde y después de pedir otra ronda de cervezas, Madison mira detrás de mí y su sonrisa se hace más amplia todavía.

—¡Oh, mirad, ha venido Noah con James!

Una avalancha de mariposas me llena el estómago, y la sensación es tan abrumadora que casi me caigo de la silla. De algún modo, noto los ojos de Noah en mi nuca. Mi piel está caliente. El vello de los brazos se me eriza. No puedo tener los dedos quietos. Muevo la rodilla arriba y abajo, pero nada de esto sirve para mitigar la forma en que noto que se aproxima. Me llevo la cerveza a los labios y me bebo la mitad. No me queda otra. Ahora estoy a merced de mis nervios destrozados.

Por desgracia, el local, que hace poco se tambaleó un poquito, ahora parece una de las tazas giratorias de una atracción de feria. ¿Cómo puedo estar ya borracha? No tiene sentido, si solo me he tomado cerveza y media. Algo piripi, sí. Pero esta sensación es diferente. Alarmante.

Noah y el otro chico, James, llegan donde estamos nosotras. Noah se sienta al otro lado de la mesa porque, como de costumbre, tiene miedo de que le muerda si se me acerca demasiado. Su amigo, sin embargo, se presenta con una sonrisa cordial, franca.

Alarga su mano bronceada y encallecida. Mentiría si dijera que no me fijo de inmediato en lo atractivo que resulta; con el cabello castaño oscuro y la blancura de los dientes.

—Hola, soy James. Y nos ahorraré a ambos cualquier incomodidad admitiendo que sé exactamente quién eres. —Esboza una sonrisa afable que me hace sentir cómoda—. Es un honor conocerte, Rae.

Bueno, me sentiría cómoda si no estuviera tan pedo. Echo un vistazo receloso a la cerveza que me queda en el vaso mientras las náuseas y el agotamiento se apoderan de mí. Tengo que esforzarme para mantener los párpados abiertos.

—También yo me alegro de conocerte, Rae —digo con la sensación de que las palabras me salen por la boca como una melaza espesa.

Una sonrisa burlona llena de arruguitas la cara de James. «Oh, espera». ¿Le he llamado sin querer por mi nombre? Sacudo ligeramente la cabeza y me río.

—Perdona —me disculpo—. Quería decir «James». Me alegro de conocerte, James. —Levanto la cerveza, que parece pesar cincuenta kilos—. Me he tomado demasiadas, supongo.

—Solo te has tomado una cerveza y media, y estabas bien hace un segundo —interviene Annie con el ceño fruncido.

Exacto.

Es raro que esté actuando de esta forma.

Alzo los ojos y los fijo en los de Noah. Su expresión es más tormentosa que un huracán. Sus tupidas cejas doradas están muy juntas y tiene la mandíbula apretada. No está contento. Bueno, ¿alguna vez está contento cuando está conmigo? Su mirada es tan intensa que tengo que desviar la mía, pero por el rabillo del ojo veo que me sigue observando. Se me pone la piel de gallina. Necesito que deje de mirarme así o me hará un agujero en la cara.

Además, oye, de repente me siento como si me hubiera atropellado un camión, y lo único que quiero es dormir. Me gustaría descansar la cabeza sobre la mesa y…

«¡Mierda!».

Ahora me doy cuenta de lo que me pasa.

—¡Oh! ¡Esta es mi canción favorita! —chilla Madison. La oigo lejísimos a pesar de que está justo delante de mí—. ¡Venga, vamos a bailar!

Las hermanas se levantan de golpe y se dirigen hacia la pista de baile con James, pero Emily se queda rezagada.

—¿Estás bien, Rae? —pregunta.

Intento esbozar una sonrisa tranquilizadora. Ni siquiera estoy segura de que se me muevan los labios.

—¡Ssssí! ¡Enseguida voy!

Suelta una risita, pero puedo captar la preocupación en su tono. La madraza se concentra en mí.

—Muy bien. Noah, estate pendiente de ella, ¿quieres? Creo que el alcohol se le sube rápido a la cabeza.

Me quedo sola en la mesa y siento alivio al comprender que nadie me ha metido nada en la bebida y al mismo tiempo temor por lo que he hecho. Todo me da vueltas, las náuseas me revuelven el estómago, y el deseo de cerrar los ojos es tan fuerte que apenas logro combatirlo. Pero lo peor de todo es que ahora mismo soy totalmente vulnerable.

Intentando no ponerme bizca, me giro hacia mi bolso, que tengo colgado en el respaldo de la silla. Meto la mano y saco el medicamento para la migraña. Me cuesta muchísimo fijar la vista, pero finalmente compruebo que no es la misma pastilla redonda que me he tomado antes. Lo que significa… «Oh, no, no, no».

Saco el otro frasco con receta que llevo en el bolso. Se trata de un somnífero potente, de los que te dejan frito hasta próximo aviso, y que solo me tomo cuando estoy de gira y tengo un fuerte *jet lag*. Y sí, esta es la pastilla que me he tomado antes. Normalmente no las llevo encima, pero se me olvidó que, antes de salir de casa, metí todo lo que había en la repisa de mi cuarto de baño en el bolso. Solo tomo esta medicación cuando la situación es desesperada y me resulta del todo imposible dormir, porque deja fuera de combate a un caballo. Oh, y también caigo en la cuenta de otra cosa alarmante: nunca, pero nunca nunca, hay que mezclar somníferos con alcohol.

—¿Te has tomado una de estas? —La voz de Noah retumba sobre mi cabeza.

No me acordaba de que estaba aquí. Me cuesta recordar hasta mi nombre. Se ha puesto en cuclillas a mi lado y coge con cuidado el frasco de pastillas que tengo en la mano. Sus dedos rozan los míos, y me estremezco. Es tan cálido. Y hasta su mano parece fuerte. Hacer pasteles le sienta de maravilla a este hombre.

—Sí —respondo tras tragar saliva con fuerza—. Por errrrror. —Arrastro las palabras como si me hubiera tomado cinco copas. Estoy totalmente colocada. Y asustada. Y sola—. Crrrrreía que era otro mmmedicamento. Supongo que no.

—¿Cuántas te has tomado? —Su voz es como una manta de microfibra que me envuelve el cuerpo.

—Solo una. —Ya no puedo estar más rato despierta. Noto que las garras del sueño se clavan en mí y me arrastran.

Me recuesto sobre la mesa y entreabro una vez más los ojos

para mirar a Noah. En mi visión está borroso y movido, pero ya no parece tormentoso. Tiene esa arruga en el entrecejo. Un Noah preocupado es majo. Un Noah preocupado es agradable. Acogedor.

Y esto es lo último que pienso antes de que todo se vuelva negro.

12

Noah

Bueno, la cosa ha escalado deprisa.

¿Adivinas a quién llevo en la camioneta, colocada y recién salida de la consulta de nuestro médico local, después de suplicarle al doctor Macky que la reconociera fuera de horas? Te daré dos pistas: (1) Prometió que ni siquiera notaría que estaba ahí; y (2) No ha hecho otra cosa que hacerse notar desde que la conocí.

Esta mujer solo lleva unos días en mi vida y va a acabar conmigo. En cuanto la he visto esta noche, me he dado cuenta de que algo andaba mal. Tenía los ojos vidriosos y carecía de su viveza habitual. Parecía horrorizada y ausente a la vez. Por un instante, he pensado que alguien le había echado algo en la bebida y estaba dispuesto a tirar todas las mesas del bar hasta averiguar quién había sido.

Pero entonces ha sacado esas pastillas del bolso y se ha puesto a mirarlas, y todo ha encajado. El alivio que he sentido al entender que nadie la había drogado ha quedado sustituido de inmediato por el pánico. He comprobado el frasco y he visto que se había tomado un somnífero por error. No soy médico, pero hasta yo sé que no es bueno mezclar somníferos con alcohol.

Annie ha vuelto a la mesa cuando se ha percatado de que pasaba algo, y le he pedido que me ayudara a llevar discretamente a Amelia a la camioneta. Por suerte, todo el mundo estaba bailando y pasándoselo tan bien que nadie se ha fijado en nosotros. La he dejado en el asiento del copiloto y le he explicado a Annie lo que ocurría.

Me he subido a la camioneta con Amelia mientras Annie volvía al bar para llamar al doctor Macky. Nunca he conducido tan rápido en mi vida, ni me he alegrado tanto de llegar tarde al bar como hoy. Si hubiera ido allí una hora antes, mi camioneta habría tenido la salida bloqueada, igual que la de mi hermana.

Sea como sea, hemos llegado a la clínica y el doctor Macky le ha hecho un reconocimiento rápido a Amelia. Tenía la tensión arterial bien, los niveles de oxígeno correctos, y aunque lleva un colocón de narices, el médico ha dicho que se pondrá bien, que solo necesita dormir hasta que desaparezcan los efectos de lo que ha tomado.

En este momento, está inconsciente en mi camioneta y yo me encuentro junto a la puerta con mi hermana intentando encontrar una forma de eludir esta responsabilidad que, para empezar, yo no quería. Pero incluso mientras lo pienso, sé que de ningún modo voy a dejarla así esta noche. Me gustaría hacerlo, pero no puedo.

Annie echa un vistazo al interior de mi camioneta, donde se ve a Amelia con el cabello oscuro extendido a su alrededor y la mejilla apretada contra la piel del asiento, respirando a toda máquina por la boca.

—Es como un cachorrillo. Perdida y triste. ¿Te la quedarás, por favor, Noah? Porfiiii —suelta Annie, poniéndose las manos bajo la barbilla y pestañeando cien veces.

Verás, lo que pasa con Annie es que está callada hasta que se queda a solas conmigo. Entonces no le cuesta nada decir lo que piensa.

Entorno los ojos, sin permitirme preguntarle a mi hermana

por qué cree que Amelia está triste. A mí también me ha dado esa impresión, pero… da igual. No necesito saberlo. De hecho, cuanto menos conozca a esta mujer, mejor.

—No. Y ni tú ni las otras dos deberíais encariñaros con ella. No se puede confiar en alguien así. —Le dirijo una mirada severa para que la idea le quede clara. Me he dado cuenta de que mis hermanas se están enamorando de Amelia y eso no va a traer nada bueno. No somos nadie para ella. Ni siquiera volverá la vista atrás cuando se marche del pueblo el lunes, y harían bien en recordarlo.

—Oooh, una mirada severa. Se ve que hablas en serio —dice en un tono inexpresivo—. ¿Sabes qué? Me apuesto lo que quieras a que, en realidad, no es una estrella del pop sino una agente secreta, enviada a este pueblo para encontrar una base para su nueva agencia asesina. —Asiente pensativa con la cabeza—. Tienes razón, será mejor que guardemos las distancias.

Entrecierro los ojos y procuro no sonreír.

—Listilla. Solo quiero evitar que se os rompa el corazón cuando vuestra nueva amiga os deje tiradas.

—¿Evitar que se nos rompa el corazón a nosotras o que te rompan el corazón a ti? Otra vez.

Es molesto tener hermanas que me conocen tan bien. Pero me niego a caer en su juego.

—Déjalo y sube a la parte trasera.

—Muy bien. ¿Volvemos a tu casa?

—No —respondo, y cierro el portón una vez Annie se ha instalado en la caja—. Esta noche dormirá en tu cama.

—¿Por qué? —se queja horrorizada—. ¡Eres tú el que tiene una cama de más!

—Puede que no me caiga bien, pero eso no significa que no quiera que se sienta segura cuando se despierte hecha polvo por la mañana. Esta noche dormirá en vuestra casa, donde estará rodeada de mujeres, y no sola con un hombre al que apenas conoce.

Sé que quiere quejarse, pero tiene un corazón demasiado bondadoso para negarse.

—De acuerdo, entiendo lo que quieres decir. Puede dormir en mi cama. Se me olvida que los demás no saben, como sabemos nosotras, que eres un santo varón.

—No tan santo varón según tu registro de tacos.

—Pues ahora que lo dices, debes cuarenta dólares al tarro —dice señalándome con un dedo acusador.

Gruño. He metido más dinero en ese maldito tarro que en mi fondo de pensiones. Si Annie no lo donara todo a obras benéficas al acabar el año, haría mucho tiempo que habría dejado de complacerla. Pero, por la razón que sea, que no digamos palabrotas es importante para ella, así que… supongo que también es importante para mí. Por lo menos, cuando estoy con ella.

Justo cuando voy a ocupar el asiento del conductor, la cabeza de Annie asoma por la parte trasera de la camioneta.

—¿Y… Noah? A la abuela le habría gustado Rae, ¿sabes? Da igual lo que pienses, tiene buen corazón. Lo sé. —Sonríe como si estuviera reviviendo un recuerdo—. La abuela siempre quiso alguien como ella para ti.

Miro a Annie, tratando de devolverle mentalmente las palabras en lugar de asimilarlas. Y luego señalo la caja de la camioneta.

—Siéntate, que nos vamos. —Me dirige una mirada severa hasta que añado—: Por favor.

¿Es que en este pueblo todo el mundo conoce mi punto débil? Es como si llevara una diana pintada de rojo en el pecho. Saben exactamente a quién tienen que mencionar para partirme el corazón en dos.

Enfilo el camino de grava que conduce hasta la casa y apago el motor. Tengo la cabeza de Amelia a unos centímetros de mi regazo, y parte de su cabello me cubre el muslo. Gime cuando le clavo el dedo en el hombro.

—Oye, borrachina, despierta.

—Nostoyborracha —asegura entreabriendo sus ojos azules para mirarme.

Mierda, Annie tenía razón: ahora mismo parece un cachorrillo perdido. No me gusta el instinto protector que me está despertando.

—Como si lo estuvieras —replico, pero ya vuelve a estar dormida. Esa pastilla mezclada con alcohol ha podido con ella.

Salgo y rodeo la camioneta para abrirle la puerta.

Annie baja de la caja y se sitúa a mi lado.

—¿Tiramos de un brazo para incorporarla?

—Parece nuestra mejor opción.

Annie y yo unimos fuerzas para dejar a Amelia sentada. Su cabeza resbala hasta quedarse apoyada en el cristal, con la boca abierta y los ojos cerrados. Si le pusiéramos unas gafas de sol, la gente pensaría que estamos representando *Este muerto está muy vivo*.

—Venga, aúpa —digo pasándome uno de los brazos de Amelia alrededor del cuello y tirando de ella.

Se queda colgando como un peso muerto, lo que me obliga a sujetarla con tanta fuerza que tengo miedo de lastimarla. Annie se pone al otro lado de Amelia, pero mi hermana mide metro y medio (literalmente, ni un centímetro más) y no es de gran ayuda.

—A la mierda —suelto, y me agacho y cargo con Amelia en brazos para llevarla dentro.

Es mucho más fácil de esta forma, sobre todo después de que Annie recoloque la cara de Amelia; tiene la cabeza apoyada en mi hombro y no colgando como si fuera un cadáver. Caray, qué par de días más raros.

Annie corre delante de mí para abrir la puerta y encender las luces mientras yo subo los peldaños de entrada con Amelia, manteniéndome mentalmente indiferente a la sensación de tenerla en mis brazos, a lo bien que huele su pelo y a su respiración en mi cuello. Entro y la deposito en la cama de Annie, y en cuanto su cuerpo toca el colchón gime, se sujeta la tripa y se queda hecha un ovillo con los ojos cerrados. ¿Tendrá náuseas? El doctor Macky ha dicho que podría ser un efecto secundario. Otra vez me sorprende ese instinto que me impulsa a protegerla y a calmarla.

Annie y yo nos la quedamos mirando. Ninguno de los dos sabe muy bien qué hacer ahora. Bueno, yo sí sé lo que tendría que hacer. Es el momento de dejar la situación en manos de mi hermana. Ella puede cuidar de Amelia, puesto que es quien la invitó a salir, eso para empezar. La estrella de pop es su problema, no el mío. Yo ya he cumplido con mi deber llevándola al médico y a un lugar seguro; ya puedo irme a casa y dormir tranquilamente.

Tendría que irme.

Ella estará bien.

Pero no me voy a ninguna parte, salvo al rincón de la habitación para acercar la silla de lectura de Annie a la cama. Después, entro en el cuarto de baño y mojo una toallita con agua fría para ponérsela en la frente a Amelia y ayudarla con las náuseas. Annie lo observa todo con una sonrisita demasiado indulgente.

—¿Qué? —le pregunto, aunque el tono de mi voz es evidente y no quiero oír lo que piensa.

Annie frunce los labios y sacude la cabeza, con un brillo de diversión en los ojos.

—Nada. Nada en absoluto. Me voy a dar una ducha muy rápida para quitarme el olor del Hank's. ¿Podrías aplicarme agua fría en la frente también a mí cuando salga? Parece muy agradable.

—Cállate —digo simulando darle un puntapié cuando se larga del cuarto riéndose entre dientes.

Me gusta cuando Annie se suelta. Ojalá lo hiciera más a menudo delante de otras personas.

Sigo pasando la toallita por la frente de Amelia, aunque no estoy seguro de que sirva de mucho, pero recuerdo haberlo visto hacer en una película. Ahora que lo pienso, quizá fuese en una de esas películas antiguas que alguna de mis hermanas me obligó a ver. Y no consigo recordar si la protagonista estaba enferma o simplemente tenía fiebre. Bueno, por lo menos estoy haciendo algo.

Aunque no sé muy bien por qué quiero hacer algo para ayudar a Amelia.

Y entonces gime otra vez y abre los ojos. Los entrecierra para mirarme, como si estuviera tratando de decidir si soy real o un sueño.

—¿Estás bien? —digo en voz baja.

—¿Noah?

—Sí, soy yo.

Amelia respira hondo e intenta mantener los ojos abiertos, pero no puede.

—¿Estoy… segura? —pregunta arrastrando las palabras, de un modo que me encoge el corazón.

—Sí. Estás en casa de mis hermanas. Ellas cuidarán de ti esta noche.

Emite un sonido entre triste y avergonzado, sin abrir los ojos para nada.

—Noooo. Iban a ser mis amigas. Ahora ya no querrán serlo.

Frunzo el ceño y le seco con un dedo la lágrima que acaba de resbalarle mejilla abajo.

—¿Por qué piensas eso?

—Requiero demasiada atención. —Se calla y creo que se ha quedado dormida otra vez, pero vuelve a hablar—. A la gente solo le gusto cuando soy complaciente. —Con los ojos cerrados, frunce el ceño y otra lágrima le resbala por la cara—. Tengo que ser siempre educada.

No debería hacerlo, pero vuelvo a secarle la lágrima que se le ha escapado porque no soporto verlas surcar su rostro. Amelia me coge la mano y me la aprieta. Sé que ahora mismo tiene sus facultades mermadas, como indica que siga teniendo los ojos cerrados y hable con dificultad. Pero la sinceridad con la que se expresa atraviesa dolorosamente los muros con triple capa de refuerzo que rodean mi corazón.

—Pero no contigo —prosigue, y se lleva el dorso de mi mano a la mejilla—. No tengo que ser educada contigo porque de todos modos a ti no te gusto.

—Eso no es verdad —digo, más a mí mismo que a ella.

—Antes mi madre era mi mejor amiga —murmura—, pero ahora solo me quiere por mi dinero. A Susan solo le importa mi éxito. Y al mundo solo le gusta Rae Rose. —Hace una larga pausa antes de suspirar hondo—. Me estoy ahogando y nadie me ve.

No sé qué decir mientras Amelia aprieta mi mano contra su suave cara como si fuera lo más valioso que ha sujetado nunca. Es una agonía y al mismo tiempo me enternece que confíe en mí. Notar que se aferra a mí como si me necesitara. Cierro los ojos pensando en sus palabras. Maldita sea, no quiero sentir nada por ella, pero no puedo negar lo evidente. Lo está pasando mal y se siente sola, y por alguna razón me encantaría evitarle ambas cosas. Desde lo de Merritt, me he esforzado mucho para que ninguna mujer vuelva a tener tanto poder sobre mi corazón y, mira por dónde, esta mujer, la menos accesible de todas, es la que se ha colado entre los barrotes y me está haciendo sentir cosas.

No es un capricho. Ni siquiera deseo. Es el peor de todos los sentimientos… Me importa.

Que alguien te importe es temerario porque vas sin el cinturón de seguridad que te ofrece el egoísmo. Que alguien te importe conlleva mucho que perder, y casi siempre termina en sufrimiento. Por desgracia, soy incapaz de mantener mi corazón a raya cuando la tengo cerca. En mi vida hay una lista muy corta de personas que me importan de verdad, y parece que acabo de añadir otro nombre.

Le paso el cabello detrás de la oreja para que pueda oírme.

—Yo te veo —aseguro.

13

Amelia

No conozco esta casa. Desde luego, no es la de Noah. Lo último que recuerdo es que estaba en el Hank's. Y ahora me despierto en una cama que no sé de quién es. El pánico se asoma al borde de mi conciencia hasta que me doy cuenta de que estoy en una habitación increíblemente femenina. Me cubre un bonito edredón floreado en tonos verde oliva, rosa grisáceo y crema. Hay suculentas en el alféizar de la ventana y un ramo gigantesco de flores junto a la cama. Y todavía llevo la ropa puesta.

Unas voces susurrantes de mujer (que lo hacen fatal a la hora de hablar bajito) me llegan a través de la puerta cerrada. Suspiro de alivio, ya sé dónde estoy.

—¿Deberíamos despertarla?

—No. El médico dijo que la dejáramos dormir.

«¿El médico?».

Me viene todo de golpe a la cabeza en fragmentos deslavazados. Sentirme rara y mareada en el bar. Darme cuenta de que me había tomado un somnífero y después había bebido alcohol. Y luego muchos recuerdos en los que aparecen los ojos verdes de Noah: junto a mí en el bar, mirándome en su camioneta, en una consulta mientras un médico me abría los párpados y me iluminaba los ojos. Y, por último, una imagen más de sus asombrosos ojos verdes contemplándome en la penumbra, no con preocupación sino de otro modo...

Muerta de vergüenza, cierro los ojos y gimo. Seguro que ayer por la noche quedé como el culo. Si Noah todavía no me detestaba, ahora no tengo dudas. Puede que por eso esté aquí en lugar de en su casa. Hizo mis maletas y me puso de patitas en la calle.

—Son casi las diez. ¿No deberíamos asegurarnos por lo menos de que sigue viva?

Esa es la voz de Madison.

—De acuerdo, nos asomaremos para comprobarlo y la dejaremos tranquila. Noah nos matará si se entera de que la hemos despertado.

Y esa es Emily.

—Todavía no me creo que se pasara toda la noche sentado junto a su cama y la velara. ¿Le sacaste una foto? Me da mucha rabia no haberlo hecho... ¡Ay! —dice Madison, con un ruidoso grito al final.

—No, no le saqué ninguna foto. ¿Por qué eres tan grosera, Maddie?

—¿Yo? ¡Oye, es Annie la que siempre me está pellizcando! ¿Quieres dejarlo?

—Prefiero pellizcar a discutir —replica Annie, que susurra mejor que sus hermanas.

Espera, espera, espera. ¿Han dicho que Noah se pasó la noche sentado junto a mi cama velándome? Mi mirada se desliza hasta una silla decorativa, inocentemente vacía, que de pronto cobra una enorme importancia. Está orientada hacia la cama. Noah ha estado sentado en esa silla toda la noche para asegurarse de que estaba bien. «Estoy aquí. Estás a salvo», recuerdo que me dijo.

La puerta del dormitorio se entreabre y ni siquiera me molesto en fingir que duermo. Tres pares de ojos me miran parpadeantes, y levanto una mano a modo de débil saludo.

—Hola. Estoy viva y lo he oído todo.

La puerta se abre del todo y entran.

—Perdona. Intentábamos hablar bajo —asegura Annie, que lleva un pijama de dibujos animados con forma de bananas.

Madison se sienta a los pies de la cama vestida con una sudadera de estampado desteñido, unos *joggers* color turquesa y unas gafas con la montura rosa chicle. Se apoya en el codo y descansa la cabeza entre sus nudillos.

—Así que… somníferos, ¿eh?

—¡Madison! No te entrometas en su vida, es una grosería —la regaña Emily, que me dirige una sonrisa a modo de disculpa.

—No, no pasa nada. Creí que estaba tomando otro medicamento que me recetan para el dolor de cabeza, pero se me olvidó por completo que también llevaba los somníferos en el bolso. Normalmente, solo los llevo cuando viajo al extranjero y sufro de *jet lag*. —Sacudo la cabeza—. Lamento mucho haberos causado tantos problemas ayer por la noche. De veras que lo siento, chicas.

Decir que me veo como una idiota sería quedarme corta. Desvío la mirada otra vez hacia la silla.

Emily, que luce un sofisticado pijama satinado en color burdeos, se sienta en la puntita de la cama. Me envuelve los pies como si fuera un burrito y puntualiza:

—Si te hace sentir mejor, solo les causaste problemas a Noah y a Anna Banana.

Ahora lo del pijama con bananas tiene más sentido.

Alzo los ojos hacia Annie.

—De veras que lo siento —insisto—. Y, por cierto, creía que te llamabas Annie.

—Annie. Anna Banana. Da lo mismo. Los dos son diminutivos de Annabell —comenta encogiéndose de hombros con una sonrisa dulce.

Creo que un nombre nunca le ha encajado tan a la perfección a una persona como a ella. Dulce. Sureño. Amable y cordial. No es justo que estén siendo tan hospitalarias y que lo único que haga yo sea recibir cosas de ellas.

Así que decido darles un poco de lo que más me cuesta dar: a mí misma.

—Bueno, mi verdadero nombre es Amelia. Rae es solo un nombre artístico.

Las tres se intercambian miradas de culpabilidad.

—Ya lo sabemos —afirma Madison. Levanta y baja un hombro—. Wikipedia lo chiva todo. Puedes encontrar el nombre y la dirección de cualquier famoso en esa cosa.

Me echo a reír porque pensaba que tenía un gran secreto sobre mí misma, y resulta que ha sido público todo este tiempo. Eso me pasa por no buscarme nunca en Google. De repente, me pregunto qué otra información personal está al alcance de todos. Si Noah tuviera acceso a Wikipedia…

Mis ojos se dirigen de nuevo hacia la silla.

—Ummm… ¿Y Noah? ¿Está enfadado? Imagino que sí, ya que me ha echado de su casa.

—Noah no te ha echado de su casa —aclara Annie en tono tranquilizador—. Quiso que te quedaras aquí porque tenía miedo de que no te sintieras segura al saber que habías pasado toda la noche en su casa. A fin de cuentas, estabas medio inconsciente.

Sus ojos verde bosque me vienen a la cabeza otra vez. «Estás a salvo».

El pequeño enamoramiento que he estado albergando por Noah se convierte de repente en algo un poco aterrador y devorador. ¿Por qué no puede ser como los demás? Sería más fácil pasar de sus actos si se hubiera asegurado de estar aquí cuando me despertara para llevarse todo el mérito. Pero no. Igual que la primera mañana que me desperté en Roma, Kentucky, no hay ni rastro de Noah.

Lo curioso es que si esta mañana me hubiera despertado en su casa, me habría sentido segura. Hay algo en Noah que hace que confíes en él. De lo más gruñón, pero de fiar.

—¿Dónde está ahora? —pregunto mirando a mi alrededor, como si fuera a salir de detrás de la puerta o algo así.

—Oh, no quería que supieras que ha estado aquí toda la... ¡Ay! ¿Quieres parar?

Miro justo a tiempo de ver los dedos de Annie alejarse del brazo de Madison.

—Ha tenido que ir a trabajar —dice como una delicada mariposita primaveral—. Pero ha dicho que te pases por la pastelería cuando te sientas con fuerzas. Hay algo de lo que quiere hablar contigo. Puedo llevarte cuando vaya a la floristería, si quieres. Los fines de semana no abro hasta las once.

El estómago me da un vuelco. Y todavía no sé muy bien si es de emoción o de pavor. Es muy probable que Noah me diga que haga las maletas y me largue dos días antes de lo acordado.

Tras zamparme un bol de cereales, cepillarme los dientes con el dedo y pasarme un cepillo por el pelo, enciendo el móvil por primera vez desde que salí de mi casa. Me ha dicho Madison que si me pongo de pie en su cama y acerco el móvil al techo un minuto, podré conseguir una barrita de cobertura. Y tiene razón: funciona. Aparece una barrita, y al mismo tiempo, sesenta y siete mensajes de texto y treinta y dos correos electrónicos. La mayoría de los mensajes son de Susan, y hay unos cuantos de mi madre.

Detesto tener esperanza en que quizá me haya escrito sobre algo trivial o simple como:

He visto unas chancletas por la calle y me he acordado de aquella vez que se te quedó atascado el pie en los lavabos de un centro comercial y ¡tuviste que irte de allí sin un zapato! ¡Te echo de menos! ¡Llámame pronto y nos ponemos al día!

No.

Mamá, 7:02 a. m.: Hola, cielo! Estarás en tu casa de Malibú este fin de semana? Esperaba quedarme ahí un tiempo. Los Ángeles está abarrotado de gente. Puaj.

Mamá, 7:07 a. m.: Seguramente tendrás planes con tus amigos este fin de semana. Le enviaré un correo a Susan. Abrazos!

No tendría que hacerlo, porque sé por experiencia que a mi madre le trae todo sin cuidado, pero por algún motivo me pongo a teclear una respuesta.

Amelia: Este finde estoy en un pueblo de Kentucky que se llama Roma. Tenía que alejarme de todo.

Lo envío y me quedo mirando el móvil mientras contesta, con la esperanza de que haga alguna referencia a Roma. Que muestre un atisbo de que recuerda nuestras noches de películas de Audrey y la complicidad que tuvimos. Mi corazón le suplica que exprese algún tipo de preocupación por mi sutil llamada de auxilio.

Tras la indicación de que está escribiendo, llega su respuesta.

Mamá: Vale. Perdona que te haya molestado ahora que estás fuera! Recurriré a Susan para cualquier otro asunto.

Pues vale. Es culpa mía por esperar otra cosa.

Ni siquiera me molesto en leer todos los mensajes de Susan. Echo un vistazo a los veinte primeros. Al principio son amables y conciliadores, me pide con delicadeza que me lo piense mejor y regrese. Después pasan a ser autoritarios y de reproche: «Recuerda tus obligaciones». Cualquiera diría, por lo culpable que pretende que me sienta con estos mensajes, que he desertado en plena guerra en lugar de saltarme una entrevista.

Pero por cómo evolucionan sus mensajes, hay una cosa clara: a Susan le molesta tenerme fuera de su alcance. Una lucecita se enciende en un rincón de mi cabeza, pero no tengo tiempo de explorar eso ahora. Apago el móvil sin responder nada más, tomando nota mentalmente de que más tarde tengo que llamar a mi servicio de limpieza. Le dije a Susan que me pondría en contacto con ella el domingo por la noche, y voy a cumplirlo.

El trayecto hasta el pueblo con Annie es como meterte en una cámara de descompresión después del ruidoso y estimulante brunch con sus hermanas. La forma en que esas mujeres pueden hablar todas a la vez y, aun así, seguir la conversación de las demás es puro talento. Me he sentido como si estuviera viendo una comedia y he tenido que cruzarme de brazos para no aplaudir cuando una de ellas decía algo gracioso.

Ahora voy en la camioneta de Annie (al parecer es obligatorio tener una si vives aquí) y estamos entrando en el pueblo. La mayoría de los pueblos por los que he pasado tienen forma de cuadrado. Roma tiene la forma de una te minúscula y ambas calles se extienden hacia tierras de cultivo y casas de vecinos. Casi todas las tiendas son de ladrillo, con toldos coloridos sobre los escaparates. Es un puntito minúsculo en el mapa, y si parpadeas mientras conduces te lo pierdes. Pero, de algún modo, consiguen tener aquí mismo todo lo necesario. Solo en Main Street hay una heladería, una ferretería, una tienda de comestibles, un bar, una cafetería, una floristería y, naturalmente, The Pie Shop. Nadie aparca en la calle; en su lugar, Annie va hasta el aparcamiento municipal junto a la Phil's Hardware. Con cierto morbo, me pregunto si aquí, cuando alguien se muere, el nuevo propietario cambia el nombre de la tienda o si cambia su nombre de pila para que coincida con el de la tienda. A lo mejor hay un cementerio entero lleno de Phils y de Hanks en algún lugar.

Nada más bajar de la camioneta, veo la Chevy naranja oscuro de Noah. Sabía que estaría aquí, él es la única razón por la que ahora mismo estoy en el pueblo. Y, aun así, me quedo absorta mirando el lateral de su camioneta. Un objeto inanimado no debería provocar las sensaciones cálidas y trepidantes que me recorren el cuerpo en este momento, pero ahí están. Ya lo creo que están. Lo atribuyo a lo misterioso que es este hombre, sumado a la ventaja de un enamoramiento temporal. Me recuerda a lo que pasa en un campamento de verano cuando eres adolescente. Como sabes que solo vas a estar unos días, te pones de inmediato a buscar a la persona más atractiva que haya, vas a por ella y empiezas a tontear. Solo es eso. Un enamoramiento. Atracción. Prohibida. Temporal. A mi cuerpo le gusta su cuerpo y ahí se acaba todo.

Cuando Annie carraspea, me doy cuenta de que estoy mirando la camioneta de Noah como si quisiera hacer el amor con ella. Annie tiene el detalle de no comentar nada, y yo voy hasta donde está plantada viéndome babear. Te diré que ahora mismo me siento supergenial.

La floristería de Annie está al lado de The Pie Shop, y me pregunta si quiero entrar a verla. Como, al parecer, soy la persona más cobarde del mundo, aprovecho la oportunidad de posponer mi encuentro con Noah. La tienda de Annie es el Disney World de las floristerías. Rebosa color, luz natural y la sensación de que todo en la vida saldrá bien. Cubos con flores llenan las paredes, y al fondo hay una gigantesca mesa rústica pintada de blanco.

—¿Por qué quisiste montar una floristería? —le pregunto mientras elijo unas cuantas flores variadas de un solo tallo para formar un ramo: un girasol, unas margaritas, una grande, hinchada, de color rosa con forma de cono, y algunos tallos de follaje. Creo que no se me da bien preparar ramos después de verlas todas juntas en mi mano.

—Por mi madre. A ella le encantaban las flores. —Vuelvo la cabeza y la miro. Ha dicho «le encantaban». En pasado. No me obliga a preguntarlo—. O eso me han contado. Murió cuando yo era pequeña y no la recuerdo demasiado.

Me coge el ramo de la mano, le quita la flor con forma de cono, la sustituye por una rosa de color rosa pálido y añade unos cuantos claveles naranjas. Mucho mejor. Lo coloca en su mesa de trabajo, lo envuelve con un papel marrón, lo ata y le hace un lazo con bramante, y le añade un adhesivo con su logotipo.

—Siento oír eso. Pero es una idea encantadora regentar una floristería en su memoria.

La sonrisa de Annie es como un rayo de luz.

—Pues sí. Y creo que le entusiasmaría saber que le puse su nombre. —Señala el letrero con el nombre pintado a mano que está detrás de su mesa de trabajo: CHARLOTTE'S FLOWERS, «Las Flores de Charlotte».

Se me pasan por la cabeza un millón de preguntas sobre cuándo y cómo falleció; pero no es asunto mío, por lo que guardo silencio y saco el monedero del bolso para pagar el ramo.

Annie suelta una risita, sacudiendo la cabeza.

—Hoy invita la casa.

—No, en serio, quiero pagártelo —insisto, y de inmediato me siento culpable.

No puedo aceptarlo. Sería de mal gusto, sobre todo porque soy yo la que nada en la abundancia mientras ella lleva un negocio especializado en un pueblo. Hasta Noah le compra flores a menudo para que su tienda no se vaya al garete.

Pero Annie me pasa el ramo por encima de la mesa con una sonrisa dulce que le marca los hoyuelos.

—Un regalo de amistad.

Su gesto me impacta. No me está pidiendo nada. No quiere mi dinero. Solo amistad. Entonces su sonrisa se vuelve compasiva cuando ve mi expresión.

—¿Estás… llorando? —me pregunta.

—¡No! Para nada. —Me sorbo la nariz—. Es que no… Serán… Son las flores. Creo que soy… alérgica. O puede que aún esté eliminando el somnífero de mi organismo.

—Ya, claro —dice riéndose—. Creo que te ha dado alergia a los sentimientos.

Suspiro y me acerco las flores al pecho.

—Sí…, puede ser —acepto—. Este pueblo tiene algo que los está despertando.

—Imagínate si vivieras aquí —suelta con un brillo divertido en los ojos.

Pues no. No me lo voy a imaginar ni loca, porque sé que me gustaría demasiado. De hecho, ha llegado el momento de que vaya a encontrarme con el hombre que sé que acabará con todas estas ilusiones. Será gruñón y severo, y hará que sienta que mi compañía es lo último que quiere en este mundo, pero aun así me parecerá encantador.

Antes de salir de la floristería, le pido a Annie que me ayude a preparar un ramo con las flores favoritas de Noah (y la convenzo para que me deje pagarlo).

—Si te quedas ahí parada más rato, te crecerán raíces de los pies y esas flores te saldrán por la cabeza.

Suelto el aire y me vuelvo para mirar atrás. Mabel se acerca por la acera, con un vestido floreado de algodón que ondea con la brisa y unos mocasines de piel que crujen un poquito bajo sus pies. Sus ojos inteligentes van de mí hacia The Pie Shop, delante de la que estoy plantada, y después vuelven hacia mí. Se detiene a mi lado, tan cerca que sus amplias caderas prácticamente rozan las mías. Sostengo los ramos de flores pegados al pecho, como si fueran bebés recién nacidos y quisiera protegerlos con mi vida.

—Estoy demasiado nerviosa —admito con sinceridad, porque instintivamente sé que Mabel no aceptaría otra cosa. Se daría cuenta de que le estoy mintiendo.

Permanecemos en silencio, hombro con hombro, como dos soldados antes de la batalla. Hasta que Mabel rompe ese silencio reverencial sin mirarme.

—¿Por qué estás aquí, jovencita?

—Porque Noah me ha pedido que...

—No. —Su voz ronca es rotunda, lo que me sobresalta un poco. Un rápido recordatorio de que puede que Mabel sea cariñosa, pero no es blanda—. En este pueblo. ¿Por qué estás aquí?

Bajo los ojos hacia las flores.

—La verdad es que no lo sé. No tendría que estar aquí.

—¿Qué quieres decir?

No se conformará con nada que no sean respuestas precisas y exactas. Mabel no se anda por las ramas. El deseo de salir pitando a toda velocidad es casi insoportable. Pero creo que si lo hiciera, los poderes de su mente severa me agarrarían por el cuello de la camiseta y tirarían de mí hacia ella.

—No tendría que estar aquí, delante de la pastelería de Noah. En este pueblo. Lejos de mi vida. De vacaciones. —Lo digo de todas las formas que puedo para que le sea imposible malinterpretarme.

—Santo cielo, ¿por qué, niña?

«Niña». ¿Cuándo fue la última vez que alguien me vio como a una niña? El término cariñoso me resulta agradable y acogedor, como acercar las manos frías a una hoguera chisporroteante.

—No tendría que estar de vacaciones si no han sido planificadas con un año de antelación y cuentan con el visto bueno de cinco personas distintas. Estos últimos días, mi representante me ha recordado varias veces que estoy desatendiendo mis responsabilidades y siendo egoísta por haberme ido de repente.

—¿Me dejas que te haga una pregunta? ¿Desde cuándo es un crimen ser egoísta de vez en cuando? —Mabel se vuelve para mirarme y se lleva las manos a las caderas—. Te diré lo que me hace hervir la sangre: que alguien le diga a otra persona lo que debería sentir. Todo el mundo se está volviendo muy intolerante últimamente y ya me he hartado. A veces, una mujer está agotada y necesita un respiro, ¿sabes? —Se le marcan las arrugas de la frente—. Eso no significa que seas débil o negligente, sino que a todas las mujeres que te siguen y ven cómo te encaminas hacia el éxito les estás diciendo que está bien decir que no. Está bien cerrar tu puerta de vez en cuando y colgar en ella un cartel que diga: «Hoy estoy ocupada cuidando de mí misma. Lárgate».

Se me llenan los ojos de lágrimas. Miro a la mujer que parece dispuesta a luchar por mí y se me escapa la verdad sin que pueda impedirlo.

—Ya no me gusta mi profesión, Mabel. Últimamente ni siquiera me gusta cantar. Por eso estoy aquí.

—Pues claro que no te gusta, cariño —dice sonriendo con ternura—. A nadie le gusta algo a lo que está encadenado. —Entrecierra los ojos, pensativa—. Pero tú tienes la llave de tu candado, no lo olvides. Libérate un rato y volverá a gustarte, ya lo verás.

No puedo evitar reírme porque al oír estas palabras es como si me hubiera quitado un peso de encima. Los sentimientos que he guardado amordazados en mi interior durante tanto tiempo, porque sabía que nadie los comprendería, campan libres y ondean al viento. Mabel los comprende.

Me toma la mano como hizo aquella mañana en su establecimiento, sonríe de oreja a oreja y se le multiplican las arrugas.

—Adelante, tómate tu respiro, cariño. Y mejor aún, hazlo con un buen hombre que te trate bien. —Señala con la cabeza The Pie Shop.

—No puedo quedarme, Mabel. Noah dijo que tenía que irme de su casa el lunes.

—Oh, ya verás como te quedas.

Hay que ver la seguridad que tiene esta mujer.

—¿Significa eso que me alquilará una habitación en su establecimiento? —pregunto con una sonrisa esperanzada—. Puedo ayudar con las tareas si es necesario, para que le rente.

—No. Estamos al completo, ya te lo dije. —Jamás he visto a una mujer disfrutar tanto diciendo una mentira—. Pero te quedarás en el pueblo. Acuérdate de lo que te digo.

—Sus esperanzas son infundadas. Noah ni siquiera quiere tenerme cerca.

—Sandeces —dice con una carcajada ronca—. Conozco a ese chico desde que era un crío. A mí no me engaña, me apostaría todo lo que tengo a que está de mal humor justo porque quiere tenerte cerca. —No la contradigo, pero vuelvo los ojos hacia el escaparate de la pastelería—. Y le vi mirarte el trasero cuando no te dabas cuenta.

Giro la cabeza de golpe hacia Mabel.

—No es verdad.

Su sonrisa se vuelve más amplia.

—No, no es verdad. Pero por tus mejillas coloradas, ahora sé que desearías que lo hubiera hecho. —Arquea las cejas y empieza a alejarse pesadamente—. Oh, esto será bueno —se dice a sí misma.

Bajo la mirada hacia las flores y cuando vuelvo a levantarla ya no está, como si fuera un espíritu burlón destinado a mofarse de los habitantes del pueblo. Lo más seguro es que haya entrado en la tienda de comestibles, pero me gusta más la teoría del espíritu.

14

Amelia

Cruzo la puerta de The Pie Shop y la campanilla que suena sobre mi cabeza alerta a Noah de mi presencia. Él está en la barra y levanta la cabeza, y la repentina fuerza de su mirada amenaza con traspasarme. Veo que estaba escribiendo en un pequeño bloc. Un bloc clásico para un hombre clásico. Sus ojos se encuentran con los míos y ZAS, cara malhumorada. Prefiero que no sonría. No sería capaz de mantenerme en pie si lo hiciera. Pero esto… Esto es algo con lo que puedo lidiar.

Me acerco despacio a la barra. Él es un león con el que acabo de toparme en la selva.

—Hoooola —saludo, avanzando pasito a pasito.

Él no dice nada; se limita a arquear una ceja. Procuro no temblar.

Dejo los dos ramos en la barra a modo de ofrenda, justo al lado de donde descansan sus musculosos antebrazos. Mis ojos se quedan enmarañados en el vello masculino que los cubre ligeramente. Los pelos son tan rubios, finos y discretos que hay que estar lo bastante cerca para verlos. Mi mente me hace el flaco favor de recordarme que estoy lo bastante cerca para verlos, y también la sombra que su gorra de béisbol proyecta sobre sus ojos, nariz y pómulos. Su barba corta es algo más cerrada que ayer, lo que me indica que quizá no ha ido a casa después de pasarse toda la noche sentado junto a mi cama. No quiero pensar por qué la idea de que Noah se preocupara por mí toda la noche hace que un escalofrío me recorra el cuerpo.

Baja la vista hacia los ramos y vuelve a levantarla hacia mi cara.

—¿Flores?

—Para ti. —Le acerco un poco más el ramo que le he preparado antes de juntar las manos a mi espalda y balancearme ligeramente sobre los talones—. Una disculpa barra agradecimiento por cuidar de mí anoche. —Inclino un hombro—. Y sé que te gustan las flores. Annie me dijo que le compras un ramo varias veces a la semana.

No se mueve ni un milímetro.

—Que quede claro que lo hago para ayudarla, no porque esté obsesionado con las flores ni nada de eso.

Abro los ojos como platos.

—¿Obsesionado? —repito, dejando que la palabra se disuelva en mi boca—. Faltaría más —añado asintiendo con la cabeza y entrecerrando los ojos. «Juega, juega, juega».

—¿Te estás burlando de mí? —pregunta con los ojos entornados.

—No acabo de entender por qué te avergüenza admitir que estás obsesionado con las flores. —Aprieto los labios para contener una sonrisa.

—No lo estoy… —dice en un tono apasionado, incorporándose del todo.

Ha picado el anzuelo, pero enseguida se da cuenta de que solo lo estaba provocando. Gruñe y cruza los brazos. «Hola, Postura Arisca. Es un placer verte hoy».

—La verdad es que me gustan. No estoy obsesionado —aclara.

Imito su postura, y es divertidísimo.

—No pasa nada por admitir lo que te gusta. No voy a obligarte a desprenderte de tu carnet de masculinidad.

Sus labios insinúan una sonrisita de complicidad. Me sigue el juego.

—Tengo una pastelería. ¿Crees que me importan algo los carnets de masculinidad? —Mira hacia la derecha y luego de nuevo a mí—. Por favor.

—Si eso es cierto… ¿por qué te cuesta tanto aceptar tu obsesión por las flores? Según Annie, lo haces porque crees que así evitas que se vaya a la quiebra, pero ¿quieres saber qué pienso yo?

—Seguro que me lo vas a decir de todas formas.

—Pienso que sabes muy bien que a la gente le gusta mucho y apoya su tienda —empiezo a explicar en un fervoroso tono judicial—, y que a la floristería le va estupendamente. Pienso, señor mío, que usas tu protección fraternal para ocultar tu… —Dejo la palabra en suspenso mientras nos miramos el uno al otro—. Obsesión.

Apoya las palmas abiertas en la barra y se inclina hacia mí. Algo dulce y cálido chisporrotea en el aire entre nosotros.

—Diría que… mis obsesiones no son asunto tuyo.

—¡Ajá! —Levanto un dedo hacia su cara—. ¡¿De modo que lo admites?! Señoras y señores del jurado, ¡lo han oído de sus propios labios!

Para mi sorpresa, Noah me rodea el dedo con el suyo y baja ambos muy despacio. Demasiadas sensaciones se mezclan en ese ligero contacto, y cuando veo que no separa su dedo del mío una vez descansan por fin en la barra, se me para el corazón. La línea en el monitor es plana. Que alguien traiga una camilla.

Una sonrisa le ronda la comisura de los labios, lo que supone un añadido encantador a la sombra que su gorra proyecta sobre sus ojos.

—Me gusta cómo perfuman mi casa.

No puedo decir nada. Estoy petrificada con Noah mirándome con dulzura, con la piel de su mano contra la mía, y con los recuerdos de su beso apasionado dando vueltas por mi cabeza. No quiero que esto termine nunca.

—Y a tu madre le encantaban las flores, ¿verdad?

No podría haber dicho nada, y cuando digo nada es nada, peor en este momento. Se instala entre nosotros un silencio tan amenazador que prácticamente adopta una forma física. Sería la de un hombre lleno de cicatrices que se da golpecitos con un bate de béisbol en la palma de su enorme mano encallecida. Tendría que huir de él a toda velocidad. Pero, en lugar de hacerlo, observo, conteniendo el aliento, cómo Noah junta las cejas y vuelve a incorporarse del todo a la vez que separa su mano de la mía. No reacciona a lo que he dicho, y puede que sea lo mejor, porque no tenía intención de decirlo. Se vuelve y se dirige hacia la cocina sin decir palabra.

Me doy mentalmente un puñetazo por comportarme como si tuviera tanta confianza con él como para sacar a colación su doloroso pasado. Como si tuviera algún derecho a mencionarlo, y menos a saber que a su madre le encantaban las flores y que ya no está en este mundo. Qué vulnerable debe de sentirse ahora.

«Muy bien, Bocas. Estupendo. ¿No puedes estar ni un segundo sin arruinarlo todo?».

Tendría que marcharme. De hecho, es lo que voy a hacer.

Cojo el ramo de flores que Annie me ha regalado, pero ahora tengo dos cosas por las que disculparme y lo dejo otra vez al lado del otro ramo. Cuando he cruzado la pastelería y abierto la puerta principal, Noah sale de la parte trasera del local.

—¿Te vas?

Me paro en seco y me vuelvo hacia él. Sostiene dos platos con un trozo de pastel.

—Creía..., creía que te habías cabreado y que era mejor que me marchara.

Entorna los ojos con la insinuación de una sonrisa antes de señalar los platos.

—Solo te estaba cortando un trozo de pastel. Si te apetece, claro.

Rodea la barra y deposita los platos en la mesa para dos que hay cerca de la ventana. Un plato está destapado y el otro está cubierto de film.

—Hay algo que tienes que saber sobre mí —empieza en un tono más suave que el que le he oído hasta ahora—. No soy hablador. —Finjo un grito de sorpresa, lo que le hace sonreír—. Y no me gusta hablar sobre cosas personales cuando no estoy preparado para ello. A veces necesito un minuto para procesarlo cuando me pillan desprevenido. Pero si me cabreara, te lo diría. No soy de los que no vuelven a dirigir la palabra cuando se trata de asuntos como este.

Continúo en la puerta porque no puedo moverme. Estoy superada por lo increíble y lo sincero que ha sido. Diría que ningún hombre me había expresado tan bien sus emociones. Ni siquiera sabía que fuera algo que pudiera esperar. Es obvio que Noah es mucho más que su Postura Arisca y su camioneta naranja oscuro. Está obsesionado con las flores. Es protector. Es muy sensible, pero prefiere guardarse sus sentimientos.

Y que me aspen si todo esto no me parece de lo más sexy.

Arquea las cejas al ver que no reacciono.

—¿Y qué? ¿Te vas o te quedas, *pop star*? Si te quedas, dale la vuelta al letrero de ABIERTO y cierra la puerta con llave. Es mi hora del almuerzo.

Suelto una carajada y me aparto de la puerta para dejar que se cierre antes de girar el letrero y echar la llave.

—Con tu acento, parecía que me llamabas Pop-Tart.

—No, ni pensarlo. —Se sienta y me dirige una sonrisa burlona—. Las Pop-Tarts me gustan.

Me río mientras cojo un sobrecito de pimienta de la mesa y se lo lanzo a la cabeza. Le rebota en la mejilla y va a parar al suelo. Noah chasquea la lengua y se agacha para recogerlo.

—Sacas a relucir mi historia familiar y me ensucias la pastelería. ¿Así es como me recompensas por haberte mantenido a salvo ayer por la noche?

—Te he traído flores. Mi deuda está pagada.

Me siento delante de él y me doy cuenta, demasiado tarde, de que la mesa es tan pequeña que nuestras piernas se tocan. Movería las mías, pero él no mueve las suyas. De modo que se quedan así. Carraspeo.

—¿Esto es un pastel de despedida? —pregunto. Al levantar la mirada, veo su expresión de perplejidad—. He supuesto que me has pedido que viniera porque he sido un grano en el culo y quieres que me vaya de tu casa esta noche en lugar del lunes por la mañana.

Me duele la idea de marcharme de este pueblo pasado mañana. Es demasiado pronto.

Noah se ríe entre dientes. En serio. El sonido es tan grave y estruendoso que imagino que si pusiera mi mano en su pecho notaría su risa mientras la escucho. La experiencia completa.

—Pues sí, eres un grano en el culo. Pero no te estoy echando. De hecho, es justo lo contrario. —Se humedece los labios, nervioso—. ¿Recuerdas algo de lo que dijiste anoche?

No, hasta que me lo ha preguntado. De pronto los recuerdos me llegan a ráfagas.

«Mi madre solo me quiere por mi dinero».

«Me estoy ahogando y nadie me ve».

«De todos modos a ti no te gusto».

Ohhhhhh, detesto esas palabras. Son tan crudas y vulnerables que me erizan el vello. Y esta es la razón de que mienta como una bellaca:

—No. No lo recuerdo.

Me observa atentamente, y debo ser buena poniendo cara de póquer porque parece creerme.

—Bueno, tú…

Antes de que pueda continuar, llaman a la puerta. Noah mira por el escaparate al mismo tiempo que yo, y vemos a dos hombres de mediana edad escudriñando el interior a través de la puerta. Como Noah pasa de ellos, yo también. Sobre todo porque tengo que saber lo que iba a decirme. La forma en que lo ha dejado en el aire me ha hecho temer que no recuerdo todo lo que hay que recordar de ayer por la noche, y que a lo mejor me bajé los pantalones y le enseñé el trasero o algo. O peor aún, ¡¿le tiré la caña?!

—Me estás matando. ¿Qué dije anoche? —pregunto con brusquedad, como un puñetazo en el estómago. ¿Estoy dramatizando? No. No cuando un posible recuerdo de mí enseñando el trasero está pendiente de un hilo.

Se rasca el cuello, la parte exacta de su cuerpo que quiero estrangular mientras no me cuente lo que dije e hice.

—Me dijiste que estabas… —Alza los ojos y, al ver que le miro horrorizada, me sonríe con dulzura—. Cansada.

Noah también sabe poner cara de póquer. Podríamos llevar viseras transparentes y sujetar las cartas pegadas al pecho. Nos miramos, preguntándonos quién cederá primero. Si admito que en ningún momento dije la palabra «cansada» ayer por la noche, sabrá que recuerdo mi balbuceante vómito de emociones y tendremos que comentarlo. Preferiría no hacerlo. Y creo que él tampoco.

—Ah… Cansada, sí —digo, como si empujara mis fichas de póquer hacia el centro de la mesa. «Veo tu apuesta».

—Así que he pensado… —prosigue, manteniendo la sonrisa—, como estás tan… cansada…

Nuestra conversación se interrumpe de nuevo por más llamadas a la puerta, y me entran ganas de gemir. Un grupito de vecinos se está empezando a congregar ahí fuera.

—¿Deberíamos dejarles entrar?

—No —responde sacudiendo la cabeza. Después frunce el ceño hacia el escaparate, donde se han reunido por lo menos diez personas que le piden a Noah con gestos que abra la puerta—. ¡No! —dice con severidad—. He cerrado para almorzar. ¡Largaos! —Agita la mano en el aire, pero no se van.

Me cuesta concentrarme, pero estoy decidida a averiguar hasta dónde nos lleva esta conversación. Noah piensa lo mismo y mueve la silla para situarse de espaldas al escaparate. Yo le imito. Ahora estamos casi hombro con hombro. Es insoportable.

—Bueno…, yo, esto… lo he estado pensando, y no me importa que te quedes en mi casa hasta que tu coche esté arreglado.

—¿No? —Vuelvo la cara para mirarlo. Estamos tan cerca que puedo verle la punta de las pestañas.

Asiente con la cabeza, aunque mantiene la cara de póquer.

—La habitación de invitados está a tu disposición. —Carraspea con fuerza de modo incómodo—. Y… si quieres un guía turístico, me lo he montado para tener algo de tiempo libre.

Parpadeo como si alguien acabara de disparar una cámara con flash delante de mis ojos.

—¿Y todo porque estoy… cansada?

Mi mente autocorrige la palabra «cansada» y la sustituye por «sola», y creo que está pasando lo mismo en la cabeza de Noah, pero es demasiado considerado para decirlo en voz alta. Me sigue el juego de una forma que me hace sentir segura y quiero saber por qué. Cualquiera que hubiera oído anoche mis palabras arrastradas podría haber elegido mirar hacia otro lado. Lo que le dije es enrevesado y complicado. Pero él ha elegido tenderme la mano. «Yo te veo».

Aun así, la experiencia hace que me resulte difícil creer en sus buenas intenciones.

—¿Estás planeando vender la historia de mi visita? ¿Te ha ofrecido alguien una exclusiva?

Parece muy ofendido. Puede que incluso enfadado.

—No —contesta.

—La pastilla que debería haberme tomado anoche era para la migraña. Me la provoca todo el estrés que tengo que soportar, y mi médico dice que tendría que tomarme más vacaciones y descansar más, pero yo elijo medicarme. Es una historia bastante jugosa. ¿Estás seguro de que no quieres venderla?

—¿Por qué iba a hacer eso? —Su voz es severa de nuevo. Le irrita que desconfíe de su amabilidad.

—Porque cualquier otra persona lo haría —digo riendo con acritud—. Mi propia madre ha vendido a los tabloides historias personales mías en múltiples ocasiones. —No quería mencionar esto, y hago una ligera mueca por mi desliz. La cara de póquer me falla un poquito y creo que puede ver mis cartas.

Los ojos de Noah expresan dulzura cuando lo miro. Sacude levemente la cabeza.

—Yo, no. Yo nunca te haría eso.

Oh, no. Son palabras bonitas. Demasiado bonitas. Mi corazón intenta absorberlas todas a un ritmo frenético. Sé que es peligroso creerle, y aun así lo hago.

No sé muy bien qué ve en mi cara, pero hace que su expresión se suavice. Pone sus cartas boca arriba, y descubro que tiene una mano ganadora.

—Puedes confiar en mí, Amelia. No voy a explotar tu «cansancio».

Y ahora empiezo a pensar que no se ha equivocado al elegir esta palabra. Estoy cansada. Cansada de sentirme sola. Cansada de desconfiar. Cansada de que se aprovechen de mí. Y cansada de esconderme todo el tiempo de todo el mundo.

—De acuerdo. —Miro mi pastel y corto un pedazo con el tenedor. Si digo algo más, me echaré a llorar. Y ya he sido bastante vulnerable las últimas veinticuatro horas como para añadirle lágrimas también.

—¿De acuerdo? De modo que te quedas.

—Me quedo. —Mi estómago hace un pequeño salto mortal.

Noah suelta el aire casi con alivio. Y después se saca del bolsillo trasero el pequeño bloc clásico en el que estaba escribiendo y lo deja en la mesa, entre los dos.

—Convendría que anotaras unas cuantas cosas que quieras hacer mientras estés aquí. Para que tengamos un plan —dice.

Es adorable lo violento que está ahora mismo. No me mira a los ojos, y es obvio que desearía que se lo tragara la tierra por tener que decirme todo esto. Tendría que liberarlo y decirle que no tiene que pasar tiempo conmigo. Pero antes preferiría morirme, porque, aunque es la peor idea del mundo, quiero pasar todo el tiempo que pueda con él mientras esté aquí.

—Porque eres mi guía turístico —digo, y tomo el bloc.

Contiene una sonrisa.

—Porque soy tu guía turístico —confirma.

Yo ya estoy atareada pensando en todo lo que me apetece hacer. ¿Quiero tranquilidad o aventuras? ¿Quiero esconderme o conocer más el pueblo? Creo que una combinación de todo estaría bien.

—Oh, solo hay una cosita.

Yyyyy ahí está. La trampa. La pega. Lo que quiere a cambio. Sabía que era demasiado bonito para ser verdad.

Noah se inclina un poco hacia mí y baja la voz, como si todos los fisgones que hay al otro lado del escaparate pudieran oírnos o leerle los labios.

—La otra noche, cuando te dije que no estaba en el mercado... —Mis mejillas se sonrojan al recordarlo—. Hablaba en serio. Y creo que es mejor que dejemos las cosas claras desde el principio. No va a haber nada romántico entre nosotros. Es solo... amistad.

Tendría que decepcionarme que mi amor de campamento de verano no sea correspondido. Pero no es así. Porque ni se imagina que una amistad es exactamente lo que quiero. Lo que necesito.

—Perfecto —digo, y creo que hacía años que no me sentía tan bien.

En ese momento unos fuertes golpes en el escaparate nos sobresaltan a los dos y volvemos la cabeza. Mabel tiene la nariz apoyada en el cristal y el ceño fruncido, con una expresión adusta.

—Noah Daniel Walker —dice, aunque su voz nos llega algo apagada a través del cristal—. Más te vale abrir. Ya sabes que me baja el azúcar.

Noah suspira al ver la marca de su nariz en el escaparate.

—Menuda locura de pueblo —suelta con una sonrisa, y está claro que lo dice con cariño.

Es entonces cuando me fijo en el trozo de pastel que tiene delante cubierto con papel film.

—¿Tenías intención de comértelo? —pregunto.

—No —responde levantándose de la mesa—. Es para otra persona a la que voy a ver en cuanto me ocupe de estos chiflados.

—¿Sabes qué? Es injusto que tú tengas tantos secretos cuando yo no dejo de contarte los míos.

—Parece ser problema tuyo —responde sin la menor sonrisa, pero la diversión que contiene su voz llega a la boca de mi agitado estómago.

Noah me presta su camioneta para regresar a su casa. Voy conduciendo con las ventanillas bajadas y una sonrisa en la cara, y entonces me pasa algo de lo más extraño: me pillo a mí misma cantando al son de la radio. Llevaba años sin hacerlo.

15

Noah

No he visto a Amelia desde que estuvo esta tarde en The Pie Shop. Nuestro encuentro se ha visto interrumpido (algo de lo que me he alegrado) porque los de este pueblo no tienen paciencia. Caray. Casi se mueren por tener que esperar cinco minutos. Después de aplastar la nariz en mi escaparate, Mabel ha fingido desmayarse. Milagrosamente, cuando he abierto la puerta, el olor a pastel la ha reanimado.

He dejado que Amelia cogiera mi camioneta para volver a casa y he tomado prestada la de Annie para mi cita del almuerzo. Sé que Amelia se moría de curiosidad por saber a quién iba a ver, pero todavía no estoy preparado para contárselo. Puede que no lo esté nunca. Ya veremos. También se ha sorprendido de que le dejara mi camioneta. Ha supuesto que era un gesto especial hacia ella, pero lo cierto es que así es como hacemos aquí las cosas. Se la dejé a Phil el otro día cuando tenía que ir a la ciudad, a una hora de distancia, para recoger unos trastos para la ferretería, y Mabel la cogió el viernes pasado, cuando vino al pueblo y luego estaba demasiado cansada para volver a pie. Así que se llevó mi camioneta y yo tomé prestada la de Annie para regresar a casa, y ella terminó haciendo un intercambio con... no me acuerdo. Al día siguiente hubo un lío tremendo, porque ninguno conseguía recordar quién tenía la camioneta de quién y tuvimos que reunirnos en el pueblo para solucionarlo.

Bueno, el caso es que Annie me ha traído a casa hace un rato al salir del trabajo y me ha mencionado de pasada que Amelia ha estado esta tarde en el *bed and breakfast* de Mabel ayudándola a repintar el vestíbulo. Si conozco bien a Mabel, no habrá levantado un dedo, sino que habrá puesto los pies en el mostrador de la recepción y habrá metido una sombrillita en su copa mientras miraba cómo Amelia pasaba el rodillo por las paredes. La imagen me hace sonreír. ¿Es el comportamiento habitual de los famosos ayudar a mujeres mayores a pintar su hotelito de pueblo? No creo.

Por desgracia, no me ha venido bien tener la cabeza llena de pensamientos caritativos sobre Amelia, me he dado cuenta al llegar a casa y ver que estaba en la ducha. Mi ducha. La que está al final del pasillo, tan cerca de mí que podía ver el vapor salir por la rendija de la puerta. Canta en la ducha, y te diré que no soy de los que recitan versos, pero el sonido de su voz atravesando la puerta me ha empujado a escribir sonetos mentalmente. La gente paga cientos de dólares para verla actuar y yo tengo un asiento en primera fila gratis para escucharla cantar «Tearin' Up My Heart» de NSYNC. Parece injusto.

Necesitaba distraerme de su voz y de la idea de su cuerpo y del olor de su champú llenando mi casa, así que he puesto la tele y ahora estoy aquí, viendo una película del Oeste en blanco y negro, en la que los jinetes caen abatidos de sus caballos al son de un juguetón pum, pum, pum.

Es la distracción perfecta hasta que... Madre mía. No tendría que haber vuelto a casa al salir del trabajo. Voy a tener que mudarme y dejar que Amelia se quede la casa, porque verla cruzar el pasillo con la parte inferior de mi pijama azul y la mitad superior de su cuerpo cubierta solo con un top negro es demasiado. Como el pantalón la engulle por completo, lo lleva enrollado unas cuantas vueltas por la cinturilla, y el top le deja a la vista una tentadora franja de piel por encima de la cintura. Esta mujer es como una fantasía hecha realidad. Sacada de mis mejores sueños y colocada justo enfrente de mí. Qué osadía la suya.

Me quedo muy quieto mientras Amelia cruza descalza mi sala de estar; el cabello mojado le cubre el hombro, tan largo que casi le llega a la cintura. Así suelto, le queda entre ondulado y liso. Una gota de agua sigue aferrada a la punta de un mechón, y observo atentamente cómo cae y le resbala por el brazo desnudo. Tendría que estar en una playa de Hawái, con una flor en el pelo y las piernas salpicadas de arena mientras un fotógrafo la retrata para una revista femenina. No tendría que estar en mi diminuta y sencilla sala de estar sonriéndome de una forma que, desde luego, no me merezco. Y, aun así, me gustaría dibujar una línea alrededor de sus labios sonrientes para recordar siempre su forma. Me gustaría enrollar su cabello largo y abundante alrededor de mi mano y mi muñeca. Me gustaría rozar sus marcadas clavículas con los dedos. «Mierda, nada de esto es bueno».

Abre la boca, pero yo hablo primero.

—¿Dónde está la parte de arriba del pijama? —bramo.

Amelia arquea las cejas. No lleva nada de maquillaje en la cara y, por desgracia, de algún modo está más guapa así.

—En mi cuarto —contesta—. No te preocupes, no he perdido el precioso pijama que te regalaron por Navidad.

¿De veras cree que es eso lo que me preocupa?

Se sienta a mi lado y yo me levanto. Es como si estuviéramos en un subibaja.

—Espera, ¿dónde vas? Quería enseñarte esto.

No sé a qué se refiere porque estoy de espaldas a ella. Sin que me vea, me acerco al termostato y lo pongo a quince grados. Mi viejo aparato de aire acondicionado se enciende con un rugido y solo entonces me encuentro lo bastante cómodo como para volver a sentarme en el sofá. Lejos. Casi en el brazo.

Si se ha dado cuenta de que me estoy comportando de un modo extraño, luchando con todas las fibras de mi ser para evitar que mis ojos desciendan hasta su pecho, no lo demuestra. Me sonríe alegremente y me pone el bloc que le di esta mañana en el regazo. Se gira hacia mí, dobla las piernas y se sienta encima de ellas. Un poco demasiado cómoda para mi gusto. Me gustaría ponerle un dedo en la rodilla y deslizarla despacio hacia el otro lado del sofá.

—¡La terminé! La lista. —Señala con la cabeza el bloc en un gesto esperanzado.

Aparto la mirada de su preciosa cara. (Ostras, preciosa no. Solo… Vale, es preciosa). «Mira la puñetera lista». Justo cuando voy a empezar a leer, veo que un escalofrío le recorre el cuerpo.

—¿Tienes frío? —pregunto con un entusiasmo algo excesivo.

—Sí. ¿No te parece que hace mucho frío aquí de repente?

Me encojo de hombros, con el ceño ligeramente fruncido, y me levanto como una bala del sofá para coger una manta de felpa. Se la paso alrededor de los hombros y la envuelvo hasta el cuello con ella como si fuera papel film. Es un burrito humano. Tiro del extremo que sobresale para asegurarme de que esté cómoda y lo meto por la parte superior (que le queda justo debajo de los lóbulos de las orejas). Abre los ojos como platos, incrédula, porque no sabe si estoy de broma o no. No estoy de broma. He preparado una manta de castidad casera.

—Ummm…, ¿gracias? —dice, próxima a la risa.

Ya más seguro, me siento de nuevo a su lado y recojo el bloc.

—Solo intento ser hospitalario.

—Claro. Señor Hospitalidad. Este es sin duda el tratamiento que me viene a la cabeza cuando pienso en Noah Walker.

La miro un instante y, al ver cómo asoma su cabeza por la parte superior del burrito de felpa, me resulta imposible no sonreír. Sigue estando demasiado guapa, así que bajo los ojos hacia el bloc y leo la lista.

1. Explorar el pueblo.
2. Ir a pescar.
3. Hacer algo apasionante.
4. Jugar al Scrabble.
5. Aprender a preparar las tortitas de Noah.

—¿Jugar al Scrabble? —pregunto, bajando la lista para mirar a Amelia.

De algún modo ha conseguido aflojar el burrito y ahora lleva la manta alrededor de los hombros y abierta por delante, como cualquier persona normal llevaría una manta. A mí no me va nada bien así.

—Sí.

Se pasa los dedos por el pelo como si fuera un cepillo.

—No me necesitas para jugar al Scrabble.

—Sería aburrido jugar conmigo misma. Ganaría seguro.

Le dirijo una mirada burlona.

—Lo que quiero decir es que puedes jugar al Scrabble en cualquier sitio. No es algo exclusivo de nuestro pueblo.

Amelia saca los pies de debajo de su cuerpo, dobla las rodillas, las rodea con sus manos, se las acerca al pecho y, gracias a Dios, vuelve a enrollarse con la manta.

—Bueno…, en casa no he podido encontrar a nadie que quiera jugar.

Me quedo mirando el semblante dulce de Amelia y sus párpados bajados mientras se toquetea el esmalte rojo de los dedos de los pies, pero sé que solo está evitando establecer contacto visual conmigo porque se siente avergonzada. Me invade un afán protector y, de repente, quiero buscar a todos los que se negaron a echar una partida de Scrabble y obligarlos a jugar con ella toda la noche. «¡Y vais a sonreír y os va a gustar!». ¿Qué clase de idiota no querría ser amigo de Amelia? Es dulce. Divertida. Enrollada. Guapísima. Es incomprensible que no tenga pareja.

—Ya veremos —digo tratando de sonar duro y evasivo, aunque los dos sabemos que acabaré cediendo. Leo la lista otra vez—. Algo apasionante, ¿eh? ¿Cuál es tu definición de «apasionante»?

—Susan diría que cualquier cosa que pueda acabar rompiéndome un hueso, hacerme sonreír o, en general, acelerarme el corazón.

—Vaya, eso descarta tener sexo conmigo. —Hago una mueca en cuanto las palabras salen de mis labios. Amelia se queda con la boca abierta—. Lo siento… Quería hacer una broma, pero soy muy seco al hablar y…

—¡No lo sientas! —dice con el rostro iluminado de alegría—. ¡Has bromeado! El señor Hombre Clásico ha hecho una broma subida de tono y ahora tengo que anotar en mi diario que hoy ha sido el mejor día de mi vida.

—Creía que era el señor Hospitalidad.

Me aprieta la mejilla con el dedo.

—¿Qué otras bromas tienes guardadas?

Inclino mi cuerpo exageradamente hacia un lado, como si me hubiera tumbado con su fuerza.

—Caray, no seas tan dura conmigo.

Sacude la cabeza, con una amplia sonrisa y los ojos rebosantes de dicha.

—Ya ni siquiera te reconozco.

Me incorporo y carraspeo. Ha llegado el momento de ponerse serio y dejar de juguetear. Juguetear lleva a flirtear. Y flirtear lleva a tener problemas.

—Hablando de Susan, ¿le has dicho que te quedabas más tiempo en el pueblo?

—Sí. Y no ha ido bien.

—¿Te ha montado un pollo?

Llena los pulmones de aire y sus labios se agitan animadamente cuando lo suelta. Me encanta ese lado suyo. La mujer desaliñada, no tan compuesta. Le sienta bien.

—Estaba furiosa. ¡Ha intentado convencerme de que soy una imprudente y una egoísta por no decirle dónde estoy y saltarme compromisos profesionales con los que ni siquiera estaba de acuerdo! —Levanta la voz al decir esto último, y me gusta ver que tiene carácter—. Y después me ha sonsacado que me alojo en casa de un hombre soltero… y para que parecieras inofensivo, le he contado que eres pastelero, y puede que haya exagerado sin querer al hablar de ti, porque ahora está convencida de que voy a echar a perder toda mi carrera por un chico.

—¿Has exagerado al hablar de mí? ¿Qué has dicho? —pregunto con una ceja arqueada.

Se ruboriza y esquiva la pregunta desviando los ojos.

—Da igual. Todavía no me creo que esté aquí y que me haya enfrentado a Susan de este modo. No he… No he hecho nada por mí misma desde hace años. —Se detiene y yo no me apresuro a llenar el silencio—. Pero Susan no se equivocaba del todo. Irme de la ciudad sin un guardaespaldas y sin que nadie de mi equipo comprobara que tenía un alojamiento seguro esperándome ha sido temerario —sentencia, y luego esboza una sonrisa, como si quisiera sentirse orgullosa pero no supiera si tendría que estarlo o no.

Bajo la vista hacia el bloc y cojo el bolígrafo.

—¿Qué haces? —pregunta cuando tacho «Hacer algo apasionante».

—Felicidades. Ya has hecho una cosa de tu lista por ti misma.

Amelia contempla fijamente lo que he tachado y da la impresión de querer llevárselo a la mejilla como hizo con mi mano ayer por la noche. Tiene los ojos llenos de emoción, y veo que está respirando más hondo para evitar que se le salten las lágrimas. No. Nada de lágrimas, por favor. No se me dan bien.

Para relajar el ambiente, le doy unos golpecitos suaves con el nudillo en la rodilla, y al instante lamento el contacto.

—No es que necesites mi aprobación, pero creo que hiciste bien en marcharte. Tu Susan parece una auténtica aguafiestas.

Amelia suelta una carcajada y apoya la cabeza de lado en el sofá. Recorro con los ojos la larga línea de su cuello que ha quedado a la vista y, cuando vuelvo a dirigirlos a su cara, me está mirando.

—Oh, lo es —asegura—. Esa mujer no me deja hacer nada. Pero... es buena en su trabajo. Si tengo que agradecerle a alguien que mi carrera haya llegado tan alto es a ella. Además, a su extraña manera, ha estado ahí para mí más de lo que últimamente ha estado mi propia madre.

—Pero no eres feliz —comento, mitad pregunta, mitad afirmación.

Todo mi ser grita que me da igual si es feliz o no lo es. Ni siquiera quiero que esté en mi casa, que ocupe espacio en mi sofá o que me obligue a ser amable con ella, con sus grandes ojos de cachorrillo y su radiante personalidad. Pero, maldita sea, si me da igual, ¿por qué se lo pregunto? ¿Por qué ya estoy pensando en otros lugares a los que puedo llevarla mientras esté aquí? A quién debería conocer. Qué la haría sonreír. Qué podría hacer para que me mirara con calidez en sus ojos. Ahora mismo estoy tan cabreado conmigo mismo que me liaría a patadas con la pared.

—A veces soy feliz. —Baja los ojos y sigue toqueteándose el esmalte de uñas, y deja los trocitos arrancados en un montoncito—. O por lo menos solía serlo. Creo.

Vuelve la cara, y comprendo que desea que esta conversación se termine. Conozco muy bien ese sentimiento, así que no voy a insistir. Puede hablar conmigo cuando esté preparada. O nunca si no quiere. Me da lo mismo. Estoy aquí para ser un lugar seguro donde pueda esconderse un tiempo, porque es lo que mi abuela querría que hiciera.

Su mirada se fija en algo de la cocina y veo que sus labios carnosos esbozan una sonrisa dulce.

—Las flores que te regalé. Las has puesto en un jarrón.

A su lado me siento como un pudin. Un pudin débil, blando, tembloroso y vano.

—En uno de los jarrones de mi madre, de hecho. Se lo regaló mi padre —comento.

Soy incapaz de dejar de mirar su dulce sonrisa, y me cabrea no poder ocultarle cosas de mi vida. Normalmente, no me gusta hablar de mis padres. Ni de nada que me haga sentir cosas en general. No me gusta compartir mis emociones con la gente. Pero, por alguna razón, cuando los ojos azules de Amelia se posan en mí, me siento desnudo. Quiero contárselo todo.

—Ambos murieron cuando yo tenía diez años. —Trago saliva con fuerza—. Eran amantes del aire libre y les encantaba hacer senderismo extremo durante las vacaciones. Estaban acampados en Colorado para celebrar su aniversario. Estalló una tormenta terrible… y… hubo muchos relámpagos, y bueno, no bajaron de la montaña. Después de eso, mi abuela consiguió mi custodia y la de mis hermanas. Ella nos crio.

—Lo siento mucho —dice Amelia, poniendo su mano en la mía y apretándola.

Su voz es pura dulzura. Y el modo en que me mira… Hacía mucho tiempo que nadie me miraba así. Como si deseara cuidar de mí. La piel de su mano es suave, y el olor de su loción corporal es cálido y reconfortante. Quisiera inclinarme hacia ella y besarle la línea del cuello que está a la vista, así que me levanto de golpe. Aparto mi mano y me dirijo a la cocina, justo detrás del sofá. Bien. Una barrera muy necesaria.

—Fue hace mucho tiempo. No hay nada que sentir.

¿Dónde está mi cubo de basura metálico? Ahora mismo me metería dentro y cerraría la tapa, porque me gusta ser Óscar el Gruñón. Ese cubo de basura es acogedor, y me siento en él como en casa. Mantiene fuera a los desconocidos; mejor aún, mantiene alejadas a las bellas cantantes que tratarán mi corazón como si fuera un bufet libre.

Titubea un momento.

—Muy bien. ¿Estás seguro de que no quieres…?

—No —la interrumpo.

Me pongo de nuevo la gorra de béisbol, a sabiendas de que iba a ofrecerse a hablar más sobre el tema. Lo último que quiero es hablar, créeme. De nada. Nunca. Las palabras me incomodan. ¿Y por qué tendría que compartir nada con ella si se va a largar antes de que me dé cuenta?

Le entra la risa, pero no de diversión. Es más bien de desconcierto.

—No sé qué pensar de ti, Noah.

—No pienses nada de mí y estarás bien —replico tras recoger las llaves. Quiero mirarla, por eso no lo hago—. Volveré tarde. Hay estofado de verduras en la nevera. No tomes más somníferos. Ah, y por cierto... —Hago una pausa y cedo a la tentación: la miro a los ojos, ojos grandes de cachorrillo, una última vez esta noche—. No voy a darte la receta de mis tortitas. Es un secreto.

16

Noah

Tras aparcar la camioneta, me encamino hacia The Pie Shop y veo que mis hermanas ya han llegado. Como está oscuro fuera, tengo una buena visión del interior del local iluminado, con la mesa de juego en el centro, comida basura en la barra y ellas alrededor de la mesa bebiendo y riendo. Es sábado por la noche, es decir, la noche en que nos reunimos para jugar a corazones. Lo llevamos haciendo desde que volví al pueblo hace tres años. Y como ninguno tiene nunca nada que hacer los fines de semana (ninguno de los cuatro tiene pareja), rara vez nos perdemos un sábado por la noche. A pesar de que se nos ve mucho desde la calle, ya no estamos en horario comercial y el pueblo sabe que no debe molestarnos. Porque si hay algo que les encanta a los habitantes de Roma, Kentucky, son las tradiciones familiares. No se entrometerían en algo así ni locos.

Abro la puerta y al entrar recibo los vítores y los silbidos de mis demasiado entusiastas hermanitas.

—¡Aquí está! ¡Nuestro Casanova! —grita Emily haciendo bocina con las manos.

—¡No! Nada de Casanova…, algo más trágico y melancólico. Romeo, sin duda —asegura Madison.

Les hago una peineta y me acerco a la barra, donde dejo la caja de cervezas que he comprado por el camino. Por lo visto, cada una de mis hermanas ha traído también una caja, así que llevo la mía a la trastienda para guardarla en el refrigerador para la semana que viene. Cuando regreso a la parte delantera de la tienda, ellas siguen debatiendo sobre mi mote. Creen que son graciosísimas.

Emily está reclinada hacia atrás con los pies encima de la mesa de juego, enseñando sus calcetines de tubo y atrapando gominolas con la boca entre comentario y comentario. Annie está sentada con las piernas cruzadas leyendo un libro; a su bola, como de costumbre. Y Madison está sentada encima de la mesa, pintándose las uñas de los pies. Siempre lleva esmalte de uñas en el bolso para momentos como este.

—Qué asco —comento antes de acercarme a ella, quitarle el pincel de la mano, devolverlo al frasco y cerrarlo—. La pastelería va a oler a esta mierda mañana.

Me saca la lengua, comportándose más como los niños a los que da clase que como una adulta. Aunque la enseñanza siempre me ha parecido una carrera extraña para ella. Le encanta cocinar, incluso da clases de cocina una noche a la semana en invierno, y yo pensaba que acabaría yendo a una escuela culinaria. Pero nos sorprendió a todos quedándose en Roma y siguiendo los pasos de Emily para convertirse en maestra de primaria. A veces me preocupa que Madison haga demasiado lo que Emily quiere, hasta el punto de dar clases las dos en el mismo colegio, cuando a ella se le da mejor algo con más libertad. Más exploratorio.

—Estás enfadado porque te hemos puesto un mote, Donjuán —dice Madison.

—No me llames Donjuán. —Vaya. Eso ha sido un error. Sé de sobra que no tengo que decirles que no hagan algo porque entonces lo harán con muchas más ganas y con sonrisas ávidas en su semblante. Míralas. Cómo les brillan los ojos ahora. Su vocación es fastidiarme.

Hasta la callada Annie cierra el libro y les sigue el juego.

—¿Por qué no, Donjuán?

Gruño y cojo una cerveza de la barra. Me iría si no las quisiera tanto.

Mis hermanas se ríen, y Emily se endereza en la mesa para acabar de tomarme el pelo:

—Ay, Donjuán, ¿no te gusta el mote?

—Venga, Donjuán —casi canturrea Madison—, sé bueno y tráeme esa bolsa de patatas antes de sentarte.

Hay que ver cómo son.

Por suerte, tienen muchos trapos sucios, tantos que no cabrían en una lavandería. Miro a Emily.

—¿Debería contarles lo del veintitrés de mayo? —Su sonrisa se desvanece—. Ajá. Eso pensaba. —A continuación, me vuelvo hacia Madison—. ¿Qué tal si digo el nombre del chico que vi salir de vuestra casa la mañana después de que Emily y Annie fueran a recoger esa mesa rústica a Alabama? —Madison cierra la boca.

Antes de que pueda revelar con qué puedo chantajear a Annie, ella levanta la mano y suelta:

—No hace falta. Lo hemos pillado. Nos callaremos.

—Gracias —digo a la vez que ocupo mi sitio en la mesa y le robo una gominola a Emily—. ¿Podemos empezar a jugar, por favor?

—Muy bien —responde Emily, y comienza a repartir las cartas—. Pero eres un aguafiestas.

Sus palabras me devuelven de inmediato a ese momento en el sofá con Amelia. No puedo dejar de pensar en ella y en lo que ha dicho: «A veces soy feliz. Por lo menos, solía serlo. Creo». Pero como esta noche no quiero pensar en Amelia, me obligo a concentrarme en el juego.

Echamos unas cuantas partidas de corazones y le damos a la lengua hasta que ya no pueden contenerse más. Las preguntas que se han estado guardando casi las hacen temblar. Sus cuerpos ya no lo soportan más, o lo sueltan o se desmayarán.

—Bueeeeno —empieza Emily. Me llevo la segunda cerveza a los labios y doy un sorbo largo mientras la miro con los ojos entrecerrados—. ¿Qué te parece que Amelia se vaya el lunes porque no le dejas quedarse más en tu casa?

—Conque Amelia, ¿eh? —pregunto, procurando sonar indiferente.

—Sí, nos lo ha contado todo, incluido su nombre. Le ofrecimos que se quedara con nosotras, ya que tú estás siendo tan grosero. Le dijimos que podía dormir en mi cama y yo en el sofá, pero es demasiado amable y aseguró que no quería causarnos tantas molestias.

Sí. Amelia las ha hechizado como me imaginaba que haría.

Dejo cuidadosamente la cerveza en la mesa y trato de no mostrarme ansioso al hablar de ella.

—Muy considerado por vuestra parte.

—Ya te digo —interviene Madison a la vez que deja un cinco de tréboles en la mesa. Alza los ojos hacia los míos con un brillo divertido. Sé que quiere ser más lista que yo en algo más que en esta partida de cartas—. ¿Te molesta no ser el único en quien ha confiado?

—En absoluto. —Le sostengo la mirada—. No me importaría que se lo contara a todo el puñetero pueblo.

Pero me importaría. De hecho, me importa.

Las tres refunfuñan y se quejan, y entornan los ojos porque si hay algo que detestan es no enterarse de algo. Les lanzo un hueso porque para mí siempre tendrán cinco, seis y ocho años, cuando me suplicaban que las llevase conmigo y con James a vivir aventuras.

—Aunque hoy le he dicho que puede quedarse hasta que le arreglen el coche.

Chillan todas a la vez. Se me rompen los tímpanos. Lamento todas mis decisiones.

—Vale, vale —digo frotándome la oreja y levantándome para coger otra cerveza. Porque la voy a necesitar.

Emily me señala con un dedo acusador.

—¡Te gusta! ¡Lo sabía! ¡Donjuán ataca de nuevo! —exclama.

—No es verdad. —Quito el tapón a la cerveza—. Es solo que me da lástima, y lo correcto es cuidar de ella.

Madison sube y baja las cejas.

—¿Cuidar de ella o tenerla cerca? —pregunta.

—Hablo en serio. No va a pasar nada entre nosotros. Solo está de paso por el pueblo y necesita un lugar donde dormir mientras esté aquí. —Vuelvo a sentarme y miro otra vez la mano de cartas que tengo, como si realmente estuviera prestando atención a la partida—. Además, ya le he dicho que no estoy interesado.

—Dime que no es verdad —dice Madison.

Nunca la había decepcionado tanto.

—Es verdad. Lo mejor es aclarar las cosas de entrada. Seré su amigo, nada más.

Emily arquea las cejas mientras mira sus cartas.

—Bueno, puede que sea lo más inteligente. Es divertido chincharte, pero entiendo que no vayas más allá. No eres el tipo de chico al que le van los ligues y ella tendrá que irse pronto..., y tú no puedes irte con ella.

Todos captamos la advertencia en la voz de Emily en esta última frase. Todavía no me ha perdonado que me mudara con Merritt a Nueva York. Creo que Emily fue la única que no se disgustó cuando todo se acabó entre nosotros, porque eso significaba que iba a quedarme en el pueblo para siempre.

—¡No! —exclama Madison, horrorizada—. ¡No es inteligente! Eres idiota, Noah, de buena gana te tiraba de la silla.

—¡Qué violenta! Te toca a ti, Annie.

Todos alzamos los ojos para ver qué cartas tiene Annie. Me está sonriendo. Una sonrisa de complicidad, que me provoca un hormigueo en el cuerpo. Annie me conoce mejor que mis otras hermanas, y me pone los pelos de punta que sepa lo que estoy intentando fingir que no existe.

Engullo el resto de la cerveza y decido tomarme otra... y después otra... y otra.

17

Amelia

Son las doce y Noah todavía no ha vuelto. No sé muy bien por qué estoy atacada como una esposa cuyo marido no ha regresado a casa por la noche, pero lo estoy. ¿Suele salir hasta tan tarde? ¿Pero hay algo que hacer en este pueblo después de las diez de la noche? Solo estoy preocupada porque creo que antes le he disgustado al intentar hablar sobre sus padres. Lo que tengo que hacer es dejar de perseguir esta extraña sensación de amistad entre Noah y yo, y soltarla. Noah es básicamente mi Airbnb/guía turístico. Cuando me vaya, no volverá a pensar en mí. Dejó muy claro que no estaba interesado en mí. «Suéltalo, Amelia». Y mira qué bien…, ahora estoy cantando la canción de *Frozen* porque ya es literalmente imposible decir esta frase sin cantarla.

Espera, oigo algo. Parece una…

Ah…, ¡una camioneta!

Me aparto de la ventana por la que estaba echando una ojeada y me alejo pitando. ¡¿Qué hago?! ¿Dónde me escondo? No puede enterarse de que estaba aquí parada como una psicópata esperando a que él volviera.

Oigo el golpe de la puerta de la camioneta al cerrarse y grito. Va a entrar y todavía tengo la casa iluminada como si fuera el Cuatro de Julio. Es imposible que no se dé cuenta de que lo estoy esperando. Un momento. No tiene que saber que lo estoy esperando. Por lo que a él respecta, soy un ave nocturna. Sí, soy una famosa con una ajetreada vida nocturna. Esto es lo que voy a dejar que crea en todo caso.

Voy corriendo hacia la sala de estar y me deslizo con los calcetines por el suelo como en *Risky Business*, con su enorme chaqueta de pijama puesta. Por cierto, hola, Amelia, ¿dónde están tus pantalones? NECESITAS UNOS PANTALONES. Tantos años usando un vestuario con poca tela para los conciertos y las portadas de revista me han vuelto insensible al pudor, y se me olvida que los demás no se pasean medio desnudos como yo.

Ahora soy un dibujo animado intentando conseguir adherencia para no resbalarme y me deslizo rumbo a mi habitación, meto las piernas por los pantalones del pijama y regreso a la carrera a la sala de estar para lanzarme en plancha sobre el sofá. Hay una manta cerca, así que la cojo y me cubro de forma parecida a como Noah me ha envuelto antes. ¿Parece una puesta en escena? ¿Da la impresión de que no me he movido desde que se marchó? No sé por qué, pero esto último me resulta escalofriante. En el último segundo, decido desprenderme de la manta, apagar la tele e ir corriendo al cuarto de baño. Aparenta ser algo más normal y no dice a gritos «ESTOY COLADA POR TI Y TE HE ESTADO ESPERANDO LEVANTADA».

En cuanto cierro la puerta del cuarto de baño, oigo que se abre la puerta principal. Me apoyo en la pared y contengo la respiración. Abro el grifo para que crea que me estoy lavando las manos, lo que me da treinta segundos más para recuperarme. Solo que quedan reducidos a quince segundos cuando escucho un estrépito en la sala de estar.

Oh, mierda. ¿No es Noah quien está ahí fuera? A lo mejor es un intruso. Un acosador que se ha enterado de dónde me hospedo. ¿Qué hago? Podría gritar su nombre, pero entonces alertaría también de mi presencia al baboso que está en la sala de estar. Echo un vistazo al cuarto de baño y encuentro un espejo. Gracias a la película que arruinó mi infancia, sé lo que puedo hacer con él. (La película era *Señales*, por si quieres saberlo, y es horripilante).

Deslizo el espejo por debajo de la puerta y lo inclino para ver la sala de estar. Es más difícil de manejar de lo que parecía en la película, pero al final lo consigo. Es entonces cuando veo a Noah agachado y recogiendo algo del suelo.

Vaya.

No voy a morir esta noche. Menudo alivio.

Tras echarme un vistazo rápido en el espejo, y decidir no preguntarme por qué me importa tanto lo que piense de mi aspecto, dejo el espejo en su sitio y salgo del baño.

Noah está encorvado sobre un montón de cristales rotos, ha debido de tirar la lámpara de la mesa auxiliar, y los está recogiendo... con las manos. Sisea, y los músculos se le contraen bajo la camiseta cuando se le clava un trocito en la mano.

—¡Noah! —Me acerco a él y le tiro del brazo para que deje en paz los cristales y se levante—. ¡Suéltalos! ¿Cómo se te ocurre recoger cristales con las manos?

En cuanto se pone de pie, veo que se balancea como si estuviéramos en un barco que acabara de recibir el embate de una ola inmensa. Tengo que rodearle el torso con los brazos para impedir que se caiga hacia atrás.

—Estoy bien —asegura arrastrando las palabras, pero sin rechazar mi ayuda.

—Noah, ¿estás... borracho? —pregunto una vez recupera el equilibrio y puedo soltarlo. No te mentiré, realmente no quiero soltarlo. Este hombre es fuerte como un roble. Tras sujetarlo así, puedo confirmar que todo lo que hay debajo de su fina camiseta de algodón es una musculatura firme. Una musculatura tentadora, bien formada. ¿Cómo logra un pastelero tener un cuerpo así? No es justo.

Cuando retrocedo, alzo los ojos hacia su rostro sonriente. Ahora mismo parece un chaval. No puedo evitar reírme entre dientes porque no lleva la gorra y tiene el pelo alborotado, como si se hubiera pasado las manos por él. Bueno, supongo que ha sido Noah quien se ha pasado las manos por él. Pero a lo mejor lo ha hecho una mujer. A lo mejor ha sido la mujer misteriosa con la que va a almorzar cada dos por tres. ¿Por qué de pronto un pequeño trol celoso se me ha subido a la espalda y me incita a iniciar una guerra?

—Sí. Las chicas aguantan la bebida mucho mejor que yo. Peronotepreocupes, no he vuelto conduciendo yo —asegura, balanceándose de nuevo.

Esta vez le cojo el brazo y me lo paso alrededor del cuello para alejarlo del montón de cristales y dejarlo caer en el sofá. Aterriza como un árbol talado en el bosque, sobre la barriga, con el lado de la cara aplastado contra el asiento y un brazo colgando hasta el suelo.

Me tomaría un minuto para admirar la forma en que su cuerpo ocupa por entero el sofá, pero mi mente está demasiado obsesionada con la palabra «chicas». En plural. ¿Es Noah un playboy? ¿Cómo puede ser eso posible en un pueblo de este tamaño? Aunque siempre es en los pueblos pequeños donde tienes que ir con cuidado. Son los que salen a la luz en los documentales de Netflix por tener un laboratorio de metanfetaminas clandestino.

—Chicas, ¿eh? —pregunto llevándome las manos a las caderas y mirándolo como si tuviera algún derecho a estar molesta.

Sonríe. SONRÍE. Es deslumbrante. El corazón se me para y luego arranca al galope, se me va a salir del pecho. Madre mía, tiene unos dientes espectaculares. Y arruguitas en la comisura de los ojos. Cuando sonríe así, parece tan accesible y reconfortante que me entran ganas de subirme encima de él y estrecharlo en un abrazo gigantesco. Es abrazable. El propietario gruñón de la pastelería es de lo más abrazable.

—¿Estás celosa? —suelta subiendo y bajando las cejas.

Y está flirteando.

Noah está sonriendo, y flirteando, y despeinado, y vaya, me gusta un montón el Noah borracho. El caso es que me gustan todas las versiones de Noah y eso es un verdadero problema.

—No. —Me arrodillo a su lado y le levanto el brazo. No se resiste. Y me mira con una medio sonrisa en los labios mientras le examino la palma de la mano. Como me imaginaba: está sangrando—. Solo me preguntaba por qué esas chicas misteriosas te han emborrachado y te han abandonado a tu suerte esta noche. Pero me alivia pensar que, por lo menos, no condujiste tú de vuelta a casa.

Le suelto con cuidado la mano y me levanto para rebuscar en los cajones y los armarios de la cocina.

—Me ha traído Anna Banana. Mecachissss, me he cargado el misterio. He estado con mis hermanas.

Dejo de rebuscar en el cajón y sonrío. La tensión desaparece de mis hombros y la sensación ardiente de mi pecho se desvanece. El pequeño trol celoso se baja de mi espalda y se va a dormir. No quiero pensar por qué he tenido una reacción tan fuerte al saber que Noah había estado con otras mujeres. No me importa. No puede importarme. «Es un amigo, Amelia, ¡métetelo en la cabeza!».

—¿Por qué no ha entrado? —pregunto mientras miro en otro cajón.

Me acerco al sofá y echo un vistazo por encima del respaldo. Noah tiene los ojos cerrados, pero sigue sonriendo como un idiota. Me encanta.

—Supongo que querrá asegurarse de que tú cuidas de mí.

—¿Yo?

—Sí, tú —responde entreabriendo un ojo—. Está intrigando. Es una intrigante.

—¿Por qué iba a hacer eso? —No debería acosarlo así ahora que no tiene la cabeza despejada, pero no puedo evitarlo. Se le ha soltado la lengua y tengo la sensación de que esta será la única vez que me dará una respuesta directa.

O puede que no.

Su sonrisa se vuelve más amplia mientras me hace una peineta.

—Buen intento. No estoy tan pedo.

—Ummm… No puedes culparme por intentarlo. —Le empujo suavemente el hombro—. ¿Dónde tienes el botiquín?

Suelta una risita profunda y grave.

—¿Quién te crees que soy? ¿Una mamá? No tengo botiquín. —Le cuesta decir esta palabra—. Pero tengo tiritas en el cuarto de baño.

Me apresuro a ir al cuarto de baño en busca de una tirita. Tengo que apartar su desodorante y su pasta de dientes, su maquinilla de afeitar y su frasco de colonia antes de encontrar la caja de tiritas en el fondo del cajón. De pronto me entran ganas de abrir esa barra de desodorante y olerla hasta perder el conocimiento, pero no lo hago porque me estoy obligando a mí misma a comportarme como una mujer civilizada. «Educada, educada, educada».

Aunque… olisquear un poquito su colonia no le hará daño a nadie. Lo hago, y de inmediato me vuelvo adicta a ella. Me pulverizo una gotita casi microscópica en el pijama. «Imprudente, imprudente, imprudente».

Cuando vuelvo a la sala de estar con una toalla mojada y una tirita, Noah parece estar dormido. Su sonrisa se ha desvanecido y es un oso soñoliento. Muy amoroso y accesible. Si estuviera despierto, gruñiría y me enseñaría los dientes al acercarme a él, pero ahora mismo es complaciente y cálido. Me siento en el suelo junto al sofá y le levanto otra vez la mano. Un hilillo de sangre le baja por la palma, pero no es lo bastante grave como para necesitar puntos. Tampoco veo ningún trocito de cristal, lo que es buena señal.

Resulta irónico que anoche él cuidara de mí cuando yo estaba inconsciente y ahora esté yo cuidando de él. No me disgusta tener la oportunidad de igualar un poco la situación.

Le aplico con cuidado la toalla mojada en el corte para limpiárselo. Sus manos son como ladrillos grandes y calientes. También tiene los nudillos de un hombre corpulento. Una hilera de callos le recorren la parte superior de las palmas, y si tuviera que hacer una suposición diría que no se ha puesto crema ni una vez en su vida. No puedo evitar quedarme mirándolo desde la punta de sus dedos hasta la muñeca, ladeando la cabeza para deslizar mis ojos por su antebrazo masculino y su bíceps hasta el hombro. Ahí me encuentro con sus extraordinarios ojos verdes parpadeando.

Carraspeo y agacho la cabeza de golpe para ponerle la tirita en la palma de la mano. Tengo que dejar de suspirar inútilmente por él. «No. Le. Interesas. Amelia».

Me doy prisa en curarle, con su brazo por encima de mi hombro y la palma de su mano prácticamente en mi regazo. No se mueve ni se opone. Lo que es bueno porque tengo que acabar esto, recoger los cristales del suelo y volver a mi cuarto antes de enamorarme de él.

—Listos —digo dándole una palmadita cariñosa en el dorso de la mano y saliendo de debajo de su brazo—. Ya estás curado. Serán mil dólares por mis servicios.

Me giro para mirarlo, y cuando lo hago, levanta la mano y me pasa los nudillos por el óvalo de la cara. Con mucho cariño, como si tuviera miedo de hacerme daño con su enorme manaza al entrar en contacto con mi piel. Me estremezco.

—Eres muy guapa —dice sin arrastrar las palabras, pero medio dormido—. Y cantas como un ángel.

—Gracias.

Un suave júbilo me borbotea desde la boca del estómago. Sé que está pedo. Sé que quiere decir esto. Y deseo atrapar sus palabras en una red como si fueran mariposas.

—Y además eres dulce. Como el azúcar glas. —Baja la mirada hacia mi boca, y me noto un nudo en la garganta—. De lo más dulce.

Sonrío, y Noah me pone el dedo bajo la barbilla y tira de mí hacia él.

—¿Puedo darte un beso? ¿Solo una vez más?

El aire se me congela en los pulmones. Es lo que más deseo en el mundo. Tener sus labios en los míos es increíble; lo sé por experiencia. Pero no puedo permitírselo, porque, ya sabes…, el alcohol y todo eso. No sería justo besar a un hombre que no sabe del todo lo que se hace.

Así que me inclino y le beso en la frente. Es un ligero contacto; no hay motivo para que este roce lejos de sus labios sea como un relámpago en plena tormenta. Pero lo es. La sensación de mis labios en su piel, la proximidad de nuestras caras y nuestros cuerpos; todo ello me hace vibrar. Y cuando Noah inspira hondo y emite un ligero sonido de placer desde el fondo de su garganta, he cambiado para siempre.

Interrumpo el contacto y lo miro.

—Gracias —dice, y su pulgar me acaricia suavemente la mandíbula.

Es un gesto afectuoso. Tan dulce que me duelen los huesos. Tan cálido que no volveré a necesitar una manta en mi vida. Incluso borracho, Noah sabe ser tierno y hacerte sentir segura.

No vuelve a abrir los ojos, pero sí sonríe. Me quedo sentada ahí contemplándolo hasta que su respiración se vuelve profunda y su mano se separa de mí. Quiero entenderlo, pero me temo que jamás lo conseguiré. Es brusco y seco, pero también delicado y amable. No me quiere en su casa, pero se desvive para que esté cómoda y bien atendida. Es fuerte y arisco, pero tierno y cariñoso. No le intereso, pero me pide otro beso.

Finalmente, recojo los cristales y tapo a Noah con una manta, y cuando estoy sepultada bajo el suave edredón de patchwork en mi cama, me quedo dormida con el olor de la colonia de Noah y la esperanza absurda de que algún día volvamos a besarnos.

18

Noah

La mañana me golpea como un ladrillo en la cabeza.

Por lo visto, en algún momento de la noche, llegué tambaleante hasta mi cama. Es raro, la versión de nosotros mismos estando borrachos parece que sea otra persona totalmente distinta. Por ejemplo, ahora que estoy sobrio, me muero de la vergüenza porque iba tan pedo que solo logré pasarme la camiseta por la cabeza y quitarme una manga. Me cuelga del hombro hasta que me la quito del todo y la tiro al otro lado de la habitación, donde está el cesto de la ropa sucia. Tan solo ese ligero movimiento me hace creer que alguien me ha sustituido el cerebro por una pelota de masaje. Las resacas no te afectan igual a partir de los treinta, y esa es la razón por la que ya nunca me emborracho. Y, desde luego, no en una noche de partida con mis hermanas. Pero era el único modo en que podía escabullirme. Me ametrallaban con preguntas sobre Amelia y esto fue lo único que podía hacer para dejar de pensar en ella. El alcohol era mi único escudo, pero al final resultó ser el cuchillo que me clavé yo mismo en la espalda.

Gimo, me vuelvo en la cama y me paso la mano por la cara. Noto algo que me araña ligeramente el rostro y me miro la palma de la mano con los ojos entrecerrados. Una tirita. Yyyyy ahí está. Me vienen a la cabeza unos recuerdos borrosos. Anoche llegué a casa y rompí una lámpara al chocar con la mesa. Traté de recogerla y me corté la mano. Y entonces… Amelia.

Oh, mierda. La desperté y me curó el corte que me sangraba y, después, yo le dije lo guapa que era y quise volver a besarla. Es increíble. Con lo que me he esforzado para mantenerla a cierta distancia, y tras unas cuantas cervezas de más intento estrecharla entre mis brazos. Soy un idiota. ¿Sería de cobardes salir trepando por la ventana y esconderme hasta que se vaya del pueblo? Y lo más lamentable aún es que hoy es mi día libre. Tengo a alguien que lleva la pastelería por mí los domingos y los lunes, pero hoy necesito que mi empleado se vaya a casa para recuperar mi escondite.

Además, está… Me incorporo, olisqueando el aire, y sí, no hay duda de que eso es humo. Cuando estoy saltando de la cama, se dispara la alarma del detector de incendios. Salgo volando de mi cuarto y entro en la cocina, donde me encuentro a Amelia con mi pijama, soltando tacos como una adolescente que dice palabrotas por primera vez en su vida. Está rodeada de humo de los fogones y agita la mano.

—¡Ah! ¡Noah! ¡Ayuda!

Está intentando apagar la sartén humeante. La aparto y cojo la sartén. Ella ya ha apagado el fogón y no se ha incendiado nada, de modo que llevo la sartén al fregadero. El cacharro sisea y chisporrotea cuando le cae el agua fría. Dejo el grifo correr mientras abro la puerta principal y unas cuantas ventanas para ventilar la casa. Cuando vuelvo, Amelia está debajo del detector de humo, atizándolo con un paño de cocina como si le hubiera engañado con su mejor amiga. No para de dar saltitos para alcanzarlo. Salto, golpetazo. Salto, golpetazo. Salto, golpetazo. La estampa me supera. Antes de darme cuenta, tengo las manos en las caderas y agacho la cabeza para que no me vea partirme la caja. No funciona. La risa me puede hasta que las carcajadas me salen por la boca.

Cuando el humo se disipa y la alarma deja de sonar, solo queda el sonido de mi voz. Amelia suelta un grito ahogado y se acerca a mí. Sus pies descalzos entran en mi campo de visión.

—Dime que no te estás riendo de mí.

—Pues sí.

—Bueno… —dice indignada—. ¡Ya vale! ¡Me muero de la vergüenza!

Alzo la mirada y la fijo en sus grandes y hermosos ojos azules. Están parpadeando, nerviosos, con el ceño fruncido. Quiero tirar de ella y estrecharla entre mis brazos, pero me contengo porque la petición de ese beso sigue susurrando entre nosotros. No puedo volver a tocarla. No voy a hacerlo.

—¿Qué pretendías hacer, aparte de incendiarme la casa?

Encoge los hombros de una forma adorable antes de responder:

—Quería prepararte tortitas.

—¿Con qué? ¿Con gasolina?

—Para ya. —Me golpea el pecho con los nudillos. Al mismo tiempo, los dos nos percatamos de que estoy con el torso desnudo. Baja la mirada y también la voz, lo que hace que me sienta como si me hubiera rociado con líquido inflamable y encendido una cerilla—. Ha sido… —Traga saliva con fuerza—. La mantequilla de la sartén. Creo que la he dejado demasiado rato en el fuego.

Me siento expuesto. No habría salido sin camiseta si no hubiera pensado que mi casa iba a quedar reducida a cenizas. Pero aquí estoy, de pie en la cocina con Amelia, llevando solo unos vaqueros. Sus ojos están devorando cada centímetro de mi piel desnuda. Se detienen en el lado izquierdo de mi pecho, donde está mi único tatuaje. Es un pastel sobre un ramo de flores. A la mayoría de la gente le parecería ridículo, pero Amelia lo ve y su sonrisa dice: «Sabía que estabas obsesionado con las flores».

Y ahora me siento doblemente expuesto porque no solo está viendo mi piel, está viendo mi…, mierda, no hay forma menos ñoña de decirlo, está viendo mi corazón.

Me aparto y cierro el grifo para darme una sacudida mental. A continuación, echo un vistazo al caos de mi encimera. Es como si hubiera explotado una bomba de harina en ella.

—¿Has hecho todo esto para que me compadeciese de ti y te diera la receta de mis tortitas?

Amelia vuelve a estar cerca de mí, y juro que no puedo alejarme de ella a pesar de que lo estoy intentando con todas mis puñeteras fuerzas.

—Antes que nada, estás siendo grosero. Me he esforzado mucho para hacerlas, pero no me acordaba de las cantidades, y no tienes internet, por lo que no podía buscar ninguna receta. ¡Pero antes de añadir el segundo trozo de mantequilla a la sartén he preparado esta tanda! —Lo dice con tanto orgullo y entusiasmo que tengo que contener una sonrisa.

—¿Nunca habías hecho tortitas?

—No —responde con alegría.

—¿Nunca?

—Nunca.

—¿Ni siquiera antes de dedicarte a la música? —pregunto con tono escéptico.

Amelia se lleva un dedo a los labios para pensárselo mejor.

—Oh, espera, sí —suelta.

—¿Sí?

—¡No, Noah! ¡Nunca! —exclama entornando ligeramente los ojos—. Pregúntamelo de todas las formas que quieras. La respuesta seguirá siendo no. Mi madre cocina de pena, así que para desayunar solíamos tomar cereales o poníamos bagels en la tostadora. Solo comía tortitas los sábados por la mañana, cuando íbamos a una cafetería. Y antes de que me lo preguntes, no tengo ni idea de si mi padre cocina bien o no porque nos abandonó cuando mi madre se quedó embarazada. Así que, dime, ¿vas a seguir haciéndome preguntas que me recuerden mi relación fracturada con mis padres o vas a probar mis tortitas?

«Hola, chancla, aquí está mi boca». Soy un auténtico gilipollas. Pero no voy a negar que adoro la forma en que me replica. Cada día sale más y más de su caparazón, y yo me lo paso muchísimo mejor también. Se está convirtiendo en un verdadero problema.

—Enséñame esas tortitas.

Amelia se sitúa a mi lado, y sin querer me roza el abdomen con el brazo cuando levanta el papel de aluminio que cubre un montón de tortitas. Noto una opresión en el estómago, y me aprieto contra la encimera para eludir su contacto. Es como aquel juego al que solía jugar de pequeño, «El suelo es lava», solo que esta vez el juego se llama «La mujer es lava». Si la toco, me quemaré.

Amelia sigue con el cabello suelto, ondulado y revuelto. Y con el pantalón de mi pijama, pero, gracias a Dios, ahora también lleva puesta la chaqueta ancha. Por alguna razón, me encanta que tenga los ojos algo hinchados de dormir y las mejillas rosadas. Nunca he visto una mujer más guapa.

Sus tortitas, en cambio…

Las miro con los ojos entrecerrados.

—¿Has añadido cacao en polvo?

—No. —Frunce los labios mientras pincha la tortita de arriba con un tenedor   . Puede que me hayan quedado muy hechas.

—Solo un poquito —digo con sequedad, lo que me vale un ligero codazo en las costillas.

A simple vista, tienen la textura de una pared, por lo que diría que ha usado demasiada harina.

No me apetece nada probarlas, pero Amelia parece tan orgullosa de sí misma por haber hecho algo de la nada que al final le quito el tenedor de la mano, coloco una tortita en el plato y corto un pedazo. Puede que «cortar» sea una palabra demasiado generosa. Más bien parto un trozo de tortita. Amelia me observa atentamente mientras me lo llevo a la boca. En cuanto me toca la lengua, mi cuerpo se revuelve y me suplica que lo escupa. Pero como me mira con ojos iluminados y sus labios frambuesa esbozan una sonrisa entusiasta, empiezo a masticar despacio tratando de pensar en algo bueno que decir sobre su horrible creación.

—¿Qué? ¿Cómo están? —Junta las manos bajo su mentón. Es una niña el día de su cumpleaños esperando su regalo.

Me trago el bocado.

—Oh, son asquerosas. —Sí, no se me ha ocurrido nada bueno—. En serio, son terribles. ¿Qué coño les has puesto? —suelto con una nota de diversión en la voz mientras procuro escapar del paño de cocina con el que está intentando atizarme.

—¿Tanto te cuesta ser amable?

Se ríe y me persigue con ese puñetero paño. El borde me acierta una vez en la espalda, y seguro que me va a dejar marca. Tomo un cacharro y lo sostengo delante de mí a modo de escudo.

—¡No me has dejado acabar! Iba a decir… pero son tus tortitas asquerosas, que has hecho tú sola, ¡y solo por eso tendrías que sentirte orgullosa!

—Y tanto, no quepo en mí de orgullo. —Su voz es puro sarcasmo, pero deja de perseguirme y se sienta en un taburete. Se lleva la mano al pelo y se lo pasa de un lado a otro de la cabeza, un gesto de lo más seductor—. ¿Tan malas están?

—Como arena de la playa en la que se ha meado un perro.

—Caray —exclama con expresión de incredulidad—. Vale. Supongo que tendrás que enseñarme, entonces.

Lo dice animada, como si me hubiera olvidado de que le dije que no. Lo cierto es que podría enseñarle la receta. Tampoco es ningún secreto que quiera llevarme a la tumba como le hice creer el otro día. Pero, no sé por qué, me gusta la picardía que el hecho de no contársela añade al ambiente. Yo tengo algo que quiere, pero no puede tener. Y eso me parece justo, porque ella se está convirtiendo en ese alguien que quiero, pero tampoco puedo tener.

—Va a ser que no. Te dije que es un secreto. —Pongo un tazón en la encimera y me sirvo café del que ha preparado, rogando a todos los dioses del café que no sepa como sus tortitas.

—Ya lo descubriré. ¿Cuánto puede costar que unas tortitas salgan perfectas?

—¿A una persona corriente o a ti? —pregunto mirando su montón carbonizado.

Frunce la nariz y me lanza el paño a la cabeza, que aterriza elegantemente en mi hombro.

—Estoy herido —digo muy serio mientras me llevó el tazón a los labios y doy un sorbo titubeante. Está bueno. Realmente bueno, de hecho. Levanto el tazón para brindar en silencio—. Oye, preparas unas tortitas asquerosas, pero tu café es excelente. Algo es algo.

Sus ojos centellean de diversión. Si tuviera algo a mano, sé que también me lo lanzaría a la cabeza. Pero tiene que conformarse con las palabras, y sé que no me va a gustar lo que está a punto de decir cuando ladea la cabeza, exhibiendo la elegante curva de su cuello.

—Bueno, según tú, también soy muuuuy guapa.

Gimo y desvío la mirada.

—Venga ya, no menciones eso. Iba pedo. —Esperaba que no lo sacara a colación, que pasáramos el día fingiendo que jamás ocurrió. Supongo que mis esperanzas eran infundadas.

—¿Esperas que no mencionara lo que pasó anoche? —Se ríe como si fuera lo más absurdo que ha oído en su vida, y vuelve la cabeza hacia mí—. Me suplicaste besarme.

Le sostengo la mirada burlona y suelto un ligero «ummm». Otro sorbo sin prisas, y me apoyo de nuevo en la encimera.

—¿Te lo supliqué? Interesante. No es así como yo lo recuerdo.

Le flaquea la sonrisa, y juraría que contiene la respiración. «Quieres jugar, Amelia, pues vamos a jugar».

—Bueno, ibas pedo, por lo que no estoy segura de que podamos fiarnos demasiado de tu memoria.

—Saliste del cuarto de baño. Llevabas ese pijama. Me rodeaste con los brazos cuando me tambaleé, me llevaste hasta el sofá, donde me tumbé de bruces. Me dejaste para ir a buscar vendas, y cuando me preguntaste dónde tenía el botiquín, te respondí que no soy ninguna mamá, pero que tenía tiritas en el cuarto de baño. —Doy un paso adelante, dejo el tazón en la isla de la cocina donde ella está sentada. Me apoyo en los antebrazos y prosigo—: Y entonces... volviste del cuarto de baño, y antes de curarme la mano, recuerdo haber pensado que olías exactamente igual que mi colonia.

Sé que mi especulación es correcta porque Amelia tiene los ojos como platos y casi está conteniendo el aliento. Sus mejillas parecen fresas. Quiero recorrerlas con mi pulgar. En cambio, lanzo mi último recuerdo a la mesa como si fuera un guante:

—Y después te pregunté si podía besarte, solo una vez más... —dejo las palabras en el aire, a la espera de ver si es lo bastante valiente para dar ese último salto o si voy a tener que empujarla.

La Amelia que conocí el primer día habría puesto una excusa y seguramente se habría escabullido de la cocina para evitar una situación incómoda. O se lo habría tomado a risa y habría echado la culpa de ese tierno beso en la frente a lo cansada que estaba o algo así. La nueva Amelia es peligrosa. Se inclina hacia delante, tan cerca de mí que nuestras bocas se tocarían si yo me acercara un pelín, y el rubor de sus mejillas se modera y adquiere un seductor tono, tan delicioso como sus labios carnosos color frambuesa.

Y entonces sonríe de oreja a oreja.

—Te besé en la frente… —Hace una pausa para contemplarme la boca con el brillo de un recuerdo en los ojos. Me dirige una mirada penetrante—. Porque quería besarte en los labios, pero estabas demasiado borracho.

Boca. Ojos. Boca. Ojos. Boca. Ojos. Este es el recorrido que sigue mi mirada. El deseo de mi cuerpo canturrea: «¡Hazlo! Bésala». Sé que sería estupendo. Y ahora me toca a mí morirme de vergüenza. Carraspeo un poco y me rasco un lado del cuello, y me incorporo hacia atrás mientras en mi cabeza suenan sirenas de alarma. No debería tentar lo que quiera que sea esto. No tenemos futuro, y a mí no me van las relaciones esporádicas. Nada ha cambiado. Yo sigo teniendo que quedarme en este pueblo, y ella sigue teniendo que irse en algún momento. «Así que para ya, Noah».

—Siento habértelo pedido. No tendría que haberlo hecho porque sigo sin querer tener nada romántico.

«Mentiras».

Por una fracción de segundo, Amelia parece dolida. Sus cejas se mueven para empezar a fruncir el ceño, pero enseguida las rectifica y se repone.

—¿Quién ha hablado de nada romántico? Fue solo un beso en la frente, Noah. Nada más. Algo de lo más inocente. Y jamás me lo habrías pedido si hubieras estado sobrio, de modo que no pasa nada.

Mi primera reacción consiste en batear esa chorrada apaciguadora fuera del campo de juego, pero como sé que lo dice para facilitarme las cosas, dejo que caiga entre nosotros y se convierta en la barrera que estaba destinada a ser. Ojalá eso no hiciera que Amelia me guste más. Que la respete más.

—Bueno, te lo agradezco. —Alzo la palma de la mano para enseñarle la tirita—. Siento que tuvieras que encargarte de mí, y de los cristales también.

—Ningún problema —dice sonriendo con ternura—. Además, con romanticismo o sin él, mola saber que piensas que soy guapa y dulce. —Parpadea, juguetona—. Como el azúcar glas.

Es la señal para largarme. Me despido con otro gemido y me llevo el tazón hacia el cuarto de baño. Ella me sigue, como un cachorrillo mordisqueándome los tacones.

—¿Es eso cierto, Noah? ¿Piensa el Pastelero Gruñón que soy dulce como el azúcar glas?

Cuando voy a cerrar la puerta del cuarto de baño, ella interpone el pie para impedírmelo. Dejo el tazón en la repisa y bajo los ojos hacia ella.

—Ahora mismo eres un grano en el culo —digo, sin darme cuenta hasta que me veo en el espejo de que lo he dicho con una sonrisa demasiado indulgente.

Levanta la barbilla hacia mí.

—¿Pero piensas que soy un bonito grano en el culo? —pregunta en voz más baja esta vez.

Sigue jugando, pero su tono transmite lo que está preguntando realmente. Quiere saber si hablaba en serio. Supongo que estaré en la cuerda floja todo el tiempo que Amelia siga bajo mi techo. Me gusta. Yo le gusto. Y existe una intensa química entre nosotros que no puedo permitirme.

Le sostengo la mirada e inspiro hondo.

—Todo el mundo piensa que eres guapa. Ya lo sabes —aseguro.

No me suelta del anzuelo.

—¿Pero tú lo piensas?

Mis ojos descienden un instante hacia sus labios, y recuerdo demasiado bien lo mucho que deseaba ese beso anoche, y hoy siento el mismo deseo.

—Yo siempre hablo en serio. —Me tambaleo un poco en la cuerda floja—. ¿Podemos dejarlo estar y comportarnos como adultos?

—Eso es pedir demasiado —dice con una ligera carcajada, y se vuelve y tira de la puerta del cuarto de baño para cerrarla al salir. Pero antes de hacerlo, asoma la cabeza, su mirada me recorre el torso descaradamente y añade, ya mirándome a los ojos—: Para que lo sepas, yo también pienso que eres guapo.

Cierra la puerta y no quiero hacerlo, pero sonrío otra vez.

19

Amelia

Noah y yo hemos hecho autoestop para ir al pueblo. ¡Autoestop! Como ayer por la noche dejó la camioneta cerca de la pastelería, después de ducharse y salir del cuarto de baño oliendo como un ser divino procedente de las profundidades de un bosque, me ha preguntado si me gustaría tachar el primer elemento de mi lista. Hemos bajado hasta la carretera para hacer dedo y que alguien nos llevara al pueblo.

Aunque no ha sido tan emocionante como me esperaba. En lugar de «hacer dedo», ya había llamado a su amigo James para pedirle que nos recogiera al final del camino de entrada. Así que ahora estoy emparedada entre dos hombres guapísimos y traqueteando rumbo al pueblo, con la firme intención de contarle a Susan que hice autoestop durante mis vacaciones para que tenga fantasías sobre mí en un camión de dieciocho ruedas junto a un hombre fornido con tatuajes y una sonrisa lasciva.

Pero James es simpático. Tiene un carácter alegre y quiere saber si me lo estoy pasando bien lejos de la vida de la gran ciudad. Tiene muchísimas ideas sobre lugares que tendría que explorar y sobre cosas que tendría que hacer mientras esté aquí. La mayoría de sus frases comienzan así: «¡Oh, Noah! ¿Sabes qué podría hacer…?». Y: «¡Noah! Deberías llevarla a…». Me doy cuenta de que piensa que Noah y yo vamos en un pack, y, por alguna razón, eso no me molesta.

Noah, sin embargo, ha vuelto a su yo gruñón: se aprieta contra la puerta de la camioneta para que nuestros brazos no se rocen. Ayer habría pensado que era porque le molesto. Ahora, después de la Solicitud de Beso, hay una pieza de este puzle que encaja, y es Noah diciéndome que soy guapa y dulce. Soy azúcar glas. Me parece que no me detesta después de todo. Creo que le gusto un poco y eso le asusta.

James nos deja en la plaza del pueblo, se despide con la mano y nos dice que se va a llevar un pedido de productos a un mercado local. Cuando su camioneta se marcha, Noah y yo nos quedamos solos aquí de pie como dos postes telefónicos.

Me muerdo el labio inferior y busco algo que decir, porque he llegado a la conclusión de que si espero a que Noah hable primero, nos convertiremos en monjes silenciosos.

—Dime…, ¿qué tienda tendríamos que…?

—El flirteo entre nosotros tiene que parar —suelta.

—Perdona, ¿qué has dicho? —Me río, incrédula.

Cualquiera que nos vea de lejos pensaría que Noah está pisando una chincheta.

—Tú y yo. Lo de flirtear. O lo que fuera esta mañana…, tiene que parar. No somos… Somos amigos. Nada más.

—Noah. —Me vuelvo para mirarlo a la cara y establecer contacto visual con él en serio—. Tienes que dejar de preocuparte. Yo tampoco busco tener una relación. Se nos permite ser dos adultos que hablan sobre un beso que no planean volver a darse, y que admiten que el otro le resulta atractivo sin lanzarse a una relación romántica.

Parte de la tensión de su cara se desvanece. Asiente con la cabeza, pensativo.

—Muy bien. Es que no quería darte esperanzas…

Casi me echo a reír. Me encanta que me trate así…, como si fuera una mujer normal a la que conoció cuando se le averió el coche en su jardín delantero. La mayoría de los hombres no tendrían agallas para decirme algo así. No tendrían agallas para rechazarme, eso para empezar. Con Noah no hay presión, y aunque podría enamorarme de él si me quedara a vivir en este pueblo, sé que mi vida pronto vendría a llamarme y tendría que marcharme. La amistad es mejor.

—Gracias —digo—. Y por eso pienso que eres tan dulce como el sirope de arce. —Gruñe y entorna los ojos cuando se da cuenta de que le estoy provocando otra vez, y empieza a alejarse paso a paso. Continúo—: No como el azúcar glas, claro, ¡pero no te preocupes! ¡Si te esfuerzas, alcanzarás mi nivel de dulzor!

Se detiene de golpe y se pone detrás de mí para pincharme con suavidad la espalda. Me vuelvo con el ceño fruncido.

—¿Qué estás haciendo? —pregunto.

—Busco el interruptor para apagarte. —Me paro y él me adelanta con una sonrisa relajada en los labios, como si no hubiera vuelto a jugar, y veo cómo todas mis ideas preconcebidas sobre el Pastelero Gruñón se hacen añicos—. Vamos, parlanchina. —Me hace un gesto con el brazo para indicarme que lo alcance—. Empezaremos por la cafetería, donde no tenemos que comer tortitas de arena.

—¿Qué debería pedir? —pregunto a Noah por encima de la carta plastificada y algo pegajosa de la cafetería.

—Lo que te dé la real gana.

Lo pillo. Necesita más café. Llevo con él el tiempo suficiente como para saber que necesita un flujo regular de cafeína para mantener a raya a su yo asesino. Y lo toma solo, sin azúcar ni leche. Igual que su personalidad. Noah es un tipo sencillo.

—Creo que pediré el... —Me interrumpe mi móvil sonando en la mesa. Debe de haber algo de cobertura porque suena como un loco indicando la llegada de mensajes de texto. No tendría que haberlo llevado conmigo, pero me parecía mal dejarlo porque estoy acostumbrada a tenerlo cerca todo el tiempo. Ahora lo lamento.

Noah contempla el pobre dispositivo con las cejas arqueadas.

—Caray. Alguien tiene mucho interés en ponerse en contacto contigo.

Y de este modo, las sensaciones felices que habían flotado a mi alrededor todo el día se desvanecen. La realidad siempre me alcanza. Cojo el móvil y lo abro, aunque ya sé lo que voy a ver.

> Susan: Por favor, dime que mantienes tu plan nutricional en ese sitio. Que estés fuera no significa que sean unas verdaderas vacaciones. El vestuario para los conciertos ya está confeccionado.
>
> Susan: Por cierto, el pastel no está incluido en el plan nutricional.
>
> Susan: Y, ya puestos, tampoco los pasteleros. Mantén la cabeza en su sitio mientras estás fuera. Eres demasiado buena para un hombre así.
>
> Susan: Sorpresa, sorpresa, tu madre me ha escrito esta mañana desde tu casa de Malibú preguntándome dónde está la llave de tu Land Rover. He aprovechado para hacerle tu oferta de que se una a ti las primeras fechas de la gira, pero ha dicho que tiene demasiadas cosas en marcha.

Dejo el móvil encima de la mesa y alzo la vista. Noah me está observando. Logro esbozar una sonrisa y sigo leyendo la carta del restaurante.

—A ver…, ¿qué estaba diciendo? Ah, sí. Creo que voy a pedir la torrija. ¿Está rica?

Cuando no me contesta, alzo la vista de nuevo. Tiene el ceño fruncido. La mandíbula apretada. Sacude ligeramente la cabeza.

—No tienes que hacer eso.

—¿Hacer qué?

—Fingir. —Señala mi móvil—. ¿Quieres hablar de ello? ¿De lo que sea que acabas de leer?

Caramba. ¡Ahí está de nuevo! ¿Por qué la persona que solo puede estar temporalmente en mi vida es la única que quiere conocerme? ¿Estar ahí para mí sin que tenga que pedírselo?

—Creo que contestaré a tu pregunta con la misma respuesta que me diste tú antes de irte ayer por la noche: no. —Lo digo con rotundidad, con lo que pongo de manifiesto mi capacidad de acallar la voz que canturrea en mi cabeza: «Educada, educada, educada». No con Noah. Nunca con Noah.

—Me parece bien —asegura con una sonrisa en los labios.

Un momento después, una joven camarera se acerca a la mesa.

—Hola. ¿Qué os pongo?

Aparte de dirigirme una sonrisa extragrande, no me trata distinto que a Noah. No estoy segura de si alguna vez llegaría a acostumbrarme a la libertad que me da la gente de este pueblo. Quiero empaquetarla y llevármela conmigo de vuelta al mundo real.

—Para mí, tortitas y torrija —indico—. Y él necesita un café lo antes posible. Se pone de lo más gruñón si no le garantizo un suministro regular en vena.

Noah me mira frunciendo el ceño, pero la camarera echa hacia atrás la cabeza con su precioso cabello rojo y suelta una carcajada.

—¡Lo ha clavado! Me alegro de que por fin hayas encontrado a una chica que sabe manejarte, Noah.

—No es mi chica —se apresura a decir Noah.

Sonrío educadamente a la camarera y le comento:

—Voy a hacer un cartel con esas palabras exactas para llevarlo por ahí el resto del día y que Noah deje de ponerse nervioso por semejante chorrada. —Esto me vale otra mirada con el ceño fruncido de Noah. Pero ahí está la cosa, su expresión va acompañada de una sonrisa. No sé cómo lo hace, pero puede sonreír y fruncir el ceño a la vez.

—Bueno, tengo que admitirlo —afirma ella mientras se pone el lápiz detrás de la oreja—. Me sorprendí cuando oí el rumor de que estabais juntos dada su historia y lo mucho que le disgustan las mujeres en general desde entonces.

—¿Su historia? —pregunto con una ceja arqueada.

—Yo tomaré unos huevos y un bollo, Jeanine —suelta Noah desde el otro lado de la mesa.

Jeanine no le presta la menor atención.

—Claro, mujer. Estuvo años perdidamente enamorado de una elegante neoyorquina, ¿sabes?

—No. No tenía ni idea —contesto con los ojos desorbitados.

Miro a Noah intentando imaginarme a este hombre que detesta internet, que no tiene móvil y que conduce una camioneta naranja oscuro con una elitista trajeada de Nueva York colgada del brazo. Otra paradoja.

—¡Sí! —exclama Jeanine con los ojos llenos de entusiasmo. Parece que el cotilleo es su sustento—. Lo tenía tan cautivado después de pasar el verano en el pueblo vaciando la casa de su difunto tío y vendiéndola que, cuando llegó el momento de irse, ¡Noah cogió y se marchó a Nueva York con ella! Fue una verdadera película de Hallmark. Pero cuando él tuvo que regresar por lo de su abuela, ella no lo acompañó y...

—Estoy aquí, ¿sabes? —interviene Noah levantando las manos—. Puedo oír todo lo que estás diciendo.

Jeanine gira la cabeza de golpe hacia él.

—¿Por qué no se lo has contado?

—Porque no es asunto suyo. Prácticamente acabamos de conocernos.

Pobre Noah. Está exasperado.

De repente, un hombre que está en el banco que hay detrás de mí, se gira pasando el brazo por encima del respaldo para dirigirse a nosotras.

—No te sientas mal —dice mirándome—. No le gusta hablarlo con nadie. Esa mujer le rompió el corazón y ya no ha vuelto a ser el mismo.

—Oh, Dios mío —dice Noah, que apoya los codos en la mesa y esconde la cara entre sus manos.

—¿Sabes qué, Phil? Estoy de acuerdo. No solía ser así de taciturno hasta que regresó de Nueva York. —Jeanine se sienta a mi lado, de modo que tengo que dejarle espacio en el banco—. Verás, cielo, yo te apoyo. Pero creo que el hecho de ser una cantante famosa va a dificultar un poco las cosas, por el tema de la distancia. No te rindas. Noah vale la pena y no encontrarás un hombre mejor que él.

Me enternece la forma en que este pueblo lo adora.

—De acuerdo. Voy a servirme ese café, ya que es evidente que hoy no te apetece trabajar.

—¿Y podemos seguir hablando de ti? —le pregunta Jeanine con ojos de súplica.

—No seré yo quien te lo impida.

Noah se desliza por el banco y contemplo cómo su casi metro noventa se levanta de la mesa. Pondría fin a todo esto, pero… no quiero hacerlo. Es bastante divertido ver cómo se muere de vergüenza mientras me entero de sus secretos más oscuros. Además, acaba de darnos permiso. No hay vuelta atrás.

—¡Oh, cielo, ya que estás, sírveme una taza! —le pide Jeanine sin dejar de mirar a Phil.

—Claro —gruñe Noah—. ¿Con leche y azúcar?

—Un poquito.

Noah se sitúa tras la barra de la cafetería y empieza a servir cafés. Unas cuantas personas del bar parecen necesitar también que les llene la taza, y él lo hace. Lo observo, incapaz de apartar mis ojos de su rostro mientras Jeanine y Phil siguen parloteando a mi lado. Contrae los músculos de los antebrazos cada vez que inclina la cafetera. De vez en cuando, sus labios esbozan una sonrisa con un solo hoyuelo al oír algún comentario. Noto que mi corazón se cae de una cornisa en la que jamás tendría que haber estado, eso para empezar.

—Me gustaría retorcerle el pescuezo a esa mujer por haberlo tratado de ese modo. Que Dios me ayude si alguna vez vuelve a poner los pies en este pueblo —afirma Jeanine.

—Pero tú no le harás eso, ¿verdad? —me pregunta Phil—. Tú vas a tratar bien a nuestro Noah, ¿no?

—Esto… —Me he perdido. Al parecer, creen que Noah y yo somos algo más de lo que somos—. En serio. Solo somos amigos. Poco más que desconocidos, en realidad.

Ambos hacen gestos como si lo que he dicho fuera una chorrada, como si el hecho de que conozca a Noah desde hace un par de días fuera una mera cuestión semántica.

—Reconozco una buena pareja en cuanto la veo —dice Jeanine, que se estira la cola de caballo para que le quede más airosa—. Fíjate lo que te digo, entre vosotros dos hay algo. Con que no lo engañes como hizo su exprometida, ya serías, de largo, mucho mejor que ella.

Parpadeo mirando a Noah, que acaba de servir un plato de tortitas a alguien. ¿Estuvo prometido? ¿Vivió en Nueva York? ¿Lo engañaron? Hay muchas cosas que no sé de él, y ahora siento profundamente no saberlas. Quiero conocerlo. Saberlo todo de él. Quiero estudiarlo como si estuviera empollando para un examen final. Pero hay muchas probabilidades de que él nunca me permita conocerlo.

Establecemos contacto visual y al principio no sonríe, pero cuanto más rato me mira, más empiezan a elevarse las comisuras de sus labios como si no pudiera evitarlo. Y, de repente, pienso que tal vez mis probabilidades no sean tan nulas.

20

Noah

—Supongo que ahora querrás conocer la triste historia, ¿no? —pregunto a Amelia cuando salimos de la cafetería y volvemos a estar solos.

—Hablas como si estuvieras resignado a hacerte una endodoncia —dice mirándome con una sonrisa de suficiencia.

—El nivel de dolor es más o menos el mismo. —Tendría que ser una broma, pero me ha quedado algo apagado. O puede que demasiado acertado. Porque cada vez que pienso en Merritt me duele. Todavía, cuando me veo a mí mismo siguiendo ilusionado a esa mujer a Nueva York, creyendo de verdad que nuestra aventura veraniega era real, me muero de vergüenza.

Como Jeanine ha comentado en la cafetería, Merritt vino al pueblo para ocuparse de los asuntos de su tío cuando este murió. Era su primera vez aquí, y como era la única abogada en su familia, sus padres pensaron que lo mejor sería enviarla a ella para poner en venta la propiedad y atar los cabos sueltos que conlleva el fallecimiento de un familiar. Bueno, por eso y porque su madre y su tío habían tenido un encontronazo antes de que Merritt naciera y dejaron de hablarse. Como me pareció que estaba muy sola en el pueblo mientras se encargaba sin ayuda de todos esos trámites, le ofrecí mi compañía. Me pasaba las tardes ayudándola a guardar en cajas las cosas de su tío y, a raíz de eso, acabó pasando las noches en mi casa.

Me declaré el último día que estaba en el pueblo, porque me pareció romántico y emocionante. Merritt aceptó por estas mismas razones, pero solo si me trasladaba a Nueva York con ella. Mis hermanas y mi abuela se quedaron de piedra cuando les dije que me iba con solo un día de aviso. Ahora me gustaría retroceder en el tiempo y darme un puñetazo en el estómago por ser tan ingenuo y desconsiderado.

Logramos que funcionara los primeros meses, pero cuando la química entre nosotros empezó a desaparecer (a lo que ayudó que Merritt se estuviera tirando a su compañero de trabajo), ya no nos quedó nada. Ella solo pensaba en el trabajo, lo que no suponía un problema, salvo por el hecho de que quería que yo hiciera lo mismo. En Nueva York, me valí de mi título en empresariales para encontrar un puesto discreto en un banco, y, madre mía, cómo soñaba cada día con dejar ese empleo aburrido, sin vida.

Nunca fui suficiente para Merritt, que se obsesionó con eliminar todo lo «rural» de mi personalidad. Se aseguró de que me partiera el lomo trabajando para ascender profesionalmente y conseguir un cargo del que pudiera sentirse orgullosa cuando me presentara a sus amigos. Así que me maté a trabajar, me sentía muy solo y no lo disfrutaba, y como soy leal hasta la médula, tardé un año en ponerle fin. Vale…, leal y orgulloso. No quería volver arrastrándome a casa y explicarle a todo el mundo que había cometido un error terrible.

No digo que me alegre que me engañara, pero me dio el empujón que necesitaba para cortar, porque podía haber perdido mucho más tiempo siendo infeliz con una mujer que no era la adecuada para mí. Y cuando todo se desmoronó, me juré que jamás forzaría una relación con alguien cuya vida no encajara con la mía desde el principio. Porque Merritt y yo éramos eso:

dos personas que necesitaban cosas distintas y que no tenían nada en común.

Amelia titubea un minuto y supongo que ve en mi expresión algo sincero que no quiero reflejar, porque sonríe y sacude la cabeza.

—Pues en ese caso no. Prefiero no conocer la historia. Me da que nos aguaría la mañana. —Levanta sus ojos azules hacia los míos y veo que le brillan.

Me meto las manos en los bolsillos y choco ligeramente mi hombro con el suyo. En un lenguaje silencioso, introvertido y nada habituado a hablar de sentimientos, acabo de decirle «gracias».

Su hombro choca con el mío de vuelta.

—¿Qué parte del pueblo quieres explorar entonces? —le pregunto.

Amelia echa un vistazo alrededor, pensativa. Ahora que tiene los ojos distraídos, puedo observarla bien por primera vez hoy. Lleva un sencillo vestido veraniego en color crema de tirantes finos. Me gusta cómo se le ajusta al torso y que la falda tenga vuelo desde la cintura; le ondea hacia atrás y hacia delante cuando anda. Está tan guapa que duele.

—¿Qué hay ahí? —pregunta mirando con los ojos entrecerrados el edificio que está al otro lado de la calle.

Hoy tiene los labios extrarrosa y me pregunto si llevará pintalabios o bálsamo labial con color ChapStick. Conozco la diferencia porque una vez usé el bálsamo labial con color de mi hermana pensando que era de los normales y me pasé toda la noche luciendo unos carnosos labios colorados porque a mis hermanas les pareció graciosísimo no decírmelo. No creo que Amelia lleve pintalabios, porque el tono es demasiado natural. Besable.

Bueno. Basta ya de pensar en sus labios. Sé exactamente dónde llevarla.

Me giro hacia donde está señalando.

—Es la peluquería —anuncio.

—Espera. —Amelia frena en seco en la acera—. Tengo miedo. No puedo entrar ahí.

—Solo es un salón de belleza.

Sus ojos se desplazan hacia el escaparate y echa un vistazo al interior como una mujer que contempla un collar de diamantes en la vitrina de Tiffany's. Hace unos minutos me ha contado que lleva tiempo queriendo cortarse el pelo pero que nunca ha logrado reunir el valor. Como se está planteando hacerlo ahora, me sitúo a su lado, hombro con hombro, mientras miramos dentro como bichos raros.

Heather, Tanya y Virginia están trabajando con la música a todo volumen y se ríen con las clientas. La escena es animada, puede que algo excesiva.

—No veo dónde está la amenaza —digo bajando la vista hacia Amelia.

—No puedo hacerlo —asegura medio aturdida—. Tengo muuuchas ganas, pero no puedo.

—¿Por qué no?

—Porque Susan se va a cabrear. Se va a cabrear de verdad. Mi pelo es importante. Forma parte de aquello por lo que se me conoce.

Con esta nueva información, mis ojos recorren las ondas largas que le caen por la espalda. Su pelo es bonito; la clase de pelo que me incita a enredar mis dedos en él. Una parte de mí está triste porque jamás haré eso, pero también empiezo a hartarme de oír el nombre de Susan, de modo que animo a Amelia a cortárselo hasta las orejas ahora mismo si eso le hará sentirse libre.

—Oh, perdona. No me había dado cuenta de que el pelo era de Susan. Ahora se entiende todo. —Estoy siendo un listillo, pero le gusta.

Suelta una carcajada cargada de tristeza y levanta los ojos hacia mí con los hombros hundidos, anticipando la derrota.

—No puedo, Noah. Simplemente no puedo. Sé que es una tontería, pero así son las cosas para alguien que vive de su fama. Ya no soy dueña de mi imagen.

—Muy bien —suelto encogiéndome de hombros—. Solo digo que, si quieres ser rebelde e infringir la Ley de Susan, cuando hayan acabado de cortarte el pelo, acercaré en un santiamén la camioneta al bordillo para que te subas al estilo de los hermanos Duke de *El sheriff chiflado* y nos aseguraremos de que Susan no nos atrape nunca.

—¿Hablas en plural? —Me mira sonriendo.

—Sí, bueno. Te he visto conducir mi camioneta. Te adelantaban caracoles, incluso uno te hizo una peineta y todo. Me resultó embarazoso.

Suelta una carcajada y sacude la cabeza, volviendo los ojos hacia el escaparate. Y en este momento me doy cuenta de que haría cualquier cosa para hacerla reír. ¿Qué me está pasando?

Sin dejar de mirar por el cristal, Amelia inspira hondo y asiente con la cabeza una vez, con firmeza. Alza los ojos de nuevo hacia mí, está decidida. Hay fuego en esos ojos azul cristalino. La determinación le queda la mar de sexy. Hace que ese intenso deseo de besarla vuelva a crecer en mí.

—Muy bien, voy a hacerlo. Voy a entrar ahí y me voy a cortar el pelo. Será mejor que tengas la camioneta a punto, Bo Duke —anuncia, y cambia el peso de un pie a otro como un boxeador profesional a punto de subirse al cuadrilátero. Si tuviera un protector bucal se lo pondría en los dientes, y debería vendarle los nudillos—. Soy una mujer que come tortitas y que se corta el pelo cuando le da la gana. ¡Soy mi propia jefa y estoy recuperando mi puñetera vida!

Se dirige hacia la puerta, posa la mano en el pomo y enseguida lo suelta y retrocede hacia mí. No, me pasa de largo. Va derecha hacia la camioneta y se detiene de golpe. Se da la vuelta despacio y camina de nuevo hasta la puerta. Repetimos este proceso dos veces más, de modo que, en su cuarto recorrido hacia la puerta, cuando veo que le flaquean las fuerzas, me sitúo detrás de ella, abro la puerta y le pongo la mano en la zona lumbar para empujarla con suavidad hacia dentro.

—Ha sido de lo más entretenido mirarte, pero empiezo a marearme con tanto ir y venir —suelto.

Vuelve la cabeza hacia mí con una sonrisa de agradecimiento.

—Esta vez iba a entrar de todos modos.

—Sí, claro.

—¿Vas a quedarte conmigo?

Mentiría si dijera que no me apetece. Le agarraría la mano todo el rato si me lo pidiera, coño. Pero no puedo hacerlo. Si voy a evitar enamorarme de ella, tengo que establecer ciertos límites. Distanciarme un poco y despejarme la cabeza.

Señalo con el pulgar por encima de mi hombro y retrocedo.

—He quedado con alguien para almorzar. Volveré en un rato.

Me marcho deprisa, antes de que los ojos pintados de Tanya se giren hacia la recepción y nos divisen a Amelia y a mí. Me hincaría los dientes y acabaría con un corte de pelo que nunca pedí. Justo antes de cerrar la puerta al salir, oigo:

—¡Hola, cariño! Esperaba que te pasaras por aquí desde que supe que estabas en el pueblo. Siéntate y ponte cómoda. ¿Quieres una cola? Igual estás acostumbrada al vino, pero tendría que ir a casa a buscar la caja que tengo en la nevera y tardaría unos veinte minutos.

Espero que Amelia no salga de ahí con una permanente.

21

Amelia

Me gira la silla de modo que no me vea en el espejo, como hacen siempre los estilistas (y estoy convencida de que es porque, si la pifian, así pueden arreglarlo antes de que te des cuenta), y no me he mirado a hurtadillas el pelo ni una sola vez en todo este rato. Heather es la hija de veintiún años de Tanya, y es quien se está encargando de mi cabello. Ha sido, como diría Tanya, desternillante escuchar a estas mujeres contarse chismes unas a otras. Creo que ni siquiera me percataría o me importaría si me rapara sin querer la cabeza. Vale la pena oírlas contar los cotilleos del pueblo. Ojalá conociera a todas las personas a las que han estado despellejando educadamente al estilo sureño. Parece mentira, pero me tienen entregada.

—Y ahora danos la exclusiva sobre ti y Noah —me pide Heather un poco demasiado alto.

A pesar del ruido del secador, todo el mundo parece haberla oído. Todas las cabezas se vuelven hacia mí. Ha llegado mi turno de contar cotilleos, supongo.

Tanya y Virginia están atendiendo a clientas mayores, a las que les están poniendo bigudíes rosas para hacerles la permanente. Virginia tiene el pelo rubio amarillo y lo lleva cardado hacia el techo. Hace explotar su chicle y me dirige una sonrisa pícara.

—Yo traté de salir con él, ¿sabes? ¡Caray, ni siquiera necesitaba salir con él! Me ofrecí a meterme directamente en su cama.

Afortunadamente no pueden verme apretar los puños bajo la capa. Intento soltar una ligera carcajada, pero me tiembla la voz.

—No te preocupes, cielo —dice Virginia guiñándome un ojo—. Es demasiado caballero. Me rechazó y me envió a casa con un pastel de manzana. —Alza los ojos al cielo, como si estuviera reviviendo cómo sabía el dichoso pastel, o tal vez intentando verse la parte superior del cardado. Jamás la verá—. Y si las manos de ese hombre pueden hacer un pastel así de bueno, no me imagino lo delicioso que será el sexo.

—¡Virginia! —la regaña Tanya—. No hables así delante de Heather.

Si tuviera que adivinar la edad de Tanya, diría que tiene unos cincuenta tacos, con su cabello castaño, los ojos muy delineados, unos aros grandes en las orejas y unos tacones de quince centímetros con los que anda con la misma facilidad que si fueran zapatillas.

Vuelvo a apretar los puños. «Celosa».

Virginia echa la cabeza hacia atrás riendo y puedo verle el chicle en un lado de la boca.

—Oh, venga ya, Tanya. La chica se casará pronto. Ya se le permite hablar de sexo, ¿no?

Mientras Virginia y Tanya discuten sobre las conversaciones adecuadas para el salón de belleza, Heather aprovecha para agacharse y susurrarme en voz baja:

—Mamá, que Dios la bendiga, cree que todavía soy virgen. —Me mira riéndose y con los ojos muy abiertos—. De algún modo se le ha metido en la cabeza que Charlie y yo estamos esperando hasta la luna de miel para acostarnos, y eso ya pasó el día que me saqué el carnet de conducir en la secundaria.

—¡Te he oído, jovencita! —exclama Tanya dirigiendo una mirada elocuente a su hija mientras la apunta con un bigudí rosa.

Heather entorna los ojos y sigue pasándome un cepillo redondo por el pelo.

—¡No has oído nada! —Vuelve a bajar la voz para que solo la oiga yo—. He aprendido algo sobre las madres sureñas: fingen saberlo todo cuando no saben algo para hacerte confesar. No confieses nunca. Siempre van de farol.

Me río y me recoloco en el asiento para que mi trasero recupere algo de sensación.

—Es bueno saberlo.

—¿Y tú? —me pregunta Heather asomando la cabeza por encima de mi hombro—. ¿Tu madre también se preocupa tanto por todo?

Antes de que pueda contenerla, me sale de la garganta una carcajada penetrante, casi ofensiva.

—Lo único que le importa a mi madre es mi carrera en el sentido de cómo puede beneficiarle a ella. Y no conozco a mi padre.

No me puedo creer que le haya contado esto a una desconocida. ¿Qué tiene el aire de este pueblo? ¿Suero de la verdad? Me imagino a todas estas madres sureñas congregadas cada mañana alrededor de una salida de aire con un frasco etiquetado como «Líquido de la Verdad» para estar siempre al tanto de todo.

Aparte de soltárselo a Noah cuando estaba colocada por culpa del somnífero, hace años que guardo para mí este secreto sobre mis padres. Incluso en infinidad de entrevistas en las que todo el mundo quiere saber cosas sobre mi vida perfecta y mi familia perfecta, me limito a sonreír y a asentir con la cabeza, y, a pesar de que últimamente nuestra relación no es más que el corazón de una manzana podrida, siempre digo lo agradecida que le estoy a mi madre.

Heather apaga el secador y me mira con los labios rojo carmín entreabiertos. Ha juntado tanto las cejas, pulcramente delineadas, que han acabado formando una sola y temo que vaya a echarse a llorar. Y entonces, de repente, sus brazos me rodean el cuello y me está abrazando. ABRAZANDO. No me disgusta.

—¡Oh! —exclamo algo sorprendida, aunque no le hago ascos ni mucho menos, y le doy unas palmaditas, incómoda—. Un abrazo. Vaya. Gracias.

—Es lo más triste que he oído nunca —dice tras separarse de mí—. Tienes que venir a mi boda.

Mientras parpadeo, intentando deducir la relación entre estas dos cosas, la puerta del salón de belleza se abre. Miro quién ha llegado y el estómago me da un vuelco. Noah. ¿Por qué verlo me provoca esta reacción? Que alguien me diga por qué el aire se vuelve denso y me cuesta respirar. Una electricidad extraña me recorre las puntas de los dedos, y algo me dice que la única forma de solucionarlo es deslizarlas por su piel.

—Caramba, pero si es Noah Walker en persona —exclama Heather, avisando a todas de su presencia—. ¿Traerás a Amelia como acompañante a mi boda?

Noah está en la entrada, inmóvil. Todavía no me ha mirado. Lo examino de la cabeza a los pies, tan a fondo que podría describírselo a un retratista y el resultado tendría un parecido increíble. Describiría primero la barba que le cubre la mandíbula. Es importante hacerlo bien, porque no es larga y tupida, pero tampoco la lleva recortada y perfilada. Es más bien una incipiente barba natural que no te irritaría la piel si te besara, pero que podría hacerte algo de cosquillas. Después está su pelo. Oh, ese pelo rubio rojizo... Se lo despeina ligeramente con crema capilar. Una pomada fijadora mate. Lo sé porque compartimos el cuarto de baño y soy una fisgona de mucho cuidado.

Y también sé que bajo esa camiseta blanca que se aferra a sus anchas espaldas hay un tatuaje. El tatuaje más adorable y más adecuado que le he visto a un hombre en mi vida. Mi mente retrocede a esta mañana, cuando ha entrado corriendo en la cocina con el torso desnudo. Y reproducirá en bucle la imagen del cuerpo firme de ese hombre hasta el día que me muera. Una piel con un bronceado dorado. Unas pecas suaves en sus impresionantes hombros. Unos bíceps y unos abdominales marcados que descienden hacia su estrecha cintura.

En una palabra: pibonazo.

Sonrío cuando me invade una satisfacción primaria, la de saber que he visto a Noah de una forma que Virginia solo puede imaginar. Oh, mierda. ¿Doy pena? Creo que sí, porque empiezo a sentir algo muy real por un hombre que me ha dejado claro hasta la saciedad que, de ninguna manera, tendría que sentir algo por él.

Los ojos de Noah se desplazan por fin hacia mí, y veo que contiene el aliento. ¿Eso es bueno o malo? Su expresión es tan intensa que ahora me gustaría haber visto mi peinado antes que él. A lo mejor tengo trasquilones. O una enorme calva en algún lado. Pero bueno, aunque no le guste, da igual. El corte de pelo era para mí, y me alegro de haberlo hecho.

Pero no soporto más verlo mirándome fijamente. Parpadeo y bajo los ojos.

—Heather —comienza a decir Noah, y detesto lo mucho que me encanta el sonido de su voz. Tengo que empezar a elaborar una lista de cosas que no me gustan de Noah simplemente para evitar caer en el pozo de los sentimientos—. No obligues a la mujer a ir a tu boda. Es famosa, por el amor de Dios. A la gente no le gusta ir a las bodas de personas desconocidas. Te lo digo sin ánimo de ofender.

—¡Oye! —exclamo fulminando a Noah con la mirada—. Deja que sea la mujer en cuestión la que decida por sí misma lo que le gusta y lo que no le gusta. Gracias, señor Gruñón. —Las comisuras de los labios de Noah se mueven. Y también sé por qué. Está añadiendo mentalmente un apodo más a su creciente lista—. Me encantaría ir a tu boda, Heather. Muchas gracias por invitarme —digo lanzado a Noah una mirada indolente—. Ahí estaré, aunque Noah ya tenga acompañante. ¿Cuándo es?

—De aquí a un mes.

Me niego a volverme hacia Noah. Seguro que está satisfecho de sí mismo.

—Oh… Entonces no voy a poder. —Le dedico una sonrisa avergonzada a Heather—. Estaré de gira. Lo siento.

—Tendrías que haberme escuchado.

—Oh, cállate —suelto, y todo el salón de belleza se ríe. Lo que me vale una sonrisa sincera de la boca malhumorada y cubierta de barba de Noah.

Pero entonces, justo detrás de Noah, alguien capta mi atención. Es un hombre, y por cómo va vestido, me pongo de los nervios en el acto: totalmente de negro, con una cámara con teleobjetivo colgada del hombro. Es un paparazi, no cabe duda.

—Mierda —exclamo con un susurro frenético, arrancándome la capa del cuello y buscando algún sitio donde esconderme—. ¡Me han encontrado!

—¿Quién te ha encontrado? —pregunta Noah en tono severo y protector. Esa voz me provoca un escalofrío por todo el cuerpo.

—Los paparazis. —Señalo con la mano al hombre que está al otro lado del escaparate, de espaldas a nosotros, examinando la plaza del pueblo. Si me encuentra y confirma que estoy aquí, todo se habrá acabado para mí. Toda esta aventura llegará a su fin.

Ni siquiera tengo que darle demasiadas vueltas para saber quién lo ha enviado. Mi madre es la única persona que sabe dónde estoy y, por desgracia, ya sabemos que ha vendido historias a los tabloides en el pasado. Fue un error por mi parte contarle dónde estaba. Me gustaría saber en qué se gastará el dinero. ¿Un bolso de diseño? ¿Unos zapatos? Naturalmente, ella lo negará hasta el día que se muera porque le aterra que le corte el grifo si me entero de la verdad, pero Susan siempre averigua a través de fuentes anónimas de las revistas que ha sido mi madre quien les ha dado el chivatazo. Aun así, nunca he tenido agallas para reprochárselo. Porque lo triste del caso es que me gusta tener su atención, aunque sea fingida. Es bonito creer que su interés es sincero cuando me pregunta por mi vida. Que no tiene segundas intenciones cuando habla conmigo o pasa tiempo en mi casa. Pero ya es hora de reconsiderar nuestra relación. No puedo seguir aguantando esto.

Noah cruza el salón de belleza a grandes zancadas con sus largas piernas y está a mi lado en un instante.

—No te preocupes, cielo —dice Heather a la vez que me da un empujoncito para que me levante de la silla—. Nosotras te esconderemos.

—¡Gracias! Ya vendré a pagar más tarde. Lo prometo.

—Ahora no pienses en eso —interviene Tanya, señalando frenéticamente la parte trasera del establecimiento—. Sácala por el callejón, Noah.

Pero no hay tiempo. Apenas llegamos al fondo del salón de belleza, oímos la campanilla de la puerta. Noah se sitúa delante de mí, de modo que mi cuerpo está pegado al suyo. Ahora mismo somos uno solo, y mi corazón no puede soportarlo. El contacto con Noah. Su olor. Su calidez. Uf, todo es muy bueno. Y entonces él va y lo empeora alargando los brazos hacia atrás para sujetarme las caderas con las manos y desplazarme unos centímetros a la izquierda para taparme mejor.

—No te muevas —dice, como si pensara irme a algún sitio.

«Buena suerte si alguna vez intentas arrancarme de ti, chaval. Ahora vivo aquí».

—¡Buenas tardes, caballero! —suelta Tanya en un tono alegre—. ¿Tiene hora?

Puedo oír cómo el corazón me late en los oídos. Noah y yo estamos en el extremo opuesto del salón de belleza, medio ocultos por las mesas de manicura y los secadores de casco, pero aun así no veo claro que este truquito a lo guardaespaldas vaya a funcionar.

—Pues… no. Lo cierto es que estoy buscando a alguien.

Virginia suelta una carcajada y escucho el repiqueteo de sus tacones moviéndose hacia la puerta.

—¿Tipo novia? Yo saldría encantada contigo, cariño.

—Me siento halagado, pero no, gracias. Trabajo para la revista *OK* y me ha llegado el soplo de que Rae Rose podría estar alojada en este pueblo. Me preguntaba si alguna de ustedes la ha visto. Estoy dispuesto a compensarlas por su ayuda.

Trago saliva con fuerza, más que preparada para que una de estas mujeres me señale con una de sus uñas acrílicas. Apoyo la frente en la espalda de Noah. Hasta que mi cara no descansa en su robusta espalda, no me doy cuenta de que a lo mejor no le gusta que me recueste en él de este modo. Me equivoco. De repente, noto cómo los dedos de Noah me rozan discretamente. Me rodea los dedos con su mano y me los aprieta. Siento ese contacto como si me estuviera rozando el alma misma.

—¿Rae Rose? —exclama Heather en voz alta. La oigo cruzar el establecimiento a toda velocidad hacia el hombre—. ¿Bromea? ¿Está aquí? ¿En este pueblo? —Su voz es tan chillona que va a resquebrajar el escaparate—. ¿Te lo puedes creer, mamá?

—Bueno, cielo. Eso es lo que él dice, pero yo no me lo creo. Si estuviera aquí, ya nos habríamos enterado. Este pueblo no es tan grande.

Sonrío, y me invade una sensación de alivio. Van a protegerme. Estas mujeres que no me deben nada me están escondiendo. Noah me aprieta otra vez la mano como si pudiera leerme los pensamientos.

—Entonces… ¿no la han visto? —pregunta de nuevo el hombre. Parece escéptico. O tal vez solo está intentando encontrar dónde termina el cardado de Virginia.

—¡Ojalá! —dice Heather—. ¡Pero mire! ¿No es esa que está al otro lado de la calle?

—¿Dónde? —pregunta frenético.

Noah se gira hacia mí y me tira de la mano para que lo siga hasta la puerta trasera. Vuelvo la cabeza y veo que todas las clientas se han reunido ante el escaparate para formar un muro entre el paparazi y yo. Establezco contacto visual con Heather, vocalizo un silencioso «gracias» y ella me guiña un ojo antes de volverse hacia el hombre. Le pasa un dedo por encima del hombro y señala:

—¡Ahí! ¿Ve a esa mujer?

—Pero si es una anciana que anda con bastón…

—Oh… ¡vaya! Supongo que es verdad que necesito gafas.

Y esto es lo último que oigo antes de que Noah y yo huyamos por el callejón. Como seguimos teniendo los dedos entrelazados, tengo que dar tres pasos por cada uno que da él. Zigzagueamos sin hacer ruido entre contenedores y cubos de basura en dirección al aparcamiento. Cuando salimos del callejón, me indica con gestos que espere mientras él examina la zona. Hay algo en su cara que parece letal. Como si fuera Jason Bourne y sorteara situaciones de este tipo día sí y día también. Cuando llega a su camioneta, fija sus ojos verdes en los míos y me hace una señal sutil con la cabeza para indicarme que no hay moros en la costa. Me agacho y corro agazapada para que la hilera de coches y camionetas me proteja hasta llegar a la camioneta de Noah. Los dos nos subimos a la vez y cuando hemos cerrado la puerta, suelto el aire y me hundo en el asiento del copiloto. Noah también suspira.

El interior del vehículo es silencioso y seguro. Igual que Noah.

—Gracias por sacarme de ahí —digo girando la cabeza hacia él.

Me está mirando fijamente. No sonríe. No frunce el ceño.

No me contesta, pero levanta la mano para tocar suavemente con los dedos la punta de mi nuevo flequillo. Me había olvidado de mi corte de pelo. Todavía no lo he visto, pero espero que se parezca a la foto de Zooey Deschanel que le he enseñado a Heather para que se inspirara, y no a una de esas que utilizan los artículos de las revistas para convencer a sus lectoras de que no se corten nunca el flequillo ellas mismas.

—No me he atrevido a cortarme la melena —comento algo cohibida—. Pero hace mucho tiempo que quería llevar flequillo y Susan siempre me lo ha quitado de la cabeza porque, según ella, no me quedaría bien con la forma de mi cara. —Quiero cerrar los ojos, embargada por la sensación de sus dedos encallecidos tocándome la piel. Me tiembla la voz mientras sigo farfullando—. Espero que se equivocara. Aunque supongo que ya es demasiado tarde. Pero volverá a crecer. Si no me queda bien, me lo puedo recoger hacia atrás.

Su mano se aleja, y alzo la vista hacia sus ojos verdes. Noah tensa la mandíbula y se inclina hacia delante, sujetando el volante con una mano y girando la llave de contacto con la otra.

—Maldita sea —susurra antes de mirarme una vez más—. Estás muy guapa.

Noto que mi alma sonríe antes de que lo hagan mis labios.

—Lo dices como si fuera algo malo.

—Para mí lo es.

Da marcha atrás y volvemos a casa en silencio, anonadados.

22

Noah

Voy a ponerme a dieta. Va a ser duro, pero voy a suprimir todas las Amelias. Hoy se me ha ido de las manos. Creo que he tocado a esa mujer un millón de veces por lo menos, y cada vez que me he dicho a mí mismo que tenía que alejarme y hacer otra cosa, he acabado más cerca de ella sin saber cómo. Hasta hemos preparado la cena juntos esta noche. LA CENA. Bueno, yo he preparado la cena y Amelia me ha ayudado sazonando la sopa con sal y pimienta cuando yo se lo pedía. Sopa de pollo. Como una pareja que lleva casada treinta años, nos hemos sentado en el sofá el uno al lado del otro y hemos visto *Jeopardy!* porque eso es lo que había en mis canales básicos en ese momento, sorbiendo ruidosamente la sopa a dúo.

Amelia es una espectadora interactiva. Gritaba las respuestas al televisor, y yo intentaba no pasarme toda la noche mirándola. Así que podría decirse que los dos hemos estado ocupados esta noche. Y después, cuando ha rozado mi brazo con el suyo al dejar los boles vacíos en el fregadero, casi he entornado los ojos por la forma en que ha reaccionado mi cuerpo. Como si hubiera recibido una descarga eléctrica. El roce de un brazo jamás tendría que provocarme esa sensación.

Esta noche he comprendido que corro el peligro de acabar sintiendo algo por ella. Eso es un problema, porque reconozco que soy un tío leal, de los que empiezan a sentir algo y acaban enamorándose demasiado deprisa. No sé cómo impedir que las relaciones sean algo más que esporádicas. No soporto las relaciones esporádicas. Para mí no tienen sentido. Como las chicas de ciudad que llevan gorros de trabajo Carhartt.

De modo que sí, voy a pasar el resto de la noche encerrado en mi cuarto, donde no puedo perjudicarme más. Estoy en la cama, con un libro en mi regazo. Solo que he leído cuatro veces el mismo párrafo. Mi adicción a Amelia me distrae. Cada vez que oigo sus pies descalzos recorriendo el pasillo doy un brinco. No puedo tocar ese pomo. «Puedes pasarte una puñetera noche sin verla, Noah. Has sobrevivido todas las noches sin ella antes de conocerla».

La oigo pasar de nuevo y bajo el libro. El corazón se me acelera cuando veo una sombra por la rendija de mi puerta. Y encima me doy cuenta de que la he dejado entornada. Está tocando la maldita jamba y Amelia no puede ver el interior. Pero vamos, una ligera presión con el dedo y la puerta se abriría de par en par.

Amelia está ahí de pie, y sé que se está planteando abrirla. Me parece que no quiero que lo haga. He mantenido mi cuarto cerrado a propósito porque no quería que me conociera bien. Esta habitación es demasiado personal. Hay demasiado de mí en ella. Me gusta controlar la parte de mí que Amelia conoce, y si entrara aquí estaría abocado a contárselo todo.

Su sombra desaparece y respiro de nuevo. Ella no entraría aquí sin permiso. Vuelvo a levantar el libro y me digo a mí mismo que debo concentrarme en la lectura.

23

Amelia

«¡No entres ahí, loca!». Uf. Esto es ridículo. Noah se ha ido a su cuarto para tener algo de espacio para él. ¿Por qué se me ocurriría entonces ir a buscarlo? Quizá porque no ha echado el pestillo. Y es como si a esa puerta le hubieran salido ojos y boca de dibujos animados porque me está sonriendo con complicidad. Subiendo y bajando las cejas. Moviendo un poquito la cabeza para tentarme a entrar. «Seductora».

Me alejo de la puerta y, para sacarme de la cabeza a Noah y lo mucho que me apetece estar con él ahora mismo, me voy a la cocina con la intención de llamar a Susan. De veeeeras que no quiero hacerlo, pero no puedo eludir del todo mis responsabilidades. Qué menos que ponerme en contacto con ella de vez en cuando para que sepa que no me han secuestrado. Y tal vez así sus incesantes correos electrónicos se reduzcan un poco.

Marco el número de Susan y espero a que conteste. Lleva sonando tanto rato que creo que voy a tener suerte y va a saltar el buzón de voz, así que le diré que he intentado hablar con ella y ya está. Pero descuelga.

—¿Te lo estás pasando bien jugando a las casitas?

Así es como me saluda. Se me cae el alma a los pies. Sabía que no desbordaría entusiasmo, pero tampoco me esperaba unas palabras tan duras de entrada.

—Pero… ¿de qué estás hablando?

—Del chico del que me hablaste la última vez que llamaste —suelta en tono sucinto—. Supongo que él es el motivo de que te sigas escondiendo dondequiera que estés. Por lo menos dime, por favor, que tú, una estrella de fama mundial, no te estás planteando tener una relación con un pastelero que nunca será bastante bueno para ti.

—Madre mía, Susan. Te has pasado, ¿no crees? Es un chico excelente.

—Oh, Dios mío, lo estás haciendo. Te lo estás planteando —se burla—. De verdad que no me cabe en la cabeza que sigas desperdiciando el tiempo ahí. A la vista de lo que está pasando, me preocupa tu salud mental.

Suelto una carcajada, aunque no me ha hecho ninguna gracia.

—¿Ahora te preocupa mi salud mental? Pues no me sentía tan bien desde hacía años, Susan. Necesitaba un respiro. —No voy a disculparme más por necesitar unas vacaciones.

—Te habría pedido hora en un spa, ¿sabes? Bueno, ahora tengo una reunión. Ya que estás al teléfono, voy a pasarte a Claire para que repase contigo las cosas programadas para las que necesito respuesta. Cuando decidas volver a ser una profesional, llámame y te enviaré un coche.

Me he quedado boquiabierta, casi incapaz de creer que me haya hablado así. Pero supongo que nunca me había hablado así porque yo siempre he asentido, sonreído y accedido a todo lo que me pedía. «Educada, educada, educada».

—Hola —dice tímidamente Claire cuando Susan le pasa el teléfono.

—Hola, Claire.

—Verás, Susan quería que habláramos sobre la primera semana de la gira y… —Claire se detiene y oigo cerrarse una puerta. Entonces suelta el aire con fuerza—. Muy bien, se ha ido.

Escucha, tengo que contarte algunas cosas porque ya no puedo seguir callándomelas. En primer lugar, no sé cuántos días más estaré trabajando para Susan. Es una pesadilla. Una pesadilla tan grande que voy a terapia una vez a la semana y no hago otra cosa que hablar de Susan.

Hace una pausa, pero no lo bastante larga como para que yo pueda intervenir.

—El caso es que es terrible, y acabo de enterarme de muchas cosas que pasan a tus espaldas. No tengo tiempo para informarte ahora, pero lo haré cuando vuelvas a la ciudad. Lo que espero que no hagas enseguida, porque me alegro mucho de que por fin te hayas tomado unas vacaciones. Sabía que las necesitabas, pero he sido demasiado cobarde para decir nada hasta ahora.

Se produce otro breve silencio, que no interrumpo porque estoy demasiado aturdida para hablar.

—Escucha —prosigue—, no quiero que te preocupes por el trabajo. Así que voy a decirle a Susan que la llamada se ha cortado y que no he podido volver a contactar contigo.

¿Quién es esta persona? Me cuesta reconocer a la mujer silenciosa que suele estar a la sombra de Susan. Quiero teletransportarme al otro lado del teléfono y abrazarla.

—Claire —digo deprisa, porque noto que se está preparando para finalizar la llamada—. Gracias. En serio…, gracias. Haz lo que tengas que hacer para cuidar de ti misma, pero me sabrá mal que dejes de formar parte del equipo. Lo hablamos cuando vuelva.

—Claro —afirma, y oigo la sonrisa en su voz—. Adiós, Amelia.

Cuando Claire cuelga, la cabeza me da vueltas. Necesitaba algo para quitarme a Noah de la cabeza, y, desde luego, esto lo ha conseguido. Ahora tengo mucho en lo que pensar. Mucho que decidir. ¿Y qué pasa a mis espaldas que yo no sé?

Enfilo el pasillo con la intención de meterme en mi cuarto y considerar todas mis opciones de cara al futuro. Por una vez, este no parece inamovible. Tengo la sensación de que puedo hacer algunos cambios. De que tengo que hacer algunos cambios. Solo que no llego a mi cuarto, porque en el pasillo me piso el dobladillo de los pantalones del pijama, demasiado largos, y al tropezar voy a dar a la puerta de Noah, de modo que el peso de mi cuerpo la abre con la fuerza de una ráfaga de viento de noventa kilómetros por hora. Me caigo de bruces al suelo, despatarrada como una estrella de mar.

Suelto un grito ahogado y, al incorporarme, veo a Noah mirándome boquiabierto y con los ojos desorbitados desde la cama, donde está sentado. Él parpadea. Yo parpadeo. Y acto seguido, los dos hablamos a la vez.

YO: Siento haberme caído en tu cuarto, ¡ha sido sin querer!
ÉL: Joder, ¿estás bien? ¡Menudo batacazo!

Ninguno de los dos intenta moverse.
Esta vez me deja hablar primero:
—Estoy bien. Tengo el ego un poco lastimado, pero yo... —Mis ojos se fijan por fin en el pecho de Noah y resulta que... lleva el mismo pijama que yo, pero de color gris.

Me pongo de pie con energías renovadas y con una amplia y pícara sonrisa en la cara. Noah me dirige una mirada de advertencia al ver el brillo en mis ojos.

Lo señalo igualmente:
—¡Tienes más pijamas como este! ¡Y te los pones!

Se humedece los labios y entorna los ojos a la vez que cierra de golpe el libro que estaba leyendo (oh, Dios mío, ¡a Noah le gusta leer!) y lo deja a un lado.

—Adelante, no te cortes.

—No son un regalo divertido. Los tienes porque te encantan. Noah, el Hombre Clásico, es todavía más clásico de lo que yo me imaginaba. Mírate, con tu pijama camisero. ¡Madre mía, lo llevas abrochado hasta arriba! —Y sigue estando igual de bueno que siempre. Es injusto.

Tendría que estar ridículo con un pijama con chaqueta, como él lo llama. Pero no. Está de lo más sexy. Muy cómodo con esa prenda de algodón. Como un atractivo empresario de los años cincuenta justo antes de ponerse el traje y el sombrero de fieltro e irse a su elegante despacho en Wall Street a hacer negocios. Y la forma en que sus anchas espaldas y sus hombros llenan esa camisa es innegable e increíblemente deliciosa. Sobre todo porque puedo imaginarme sentada a horcajadas en su regazo desabrochándole cada uno de esos botoncitos.

—El primero fue un regalo divertido. —Hace una pausa—. Pero me lo puse y me gustó lo cálido que era.

—¿Cuántos, Noah? ¿Cuántos tienes? —pregunto, y creo que suena un poquito demasiado seductor. Pero no puedo evitarlo. Por lo visto, los pijamas con chaqueta de hombre me ponen caliente.

Traga saliva con fuerza para contestar:

—Diez.

—¡DIEZ! —Prácticamente canturreo la palabra. Me complace tanto su respuesta que no puedo soportarlo. Noah tiene diez pijamas de anciano adorable—. ¿Hay alguno estampado?

—No. Son todos lisos.

—Obvio —suelto feliz. Ni muerto llevaría algo festivo o alegre.

Es una mala noticia. Una muy mala noticia. Porque ahora, oficialmente, sin lugar a dudas, siento algo por Noah. Me gusta. Me gusta de verdad. Y me atrae tanto que la mera fragancia de su cuerpo me acelera la sangre en las venas. El corazón se me hincha como si estuviera unido a una bomba de bicicleta. Ahora que estoy en su cuarto, no quiero irme.

—Noah —digo en voz baja, sin apartar los ojos de su cara—. ¿Puedo echar un vistazo a tu habitación? No quiero entrometerme en tu privacidad si no quieres. —Y hablo en serio. Cerraré los ojos y saldré a trompicones si el hecho de que vea su cuarto le hace sentir incómodo.

Sus ojos sostienen mi mirada, llena los pulmones de aire y lo suelta siseando.

—Puedes echar un vistazo —accede.

Acaba de darme las llaves de Disney World.

Sonrío y me giro para examinar la habitación. Y es entonces cuando veo estantes y más estantes llenos de libros. Noah no solo lee…, es un amante de los libros. Noto sus ojos puestos en mí mientras me acerco a la estantería flotante que va del suelo al techo. Es un diseño bonito. Está hecha de madera vista y de acero pulido negro. No sé si la ha hecho él o ha encargado a alguien que se la instale, pero es evidente que es importante para él porque está muy bien terminada, lo que hace que sea terriblemente hermosa.

—Mi padre era un gran lector —dice Noah tras carraspear—. De hecho, muchos de estos libros eran suyos.

Pasteles, flores y libros. Poco a poco soy capaz de unir estas partes de Noah. Es aterrador que sea aún más maravilloso de lo que me esperaba.

Junto las manos a mi espalda como si estuviera en un museo y todo lo que me rodeara fuera valioso y frágil.

—¿Por qué la tienes escondida aquí?

Suelta una ligera risita, y me encanta ese sonido.

—No está escondida.

Vuelvo la cabeza para mirarlo.

—La tienes en una habitación que mantienes cerrada a todas horas y a la que jamás me dejas asomarme. Está escondida.

Sigue sentado en la cama con la espalda apoyada en el cabecero, y verlo así es tan íntimo que tengo que desviar la mirada. Creo que se sentiría menos vulnerable si lo tuviera delante de mí totalmente desnudo. Pero verlo relajado en la cama con su pijama favorito en su habitación favorita rodeado de sus libros favoritos lo hace muy muy vulnerable.

—De acuerdo, supongo que está un poco escondida. Me gusta mantener en privado mi vida. Solo dejo que ciertas personas me conozcan a este nivel.

Toco un libro de tapa dura, la biografía de un soldado de la Segunda Guerra Mundial.

—Pero no a mí, porque solo soy una famosa de paso. —Mi voz es alegre y despreocupada. No lo miro. Sigo contemplando su biblioteca, compuesta en su mayoría de libros de no ficción. Al parecer le gusta saber de todo. No me sorprende.

—Bueno —dice en voz baja—, podría decirse que estoy un poquito escamado. Prefiero mantener reducida al mínimo la cantidad de personas que conocen mi parte más emocional.

—Lo entiendo —aseguro mirándolo—. De veras. Creo que ya has cubierto el cupo de desengaños amorosos para toda la vida, y yo en tu lugar también me protegería.

Frunce el ceño como si mis palabras le sentaran como un puñetazo en el estómago. Tensa la mandíbula y parpadea antes de dirigir sus ojos verdes hacia un rincón del dormitorio.

—Puedes quedarte si quieres. Elige un libro. —Señala con la cabeza el rincón situado detrás de mí.

Me giro y veo un comodísimo sillón de piel agrietada y de aspecto masculino. Tiene una manta de abrigo colgada del respaldo y una lámpara de pie detrás. Me atrae. Como si ese sillón fuera a darme un abrazo. El lugar más cómodo del mundo en el que sentarse tras años de desgastarse con el cuerpo de Noah. No puedo sentarme en él. No puedo invadir así su espacio.

—Gracias, pero te dejaré pasar la noche solo.

Me vuelvo para salir pitando, pero la voz de Noah me detiene.

—Amelia, quédate. Por favor.

Deslizo despacio mis ojos hacia él, y sé que mi cara ha adoptado una expresión dubitativa.

—¿Estás seguro? No seré una compañía silenciosa. Soy incapaz de estar callada. —Es mejor decirle la verdad ya.

—Lo sé —afirma con una sonrisa.

Empiezo a retroceder hacia el sillón.

—Y no sé estarme quieta. Seguramente haré ruido. Muevo los pies cuando estoy demasiado rato sentada.

—No pasa nada.

—¿Me leerás algo de tu libro?

—Ni hablar.

—¿Por favor?

—No.

—PORFI.

Me dirige una mirada por encima del libro para que deje de molestarle, y sonrío y vuelvo a fijar mi atención en la estantería aparentando buscar el libro perfecto.

—¿Tienes novelas románticas por lo menos? ¿Algo tórrido y emotivo?

—No —responde con una carcajada.

—Y te llamas lector. Tendría que darte vergüenza. ¿Solo tienes estos aburridos libros de no ficción? —Tomo uno sobre filósofos antiguos de un estante, segura de que me dejará frita.

—Deja ese en su sitio. No te va a gustar. Coge el grueso que está ahí abajo, hacia el final.

—Mandón. —Hago lo que me dice y cojo lo que parece ser una novela fantástica. Por lo menos es ficción.

Me llevo mi tesoro hasta el sillón más perfecto del mundo y me instalo en él. Gimo con fuerza y adrede cuando me acomodo, y Noah me mira de reojo desde detrás de su libro, pero no dice nada. Sonrío para mis adentros y paso la primera página.

Sigo pasando páginas la siguiente hora, pero no estoy leyendo. Ni siquiera miro el libro. Me estoy impregnando de todos los detalles del cuarto de Noah. La forma en que huele, como su jabón corporal. El agradable tacto de la piel del sillón en la mía. El sonido que hace Noah al pasar las páginas de su libro. Esbozo su perfil atractivo y varonil en mi memoria. Observo el modo en que su rostro se suaviza al leer. Sonríe de vez en cuando, y jamás sabré si es porque nota que lo estoy mirando o porque su libro de guerra es divertido.

Al otro lado de Noah, en una cómoda, hay una fotografía de un niño, tres niñas y sus padres. Se me encoge el corazón y antes de darme cuenta me estoy secando una lágrima solitaria de la mejilla. Es un hombre muy bueno. No sé cómo voy a ser capaz de marcharme.

«¿Cómo lo hiciste tú, Audrey?».

24

Amelia

La casa huele a palomitas de maíz y a Pop-Tarts. No sé cocinar demasiadas cosas, así que cuando Annie me ha llamado antes para sugerirme que hoy tuviéramos una noche de iniciación a las películas de Audrey Hepburn, he recurrido a lo único de la despensa de Noah que podía preparar sin miedo a incendiarle la casa. Aun así, durante un momento ni siquiera estaba segura de poder hacer las palomitas.

—¿Tienes todo lo que necesitas? —me pregunta Noah desde la puerta principal con las llaves en la mano.

Hoy nos hemos mantenido alejados el uno del otro. Ayer pasó algo que nos ha situado en una trayectoria que ninguno de los dos puede permitirse seguir. En primer lugar, está esta absurda química sexual que, a veces, hace que sienta que el deseo va a prender fuego a mi piel. En segundo lugar, tenemos una conexión emocional. Una amistad. Estas dos cosas combinadas son letales.

Así que, sin reconocerlo, hemos dado un paso atrás. Yo me he pasado la tarde leyendo el libro de literatura fantástica que me prestó, y aunque él tendría que librar los lunes, se ha ido a la pastelería y ha trabajado la mayor parte de la tarde. Ahora se va a casa de James mientras las hermanas Walker y yo ocupamos su casa.

—¡Sí! —aseguro, imitando a una persona normal que no está nerviosa porque va a tener una noche de chicas. Pero lo estoy. No quiero repetir lo del Hank's. Estoy decidida a demostrarles que soy completamente normal. N.O.R.M.A.L. O, por lo menos, hacerles creer que lo soy.

Noah me tiene calada. Nota mis nervios a un kilómetro de distancia. Estoy dando golpecitos con el pie. Parpadeo demasiado. Soy un cohete a punto de despegar.

Ladea ligeramente la cabeza, concentra sus ojos verdes en mí, y basta con que arquee la ceja para que se lo suelte todo.

—Vaaaale. ¡No! ¡Estoy nerviosa! Creo que no puedo hacerlo. ¿Sabes cuánto tiempo hace que no paso una noche de chicas viendo una película? ¡Desde la secundaria, Noah! ¡LA SECUNDARIA! ¡Todavía hablábamos de los Backstreet Boys y vestíamos polos Hollister superpuestos!

En el umbral de la entrada, su malhumorada boca sonríe burlona y da un paso hacia mí.

—Todo irá bien —dice, y da otro paso.

«Más cerca, más cerca, más cerca». Esta es la razón por la que nos hemos evitado. Siempre pasa esto cuando estamos cerca, y creo que ninguno de los dos puede evitarlo. Nuestros cuerpos están en una longitud de onda que nuestras mentes desconocen.

Tengo que alzar el mentón más y más a medida que se aproxima. Me encanta que sea más alto que yo.

—¿No puedes darme ningún consejo mejor?

—No.

—¿Nada sobre cómo gustar a tus hermanas?

—No dejes marcas de vaso en la mesita de centro —dice encogiéndose de hombros.

—¿Eso hará que les guste?

Lo tengo tan cerca ya que nuestros pechos prácticamente se tocan.

—Todo irá bien —repite.

—¿Noah?

—¿Sí?

—¿Qué estás haciendo? —pregunto en voz baja, como si alguien pudiera oír nuestro secreto.

—Que me aspen si lo sé. Creo que iba a abrazarte.

—¿Ibas? —Me muerdo el labio para contener una sonrisa.

—Bueno, ahora que estoy aquí ya no me parece una buena idea.

Asiento con la cabeza, incapaz de evitar la sonrisa. No hace falta que se explique. Los dos lo notamos, como un cambio de presión antes de una tormenta. No tengo dudas de si le gusto o no: sé que sí. Me desea, y yo le deseo, pero no podemos dejar que pase. Porque, por la razón que sea, a él no le interesa tener nada romántico conmigo. Es listo. Una relación conmigo le complicaría la vida incluso más de lo que se imagina.

—Podría hacerlo de todos modos —comenta con la voz cargada de duda o de nervios.

La sinceridad es total entre nosotros.

—Quiero que lo hagas.

Una sonrisa dulce asoma a sus labios carnosos.

—Muy bien, lo haré —suelta—. Allá voy. Voy a abrazarte.

Nunca me habían avisado de antemano de un abrazo. Le añade unas expectativas totalmente nuevas a este acto.

Levanta despacio la mano, y yo me quedo muy quieta mientras sus dedos se posan suavemente en mi bíceps. Su pulgar provoca un ramalazo de calor en unos centímetros de mi piel, y noto que me derrito por él. Me muevo un poco. Él tira de mí otro poco. El resultado es que estoy entre sus brazos, y justo antes de que iniciemos lo que sé que sería un abrazo trascendental, la puerta principal se abre de golpe.

—¡Hola! ¡Oh, mieeeerda!

Es Madison, que sostiene una sartén cubierta con papel film. Se detiene en seco en el umbral con un silbido. Noah y yo nos separamos de un brinco, y nos sentimos tan culpable como un par de adolescentes saliendo de una habitación oscura. Las demás hermanas llegan detrás de Madison.

—Eso es otro dólar al tarro —anuncia Annie asomando la cabeza por encima del hombro de Madison.

Emily aparece por el otro lado.

—¿Qué? ¿Qué me he perdido?

Me arde la cara. Noah se frota la mandíbula.

—Creo que acabo de interrumpir un momento muy sensual —explica Madison arqueando con indulgencia una ceja.

Noah coge una gorra del perchero de la pared y se pasa la mano por el pelo antes de encajarla con firmeza en su sexy cabeza. «¿Sexy? No..., para ya, Amelia».

—No era... eso —dice Noah con sufrimiento en la voz—. Bueno, me voy.

No me mira a los ojos. Creo que está demasiado violento.

Las hermanas se separan para que Noah pase como una exhalación entre ellas y él sale de la casa. Jamás he visto a nadie subirse a una camioneta y dar marcha atrás por un camino de entrada tan deprisa.

En cuanto se va, todas vuelven sus ojos hacia mí. La vergüenza me provoca un inmenso desasosiego. ¿Acaban de pillarnos jugando al Twister en pelotas? Da esa impresión. Y solo estábamos a punto de abrazarnos. Pero, madre mía, menudo abrazo iba a ser. Un abrazo tan poderoso que me habría quedado embarazada de Noah.

Levanto las manos y miento:

—No era nada sensual.

—Sí, claro —se burla Madison—. Era muy sensual. Lo sé porque me ha asqueado ver a mi hermano en una situación sensual.

—¡Un abrazo! Eso es todo —alego a la defensiva, tanto para mí como para ellas.

—Un abrazo erótico —añade Madison con un brillo pícaro en los ojos mientras cierra la puerta con el pie.

Todas nos sorbemos la nariz y nos secamos las lágrimas cuando la palabra FIN aparece en la pantalla del televisor.

—Me encanta esa mujer —afirma Annie con voz llorosa.

—Ya os dije que era increíble. —Me paso un pañuelo de papel bajo los ojos. Da igual que la haya visto veinte veces, *Vacaciones en Roma* siempre me hace llorar al final. A moco tendido. Como una niñita lastimosa.

—Pero… —Emily necesita un instante para reponerse antes de continuar—. Pero ¿por qué tenía que irse?

—¡No le quedaba más remedio! —responde Madison tras sonarse la nariz—. Tenía un deber para con su país. No podía quedarse en Roma con él para siempre. Tenía que irse, Em.

Estamos desperdigadas, sentadas o recostadas, en la sala de estar de Noah. Yo ocupo el sofá con Annie, Emily está en un sillón y Madison se ha tumbado en un montón de mantas y cojines en el suelo. Ninguna se ha arreglado, nos hemos puesto el chándal para estar cómodas y llevamos el pelo recogido en moños alborotados. He tenido que soplar cada dos por tres para apartarme el flequillo de los ojos porque no estoy acostumbrada a llevarlo, pero vale la pena. Me encanta. Me encanta lo que representa para mí.

Las chicas ven que me peleo con el flequillo y me miran de modo elocuente.

—¿Qué? —pregunto, y aparto la mano de mis mechones recién cortados.

—Te has cortado el pelo —dice Madison.

Los ojos de Emily se desplazan de mí al televisor, y de vuelta a mí.

—Como Audrey en la película —comenta.

—Y estás en Roma, la de Kentucky —añade Annie.

Suelto un grito ahogado y me llevo las manos a la cabeza.

—Tenéis razón —aseguro—. Pero os juro que no soy ningún bicho raro que esté imitando lo que pasa en la película. Solo… bueno, al principio sí lo pensé al irme de noche y venir a esta Roma y todo eso… ¡pero ahí se acaba la imitación!

Emily me da un golpecito en la rodilla con el pie.

—No estamos preocupadas por eso —aclara—. Estamos preocupadas porque… Audrey se va al final. No viven felices para siempre.

«Oh. Eso».

Trago saliva con fuerza.

—Bueno, eso no es así del todo. —Me estoy agarrando a un clavo ardiendo. Lo que me parecía liberador de esta película al empezar mi aventura ahora parece una sentencia de muerte—. Creo que Audrey sí vivió feliz para siempre. Solo que… no lo hizo con Gregory Peck. Vivió feliz para siempre ella sola. Y eso le bastaba. Creo que todas podemos extraer una lección de ello.

Tengo tres cachorrillos mirándome como si acabara de darles un puntapié despiadado a cada uno. Madison es la primera que intenta recuperar el buen humor, pero su voz suena demasiado alegre.

—Cierto. Y… tampoco es que esperáramos que tú, quiero decir Audrey, se quedara en Roma para siempre. Es poco práctico para tu… SU carrera.

—Pero ahora te… LA conocemos y… Uf. Olvídalo. Estamos hablando de ti, está claro —afirma Annie en voz baja, y los ánimos se vienen abajo otra vez—. Y va a ser duro despedirse.

—Y Noah… —añade Emily, asegurándose de que los ánimos acaben sepultados dos metros bajo tierra—. Tendrá que decirte adiós… igual que Gregory Peck hacía con Audrey.

Nuestros relucientes ojos se fijan en la pantalla congelada del televisor, en la que se ve el semblante alicaído del personaje en cuestión.

«Oh, Gregory». ¿Cómo es posible que no me haya dado cuenta hasta ahora de que esta película es una tragedia? ¡Podría ser de Shakespeare! ¡MADRE MÍA! ¿Cómo pudo Audrey marcharse así al final?

Parpadeo sin apartar la mirada del televisor.

—A lo mejor siguen en contacto —suelto.

—Bah —gruñe Emily, y es evidente que está proyectando al decir—: Él tiene serios problemas de confianza. Nunca tendrá una relación a distancia.

—¿Sabes mucho sobre el trasfondo del personaje de Gregory Peck? —pregunto con sarcasmo.

—Lo conozco al dedillo —responde Emily dirigiéndome una mirada penetrante—. Sé por lo que ha pasado. Sé que se merece una mujer que se quede a su lado y que lo ame como él necesita. Y sé que los abrazos sensuales en el pasillo no van a ayudar nada si Audrey tiene pensado irse al final.

Se tapa la cara con un cojín cuando Madison le lanza uno de su montón.

—¡Métete en tus asuntos, Em! A Gregory no le gustaría tu intromisión. Puede tomar sus propias decisiones.

—Gregory ha sufrido un montón, y no quiero que vuelva a pasar por eso, porque la última vez que una mujer estuvo de paso en este pueblo y le robó el corazón, desarraigó su vida para seguirla y, después, cuando no le quedó más remedio que volver a casa, ¡lo pisoteó haciendo que perdiera la fe en todas las mujeres! —Me dirige una rápida mirada algo más suave que la que le está dedicando a su hermana—. Sin ánimo de ofenderte, Amelia.

—Tranquila —digo sacudiendo la cabeza. Y es verdad, no me ha ofendido lo que ha dicho, porque de ningún modo querría hacerle daño a Noah. Ni a nadie. Y creo que tiene razón. Es imposible que pueda darle a Noah lo que necesita. Voy a iniciar una gira mundial de nueve meses, por el amor de Dios. Noah parece la clase de hombre al que le va sentarse en mecedoras a juego y tener muchos hijos.

De repente, mi mente se queda enganchada en algo que ha dicho Emily...

—¿Por qué a Noah no le quedó más remedio que volver a casa? —pregunto.

—¡Vaaaale! —Annie se levanta, coge uno de los deliciosos *calzone* de pollo picante que ha preparado Madison y vuelve a acomodarse en el sofá—. Creo que nos estamos desviando del tema. A Gregory no le gustaría que contáramos sus cosas durante una noche de chicas, así que cataplán cataplín.

—No puedes usar la palabra «cataplín» al hablar de un hombre, Annie —suelta Madison, que a duras penas contiene una carcajada.

—¿Por qué no?

—Porque la palabra «cataplines» se utiliza para referirse a las pelotas de los hombres.

Annie suelta un grito ahogado.

—¡No! —exclama—. ¿Y eso por qué? Es de mal gusto.

Madison dirige una mirada a Emily.

—Esta es la razón por la que tenemos que viajar y salir más. Necesita ver mundo.

—¿Y así aprender más palabras para los genitales masculinos? No, gracias —replica Annie, que se recoloca la manta antes de darle un bocado al *calzone*.

—Tú no has visto mundo y parece que te va bien en cuanto a anatomía masculina —indica Emily a Madison con una ceja arqueada.

—¡Pero podría aprender más! Imagina. ¡Podría aprender a decir «pelotas» en francés! ¡En italiano! ¡En español!

Annie chasquea la lengua.

—Audrey Hepburn jamás diría algo tan ordinario —asegura.

—Bueno, Audrey hace de prostituta en otra película —intervengo—. Por eso ella es tan genial. Es imprevisible. La ves con un vestido de fiesta en una película y con una camisa de hombre que le queda grande y sin pantalones en otra. Y en la vida real, tenía un cervatillo como mascota.

—Decidido. Quiero ser ella. —Madison levanta la mano y empieza a contar cosas con los dedos—. Viaja. Tiene un sentido increíble de la moda. Y seguro que me enseñaría la palabra para decir «pelotas» en francés.

—¿Por qué crees que siempre recurro a Audrey cuando estoy perdida? —No menciono que ver sus películas también hace que vuelva a sentirme cerca de mi madre cuando la echo de menos.

—SÍ —dice Madison señalándome—. Yo voy a hacerlo a partir de ahora. Necesito una asesora personal y ella es lo más parecido que se me ocurre.

—Creía que yo era tu asesora personal —se burla Emily.

—Autoproclamada asesora personal.

—Pero asesora personal igualmente —sonríe Emily.

Madison no le devuelve la sonrisa a su hermana.

—Me convertiste en maestra.

—¿Y?

—Detesto ser maestra.

—Oh, te acabará gustando.

Las tres hermanas siguen bromeando, y eso basta para eliminar la tensión que había llenado la habitación tras la película.

Por lo menos, para ellas. Se están riendo, mientras que a mí se me ha caído el alma a los pies. Justo ahí, donde han estado tratando de echar pequeñas raíces en el suelo. Por un momento, se me olvidó que tenía que irme. Este pueblo es como una cámara antigravedad. Me siento ligera y esperanzada dentro de los límites del municipio. Pero sé que, cuando llegue el momento de marcharme, me iré. Lo mismo que Audrey.

Lo que ha empezado a surgir entre Noah y yo tiene que parar. No solo voy a marcharme pronto, sino que, al principio, él me dejó claro que una relación romántica quedaba descartada. Ojalá su lenguaje corporal y sus ojos no dijeran otra cosa. Tengo que ir con cuidado con él. Ya que voy a ser yo la que se vaya cuando el coche esté arreglado, tengo que ser yo la que respete los límites que él estableció para protegerse.

Annie, la hermana más perspicaz emocionalmente, ha debido de leer mis pensamientos. Estoy empezando a pensar que es su superpoder.

—Ya lo resolverás. Al final harás lo mejor para ti, y sea lo que sea, estará bien. Somos tus amigas y te apoyaremos. Y Noah también.

25

Noah

—¿Has dormido aquí? —pregunta James en tono acusador, con la cabeza asomando por el respaldo del sofá.

Gruño y me incorporo para quedarme sentado. Me duele todo cuando me presiono los ojos con las palmas de las manos, necesitaría dormir unas siete horas más. Resulta que dormir en un sofá a los treinta no es tan fácil como lo era a los veinte.

—Sí. Necesitas un sofá nuevo.

—¿Ya está? ¿Es eso todo lo que vas a decir al respecto? —James se ríe mientras rodea el sofá y se acomoda en un sillón con una taza humeante de café en la mano.

Me encojo de hombros. Es demasiado temprano para charlar. Aunque no demasiado temprano para James. Él empieza su jornada en la granja hacia las cinco de la madrugada. Seguro que esa es su segunda taza de café. Puede que incluso la tercera.

—Te dejé con la tele puesta a las nueve de la noche pensando que te irías después de que las chicas se marcharan de tu casa. Y cuando llego, voy y te encuentro aquí escondido, roncando en mi sofá.

—Yo no ronco. —Recojo la camisa del suelo y me la paso por la cabeza—. Y no me estoy escondiendo.

—¿Ah, no? —James sonríe satisfecho—. ¿Cómo lo llamas entonces?

—Evitación —digo, y empujo la mejilla con la lengua.

—Bueno, por lo menos admites eso —suelta tras reír ligeramente entre dientes.

Es la hora del café. De hecho, siempre es la hora del café. Me levanto, entro en la cocina de James y encuentro una cafetera llena y un tazón. James se prepara el café como un puñetero vaquero. Podría echar una herradura en él y se desintegraría. Doy un sorbo y hago una mueca.

—¿Cómo puedes tomártelo así?

—Empecé de niño. Creo que me quemé las entrañas a una edad muy temprana y ya no lo noto.

—¿Tommy también lo toma así?

Tommy es el hermano menor de James. James heredó la granja cuando sus padres se hicieron mayores y no quisieron llevarla más, pero a Tommy nunca le ha interesado ser granjero. Es un empresario de éxito, siempre viajando y montando nuevos negocios, restaurantes y hoteles alrededor de todo el mundo. Se le da bien. Pero también es gilipollas. No lo trago, la verdad.

—¡Qué va! —exclama James con una carcajada—. Tommy solo bebe café latte con algún sirope asqueroso.

—Eso le pega. —Doy otro sorbo, dando gracias por que James se ha distraído lo suficiente como para no hablar de Amelia. Solo necesito unos cuantos miligramos más de cafeína en el cuerpo antes de estar preparado para hablar de esa mujer o de pensar siquiera en ella—. ¿Dónde está ahora?

—En Nueva York, creo. Montando un restaurante gourmet de fideos chinos y acostándose con supermodelos.

—Menuda vida.

—Si tú lo dices —gime—. Sabes que, si se presentara la ocasión, elegirías esta vida antes que esa. De hecho, ya lo hiciste.

—Pero, para ser justos, no había supermodelos en juego. Podría haber sido distinto si esa opción hubiera estado disponible.

—Tonterías —dice sacudiendo la cabeza con una sonrisa—. No te van las supermodelos. —Su sonrisa se vuelve perspicaz—. Te van las cantantes morenas con una dulce sonrisa y muchas curvas.

—Cuidado —suelto antes de darme cuenta siquiera de que estoy marcando territorio al pensar que James admira las curvas de Amelia. ¿Qué diablos me pasa? No tenemos nada como para que me ponga a marcar territorio. Si James quisiera entrarle a Amelia, eso sería totalmente… inaceptable. ¿A quién quiero engañar? Lo mataría. Con saña, del modo más doloroso posible.

James arquea las cejas. Le complace haber puesto el dedo en la llaga.

—Lo sabía. Maldita sea, te estás enamorando hasta las trancas de esa mujer y no te atreves a lanzarte a la piscina. —Sacude la cabeza—. Estás en apuros.

Dejo el tazón de gasolina que James considera café y saqueo su despensa.

—No seas melodramático. No me estoy enamorando de ella. Me atrae, que es distinto. —Saco una rebanada de pan casero que sé que es de Jenna's Bread Basket, «La Cesta del Pan de Jenna», y la introduzco en la tostadora. En realidad pongo dos—. Y es por eso, ya que quieres saberlo, por lo que he pasado aquí la noche. Porque tengo suficiente sentido común para mantenerme alejado de la mujer que me atrae una vez se ha puesto el sol.

Hace una mueca.

—¿Quiere eso decir que voy a encontrarte todos los días en mi sofá cuando me despierte?

—Ni de coña. Creo que dormir aquí me ha machacado el cuello. —Me froto la zona del cuello donde parece que alguien me ha clavado un sacacorchos y lo ha hecho girar—. Solo necesitaba una noche fuera para volver a pensar con la cabeza fría. Ahora estoy bien.

—Sí. Claro. —James asiente, burlón—. Una noche fuera te ha curado.

Las tostadas saltan, lo que me indica que es el momento de marcharme. Unto un poco de mantequilla en las rebanadas doradas y arranco dos servilletas de papel. Una para cada tostada. James se da cuenta porque está demasiado pendiente de mi vida en este instante.

—¿Para qué quieres dos servilletas de papel?

—¿Qué más da? ¿Acaso eres el sheriff que vigila las servilletas de papel?

—Solo quiero saber por qué estás gastando mi papel bueno cuando podrías poner las dos rebanadas en una sola servilleta.

Su voz tiene un deje de diversión. Le trae sin cuidado su papel bueno. Lo que quiere es fastidiarme.

Nos interrumpe alguien que llama con suavidad a la puerta. James y yo fruncimos el ceño antes de que vaya a abrir porque en este pueblo nadie va de visita tan temprano. Cuando abre, ahí está la mujer a la que estoy evitando. Su nuevo flequillo le enmarca su preciosa cara, lleva un alborotado moño en lo alto de la cabeza… y se ha puesto mi sudadera. ¿Alguna vez se pone su propia ropa?

La casa de James es pequeña, como la mía, por lo que desde la cocina puedo establecer contacto visual con Amelia, que está plantada en la puerta principal. Ve que frunzo el ceño y dirijo la mirada a mi sudadera. Se sonroja. Es una ladrona, pillada con las manos en la masa. Sus grandes ojos azules centellean y cruza las manos delante del pecho como si fuera a quitársela.

—Tenía frío —se excusa—. Hace frío en tu casa. Y no he traído ninguna sudadera. —Cuando entrecierro todavía más los ojos, añade—: ¡La he encontrado en el perchero!

James se ríe entre dientes y vuelve la cabeza parar mirarme antes de fijar los ojos de nuevo en ella.

—Buenos días, Amelia, ¿qué puedo hacer por ti?

Se le marcan los hoyuelos al sonreír a James, y me entran ganas de ponerle las manos en las mejillas para que él no pueda verlos. Como si esos hoyuelos fueran una parte íntima de ella que solo yo tuviera derecho a ver. «Mierda, estoy en serios apuros».

—En realidad, estaba buscando a Noah.

James se aparta y le indica con un gesto que entre. Amelia lo hace y entonces me doy cuenta de que lleva pantalones cortos. Unos diminutos. Apenas asoman por debajo de la sudadera, y James se fija en lo mismo cuando pasa ante él. Aunque, como es un buen amigo, aparta enseguida los ojos y los dirige hacia mí. Entonces se encuentra con mi mirada fulminante.

Amelia cruza la habitación y se detiene delante de mí. Me vienen a la cabeza recuerdos de cuando estaba con ella en la entrada de mi casa ayer por la noche. La toqué. Cariñosamente. Estando sobrio. Hacía mucho que no tocaba de esa forma a una mujer. Sí, fue sensual, pero también algo diferente. En cuanto mi piel entró en contacto con la suya, no puede evitar saborearlo. Del modo en que haría con alguien que me importa. No dejo de decirme a mí mismo que es una mera atracción, pero ni siquiera yo me lo creo. No cuando me sonríe y es como un estallido de luz en mi interior. Cuando me muero por saber cómo le fue la noche con mis hermanas. Cuando estoy deseando cancelar lo que tengo que hacer hoy para pasarme todo el día escuchándola hablar. Estoy aterrado.

Cuando está al alcance de mi mano, le ofrezco una tostada. Al principio titubea.

—No quiero quitarte una tostada.

—La he preparado para ti —digo encogiéndome de hombros—. Estaba a punto de ir a casa.

Sin querer, establezco contacto visual con James, que sacude la cabeza y vocaliza en silencio: «Lo sabía». Y con las manos hace el gesto de zambullirse de cabeza.

—¡Gracias! —contesta Amelia.

Se produce un silencio incómodo mientras ella cambia el peso de un pie a otro y mira un momento a James. Él está ahí, sonriendo como un imbécil, sin captar la indirecta de que quiere hablar conmigo a solas.

—¿Quieres que te lleve de vuelta en la camioneta?

—¡No! —responde con una firmeza un poco excesiva, y luego sonríe—. Perdona. Esto... El caso es que he venido para decirte que hoy voy a dejarte en paz. Annie me invitó a trabajar con ella en la floristería y le dije que sí.

—Creo que nunca había oído a nadie usar la palabra «invitar» cuando se trata de trabajar. No te sientas obligada a decir que sí. Estás aquí para tomarte un respiro, no para trabajar gratis en la floristería de mi hermana.

—¡Oh, ya lo sé! —asegura toqueteándose el flequillo—. Quiero hacerlo. Será divertido. No he trabajado nunca fuera de los escenarios. La verdad es que me apetece hacerlo.

Lanza un pequeño soplido hacia el flequillo para apartárselo. Y antes de que pueda controlar mi mano, la alargo y le paso los dedos para retirárselo de los ojos. Sonríe con dulzura, con curiosidad, ante este gesto. Le pondría una excusa, pero ya no me queda ninguna buena. Así que me limito a encogerme de hombros con una sonrisa que dice «es lo que hay». Y entonces lo empeoro.

—Puedes trabajar conmigo en The Pie Shop. —Las palabras me salen solas de la boca. ¿Por qué diantres he dicho eso? Acababa de decidir pasar menos tiempo con Amelia ¿y voy y la invito a pasar todo el día conmigo?

—¿Cómo es que nunca me has invitado a trabajar en The Pie Shop? —pregunta James, en un evidente intento de acortar su esperanza de vida.

Dejo de mirar a Amelia y dirijo la vista hacia mi amigo idiota.

—¿No tienes nada mejor que hacer? ¿Maíz que descascarar? ¿Vacas que ordeñar?

Sacude la cabeza y se sienta en el sillón de cara a nosotros.

—No. Nada de nada.

Amelia lo mira y le dice:

—Pues yo esperaba que me enseñaras tu granja uno de estos días, mientras esté en el pueblo.

No me molesta. No me molesta lo más mínimo que haya pasado de mi oferta para trabajar en The Pie Shop y, en cambio, le haya pedido a James que le enseñe su granja. No me molesta en absoluto.

—Por supuesto. ¿Quieres venir a trabajar un rato conmigo mañana?

A Amelia se le ilumina la cara.

—¡Sí! ¿Podemos ir también a almorzar a la cafetería? Me gustaría empaparme del pueblo todo lo que pueda mientras esté aquí.

—Claro —dice James con indulgencia, y me veo a mí mismo cruzando como una bala la sala de estar y lanzándolo por la ventana.

Amelia se vuelve hacia mí y me da un golpecito suave en el pecho con el dorso de la mano.

—¡Mira qué bien! Voy a dejarte en paz dos días enteros. ¿No te alegras?

—Muchísimo. —Doy un último sorbo a ese café que parece ácido de batería porque quiero notar su ardor, y recojo las llaves de la encimera . Me voy a…

—¡ESPERA! —exclama Amelia, presionando con fuerza la mano en mi pecho. Tiene los ojos tan abiertos que las pestañas casi le tocan las cejas, y cuando ve mi expresión deja caer la mano. Entonces retrocede despacio hacia la ventana con la mano extendida hacia mí, como si yo fuera un caballo asustado a punto de desbocarse—. Espera… un segundo. —Se acerca a la ventana, echa un vistazo a mi casa a través de la cortina y suspira—. ¡Vale, ya puedes irte a casa!

Su tono animado levanta de inmediato mis sospechas.

—¿Qué le has hecho a mi casa, Amelia?

—Nada.

—Amelia.

Arruga la nariz y comienza a ir hacia la puerta, avanzando más deprisa a cada paso que da.

—En serio, no ha sido nada. Solo… ¡un pequeño incendio en los fogones! ¡Pero los bomberos lo han apagado y ya se han ido, así que te veo luego! —grita a toda velocidad antes de salir corriendo con la tostada en la mano.

La puerta se cierra de golpe y, tras un momento de silencio, miro a James.

—No digas ni una pa…

—Amelia y Noah sentados en un árbol…

—¡Que tengas un día de mierda, James! —suelto en tono alegre mientras le hago una peineta por encima de mi hombro.

—Dile a tu novia que me muero de ganas de almorzar con ella. ¡Te quiero!

Me subo a mi camioneta y conduzco exactamente un minuto hasta mi casa. Al bajar, cierro la puerta con decisión. No va a importarme que Amelia pase el día con Annie en lugar de conmigo. No va a ponerme celoso que mañana esté con James. De hecho, no voy a pensar en ella el resto del día. Disfrutaré de mi soledad en la pastelería como hago siempre.

26

Amelia

Cuando llevo unas horas en la floristería con Annie, la puerta se abre de golpe y entra Noah. La puerta golpea uno de los expositores y casi lo vuelca. Annie y yo nos sobresaltamos, y Mabel, que está preparando ramos para su *bed and breakfast*, chilla.

—Lo siento —dice Noah con una mueca. Un extraño color rojo le tiñe los pómulos—. No quería hacer una entrada tan aparatosa.

—¿Quieres que me dé un infarto? —se queja Mabel, señalándolo con un dedo—. No te molestes en intentar que estire pronto la pata, porque, aunque te quiero, no voy a dejarte el hotelito en mi testamento. Lo va a heredar mi sobrina.

—No quiero tu hotelito, Mabel —asegura Noah mientras cierra con cuidado la puerta.

—¡Bueno, lo querrías si supieras lo que te conviene! —se burla Mabel—. Hay un montón de dinero metido allí, cielo. Y no hablo del valor patrimonial, ¡me refiero a que está escondido en el suelo!

—Eso no está bien —replica Noah con el ceño fruncido—. No tendrías que guardar tu dinero bajo las tablas del suelo, Mabel. ¿Qué pasa si hay un incendio?

No me gusta el modo en que me mira cuando dice eso. Ha sido un incendio pequeñito, ¿vale? Minúsculo, en realidad. Ya lo había apagado cuando han llegado los bomberos. Ellos solo me han ayudado a ventilar la casa. Pero, en cualquier caso, he aprendido la lección: no dejes una tortita en la sartén mientras estás preparando otra tanda.

Mabel se pone las manos en sus anchas caderas.

—¿Y quién va a hacer eso? ¿Acaso planeas prenderle fuego, Noah? Si necesitas dinero, dímelo. Puedo organizarlo para que vengas a limpiar los cristales y no tengas que cometer actos infames para llamar la atención.

Noah parece estupefacto. Y después afligido. Y acto seguido, estupefacto otra vez.

—No... Mabel..., no necesito dinero. ¿Y cómo prenderle fuego iba a...? —Sacude la cabeza y levanta las manos—. ¿Sabes qué? Olvídalo.

Noah dirige una mirada a Annie, y en una fracción de segundo ella se acerca a la adorable y entrometida mujer mayor.

—Vamos a terminar esos ramos, Mabel. Yo te ayudo.

Las dos siguen eligiendo flores por la tienda, y Noah viene por fin hacia donde estoy yo, tras el mostrador, con aspecto de una auténtica trabajadora.

—Hola —dice en su tono reservado y estruendoso de costumbre.

Su voz no es necesariamente grave, pero tiene algo que hace que dé gusto oírla. Tengo que taparme los oídos. Estoy intentando distanciarme de él, y no quiero imaginármelo susurrándome al oído mientras me tomo un baño de burbujas y él traza despacio una línea con los dedos en mi piel, más suave aún que la caricia de su voz. Mierda, ahora lo estoy visualizando. Y no me ayuda nada que hoy no lleve la gorra, porque veo el efecto completo de sus asombrosos ojos verdes. Me estoy perdiendo en un frondoso bosque perenne.

—Hola —contesto, y borro de mi mente ese imaginario baño de burbujas—. ¿Has venido a comprar flores?

Desvía la mirada parpadeando con fuerza.

—No.

Contemplo cómo pasa un dedo por el pétalo aterciopelado de una flor de tallo largo que hay junto al mostrador, y me estremezco dada mi última fantasía sobre él.

—¿Querías hablar con Annie?

Una vez más, me contesta que no.

—¿Vas a la tienda de comestibles, entonces?

Cambia el peso de un pie a otro y sacude la cabeza.

—Estoy bien provisto.

Madre mía, Noah siempre es enigmático, pero esto es demasiado. E incómodo. Está aquí plantado, prácticamente temblando de los nervios, y eso me está poniendo nerviosa a mí. Empiezo a sudar. Estoy a un minuto de que la ansiedad me deje cercos en la camiseta.

¿Por qué está aquí plantado sin más? ¿Por qué no dice nada?

No soy la única que se da cuenta. Mabel suspira hondo desde el otro lado de la floristería y prácticamente grita:

—¡Por el amor de Dios, muchacha! ¡Ha venido por ti! ¡Invítala ya a salir, Noah, para que todos podamos dejar atrás esta situación tan incómoda!

Me arde la cara. Estoy segura de que parece que la he sumergido en una tinaja de zumo de tomate. Noah sonríe ligeramente, y se le marcan las arruguitas de las comisuras de los ojos.

—He cerrado temprano para ir a pescar. Como estaba en tu lista, se me ha ocurrido pasarme por aquí para ver si querías venirte.

¿Pasar la tarde con Noah? No sé yo. Yo quería pasar el día alejada de él para que lo que estaba surgiendo entre los dos, con un poco de suerte, se extinguiera. Y por eso también tengo planeado pasar el día con James mañana. Creía que Noah y yo estábamos de acuerdo, que él quería que me mantuviera lejos dado que ayer pasó la noche en casa de James. Pero al mirarlo a los ojos, flaqueo. Puede que esté confundida, pero no podría decirle que no aunque lo intentara.

Aunque antes tengo que fastidiarlo, claro.

Me inclino un poco para apoyar los codos en el mostrador y descansar el mentón en los nudillos.

—¿Por qué? ¿Me echabas de menos?

Noah pone los ojos en blanco y mueve las comisuras de los labios.

—En absoluto. Solo intentaba estar a la altura del título de señor Hospitalidad.

—Sí que me echabas de menos. Estabas enfurruñado en la pastelería porque ya no sabes qué hacer sin tenerme encima todo el día.

—¿Vienes o no?

Rodeo el mostrador para ponerme a su lado y lo miro parpadeando como una princesa coqueta de Disney.

—¿Te has sentido muy solo sin mí?

Con suavidad, me empuja por la zona lumbar hacia la puerta. Al parecer, voy a ir con él.

—Estaba muchísimo más tranquilo que ahora.

—¡Admite que me echabas de menos!

Hago un tímido intento de frenar, pero él sigue empujándome, tocándome la espalda como si lo hubiera hecho mil veces. Como si la calidez de su mano a través de mi camiseta no hiciera que una especie de corriente me recorriera todo el cuerpo. Como si no fuera a ir de buena gana donde él quisiera.

—Annie, te dejo sin esta estrella mimada del pop lo que queda del día.

—¡Annabell! ¡Haz que admita que me echaba de menos! —digo volviendo la cabeza.

Una rápida mirada me permite ver que Annie y Mabel sonríen satisfechas antes de que Noah cierre la puerta tras nosotros.

—Cállate —suelta Noah, que se detiene en la acera para mirarme.

Suelto una carcajada que no podría contener aunque quisiera. Es la clase de risa feliz que te hace reducir la marcha, que te lleva a ponerte las manos en los muslos para no caerte al suelo.

Noah baja la vista hacia mi boca. Se queda ahí durante una respiración entera antes de que sus pestañas vuelvan a elevarse hacia mis ojos.

—Te echaba de menos —dice.

Mi carcajada se interrumpe.

Mi corazón se salta un latido.

Mis labios se separan.

Pero antes de que pueda reaccionar, añade:

—Pero sigues siendo un grano en el culo.

¿Cómo consigue que al decir eso me vuelva esa fantasía del baño de burbujas?

Cuando era más joven, había un roble en mi jardín delantero. Era enorme. En verano, lo que más me gustaba era sentarme a sus pies, apoyar la espalda en él y escuchar música. Algunas veces sacaba la guitarra y tocaba, componiendo canciones y absorbiendo hasta la última gota de sol. Nada malo podía sucederme bajo ese roble mientras el sol me acariciaba la piel. Ningún lugar del mundo me ha hecho revivir esa sensación de paz absoluta y reconfortante.

Hasta ahora.

Mi brazo cuelga por la ventanilla de la camioneta de Noah, y mi viejo amigo, el sol, está reavivando nuestro antiguo amor y besando mi piel expuesta. El viento me agita el pelo alrededor de la cara, y a mi lado está Noah, sujetando despreocupadamente el volante con una mano. Luce una dulce sonrisa en su rostro de facciones perfectas. Y cuando digo perfectas, no lo digo en un sentido clásico. Noah no es para nada un chico guapo en ese sentido. Tiene la cara bronceada y desaliñada. Pecas en el caballete de la nariz debido al exceso de sol y a una cantidad insuficiente de protector solar. Se le aprecia una pequeña cicatriz sobre la ceja y otra sobre el labio. Imagino que se las hizo en una pelea cuando era niño; alguien insultó a su mejor amigo y él intervino. Pero la mezcla única de esas cicatrices con unas pestañas largas y espesas que enmarcan sus ojos verdes tendría que ser ilegal. Al mismo nivel que las metanfetaminas.

Salvo por el sonido del viento, viajamos en silencio, y yo voy echando ojeadas furtivas a Noah por encima del hombro cuando estoy segura de que no me ve. Normalmente, me gusta la quietud entre nosotros. Pero ahora mismo estoy inquieta, lo que parece contradictorio con la paz que he estado sintiendo, aunque no es así. Las dos cosas van de la mano. Es la sensación misma de calma y serenidad lo que me indica que hay algo diferente. Noah me ha tocado una fibra que ahora está vibrando en mi interior. Muevo la rodilla arriba y abajo. Me recojo el pelo en una cola de caballo alta. Miro el móvil, veo que sigue sin cobertura y lo apago de nuevo.

Noah se da cuenta, pero su única reacción consiste en arquear ligeramente una ceja. Sabe que si quiero hablar de ello, lo haré. No es un hombre que necesite un aliento constante; lo que creía que era malhumor en realidad es formalidad.

Y este es el motivo por el que me estoy muriendo aquí dentro, con mi cuerpo a solas con su cuerpo. Porque mi cuerpo quiere que pare el coche para poder subirme a su cuerpo. ¿No me recordé a mí misma anoche que no tenía que dar rienda suelta a mi atracción por Noah? ¿Que no tenía que explorar por qué estoy pendiente de todo lo que dice? Decidí mantenerme alejada de él. Muy muy alejada. Levantar una maldita fortaleza entre nosotros. Pero aquí estoy, recorriendo con los ojos las líneas de su cara como si estuviera memorizando un mapa.

Necesitamos algo de música para llenar este silencio.

Alargo la mano para encender la radio. Se oye estática, por lo que me pregunto si Noah alguna vez escucha música, y sintonizo la emisora más cercana. Emite música country. Una vieja canción de George Strait llena el aire y viaja con la brisa. No soy fan del country, pero tengo que admitir que tiene algo que encaja de maravilla con la luz dorada del sol y un día cálido. Cierro los ojos y apoyo la cabeza para disfrutar del momento de calma.

A lo largo de estos últimos días he notado que hay partes de mí que vuelven a la vida, como cuando llevas demasiado rato sentada sobre un pie y se te duerme; al empezar a caminar, sientes un hormigueo y es incómodo al principio, pero después se recupera y se mueve con normalidad.

Nuestro momento cómodo se parte por la mitad cuando suena otra canción que cambia por completo la vibración de este trayecto. Es un tema de Faith Hill y Tim McGraw, tan sensual que me quiero morir. «*Let's make love... all night long... until all our strength is gone...*». Al oír lo de «hagamos el amor toda la noche hasta que no nos queden fuerzas», abro los ojos y miro a Noah. Su mano aferra con fuerza el volante, pero, aparte de eso, nada delata que esté tan sensible como yo. Me pregunto si cambiará de emisora, pero no lo hace. Quizá no quiere revelarme su incomodidad o quizá quiere ver si la letra me afecta o no, no tengo ni idea. O puede que le parezca muy gracioso.

Sea como sea, me inclino hacia delante y cambio la emisora.

—¡Caray! —exclamo en voz alta, y por poco le rompo el dial de la radio cuando lo giro con fuerza—. No te importa si busco otra emisora, ¿verdad? Hoy no estoy de humor para oír country.

Levanta un poco las comisuras de los labios.

—Es una pena. Esa es una de mis favoritas.

Le dirijo una mirada de soslayo y sigo girando el dial, lo que hace que se ría entre dientes.

—Siento mucho decepcionarte.

Finalmente me decido por un anuncio sobre un remedio para la alopecia masculina. Perfecto. Cero tensión sexual ahí. Y a cada cosa que dice el locutor, dirijo una mirada burlona a Noah.

—¡Bueno, ya lo ves, Noah! —Le doy un golpecito juguetón en el bíceps, desesperada por recuperar el buen rollo que imperaba hace unos instantes—. Todavía hay esperanza para tu calva. —Veo que se contiene, así que voy más allá—. Me apuesto algo a que ni siquiera sabías que la tenías. Pero la tienes. Está ahí detrás. Una reluciente calva. ¿Y sabes qué? Como soy una buena amiga, te compraré esta crema y te la aplicaré si tú quieres. Lo único que te pediré a cambio es que todos los días me prepares tortitas con nata montada y chips de chocolate encima.

—Estaré encantado de prepararte tortitas cada día para que no me incendies la casa.

Cuando voy a darle una respuesta descarada… es mi propia voz la que me frena en seco. Mi último sencillo, situado en los primeros puestos de las listas. Al escucharme por los altavoces, me quedo petrificada. Mi alegría disminuye, y vuelvo a notar un peso en el pecho. Es un recordatorio del mundo real que ni quiero ni necesito.

—Vas a iniciar una gira con este álbum, ¿cierto?

Asiento con la cabeza y trago con fuerza para librarme del nudo que tengo en la garganta.

Noah asiente también con la cabeza.

—¿Cuánto tiempo estarás…, cuánto dura la gira? —pregunta tras una pausa.

Su voz suena sospechosamente suave. Como si se estuviera esforzando mucho para darme a entender que no podría importarle menos y que solo me está dando conversación. Pero a mí no me engaña.

—Nueve meses —respondo toqueteándome el dobladillo de los pantalones cortos—. Haré una pausa entre la etapa de Estados Unidos y la etapa internacional, pero será corta.

Noah asiente con la cabeza de nuevo. Y esta vez es él quien interrumpe bruscamente la canción.

—Bueno, basta de radio. Además, tengo entendido que esa cantante es una diva. Y que, por algún motivo, quiere que a todo el mundo le guste el yogur —afirma con una sonrisa antes de darle a la tecla del CD.

—No me digas que tienes metido ahí un CD. ¿Quién sigue escuchando CD?

«Dice la mujer que tiene y sigue viendo DVD».

Me dirige una mirada.

—Alégrate de que no sea un casete.

Me acomodo en el asiento y miro por la ventanilla, con ganas de saber cuál es la selección personal de Noah. No sé qué esperaba oír, pero ni en un millón de años habría imaginado que sería Frank Sinatra. «Love Me Tender», la versión del clásico de Elvis, suena en la cabina de su vieja camioneta, y es tan bonita que hasta el sol se derrite. Le pega tener este tema. Le pega porque es el Hombre Clásico. «Mi» Hombre Clásico, quiere añadir mi mente, pero doy un manotazo a esa idea como si fuera un molesto mosquito.

Me giro bruscamente hacia Noah.

—Este CD no es tuyo, ¿verdad?

—¿Por qué?

—Porque tienes treinta años y vives en Roma, Kentucky.

—Treinta y dos.

—Vale. Treinta y dos. Tendrías que escuchar…, qué sé yo, música rock de tu juventud. O como te gustan las cosas clásicas, tal vez Hank Williams. ¡O Johnny Cash! No sé…, ¡cualquier cosa menos esto!

Me mira y dirige de nuevo la vista hacia la carretera.

—¿No te gusta Frank? —pregunta.

Frank. Le resulta tan familiar que lo llama por su nombre de pila. Como a mí me pasa con Audrey. Me duele físicamente lo colada que estoy por Noah. No voy a poder soportarlo mucho más.

—Me encanta Frank Sinatra. —Lo digo como una persona que intenta hablar mientras le están sacando las entrañas—. Y los grandes de esa época: Ella Fitzgerald, Bing Crosby y…

—También están ahí —afirma Noah despreocupadamente, como si esto no me dejara sin saber qué decir. Ante mi silencio, me mira con una sonrisa divertida—. Es un CD recopilatorio. Mi abuela me lo compró hace mucho tiempo. —Suelta una risita y vuelve a fijar los ojos en la carretera—. Según ella, estaba escuchando demasiada música rock de esa de la que hablabas. Dijo que debía conocer a los clásicos si tenía la esperanza de convertirme en un buen hombre.

«Misión cumplida», quiero susurrar lo bastante alto para que él lo oiga, pero me quedo callada, y dejamos que la canción nos envuelva. Un momento ya perfecto parece ahora un sueño. Cuando el tema termina, miro a Noah.

—Me encanta tu abuela. Ojalá la hubiera conocido.

Una sonrisa genuina le ilumina la cara como el sol que asoma por el horizonte al alba, pero no dice nada.

Aparca en una pequeña zona con acceso a un muelle que se extiende hacia un lago precioso. Hay árboles bordeando la orilla, haciéndolo aislado e íntimo. Bajamos de la camioneta, y él saca dos cañas de pescar y una caja de aparejos de la parte trasera. Recorremos juntos el largo muelle hasta llegar a una pequeña plataforma. Me quito las zapatillas de lona blanca y me siento en el borde, con las piernas colgando. Es lo bastante alta como para que mis pies queden suspendidos a unos treinta centímetros del agua. Noah se sienta a mi lado y nuestros hombros se tocan. Me ruborizo por un placer inocente que hacía años que no sentía.

Veo que las puntas de las orejas de Noah están rosadas, algo que he descubierto que le pasa cuando está avergonzado, y se separa un poco. Si hubiera una ventanilla entre nosotros, la habríamos subido lenta y teatralmente. Nos estamos comportando como si nunca hubiéramos tocado a nadie del sexo opuesto. Es ridículo. Y maravilloso. Y confuso. E increíble.

—¿Cómo era? —Me muero por atisbar el retrato que quiera pintarme de ella, y también por acabar con la tensión que hay entre nosotros.

—¿Mi abuela? —pregunta mientras abre la caja de aparejos y empieza a cebar su anzuelo.

Asiento con la cabeza.

—Era… tierna y vehemente a la vez. A esa mujer le encantaba dar amor a la gente. Nadie salía de su pastelería sin recibir un abrazo. Incluso los desconocidos. Ella era así.

—¿Cómo se llamaba?

—Silvie Walker. Aunque no te lo creas, ella y Mabel eran mejores amigas desde la adolescencia. Ese par se metió en todo tipo de problemas. Y como mi abuelo ya había fallecido cuando mi abuela se quedó con nuestra custodia, Mabel hizo las veces de segunda progenitora en muchos sentidos. Rara vez pasaba un día sin que la viera.

—Ah, por eso Mabel te quiere tanto.

—Por eso me da tanto la chapa —dice con una sonrisita, pero oigo la ternura en su voz—. Perdí a mis padres, pero he tenido mucha suerte de que me quisieran tantas personas que eran como una familia para mis hermanas y para mí. Por eso no dudé en volver cuando me necesitaban aquí.

Abro la boca para preguntar por qué lo necesitaban aquí, pero prosigue antes de que pueda hacerlo.

—Y hablando de nombres… —Una vez ha colocado un gusano artificial de aspecto repugnante en el anzuelo, lanza la caña y se vuelve para mirarme—. Me he estado preguntando cómo elegiste tu nombre artístico.

—Rae es mi segundo nombre de pila —explico encogiéndome ligeramente de hombros—. Mi madre solía llamarme Rae-Rae cuando era pequeña, así que me pareció una buena elección para un nombre artístico. Y pensé que si la gente se refiriera a mí como Rae en lugar de como Amelia, eso me ayudaría a separar un poco mi vida privada de mi vida profesional.

—¿Y ha sido así?

Esto es algo que diferencia a Noah de los demás. La mayoría de la gente dice «Ummm…», asiente con la cabeza y pasa a otra cosa. Pero él siempre va más allá. «¿Y ha sido así?».

—No. Lo cierto es que Rae Rose se apoderó de mí. Tengo la sensación de no ser Amelia desde hace años. Salvo tú y tus hermanas, todo el mundo me llama Rae. Hasta mi madre. Es… —Titubeo en busca de palabras educadas que describan lo que eso me hace sentir, pero me conformo con una idea infantil básica—. Lo detesto. Estoy hecha un lío y no sé muy bien quién soy.

—Tiene que ser duro —dice sin ningún tono de acusación ni de asombro.

No. Ni siquiera me aconseja, ni me suelta un montón de cosas que debería hacer. Tampoco parece esperar que llegue a alguna conclusión ahora mismo. Simplemente puedo decir lo que siento, y si eso no es libertad que baje Dios y lo vea.

—Lo que lo hace tan duro es la soledad. En cuanto me hice famosa, todo el mundo dejó de ver mi yo real. Ahora solo ven a

Rae Rose y lo que puede hacer por ellos o lo que puede darles. ¿Sabes que mi madre era mi mejor amiga? Ahora hasta ella me ve como un cajero automático abierto las veinticuatro horas. Es una mierda. Y lo más extraño de todo es que, a pesar de que rara vez estoy sola, puedo encontrarme en una habitación con cientos de personas que supuestamente me quieren y sentirme aislada.

—¿Te sientes sola en este momento?

La pregunta de Noah me zarandea el corazón.

—No.

Todo sería mucho más fácil si mi respuesta fuera sí. Vine a este maldito pueblo para recuperar el gusto por la música y jamás pensé que encontraría algo más.

—Estupendo. Me alegro. —Parece sincero. Es sincero—. Y quizá después de estar este tiempo fuera, vuelvas a sentirte a gusto con tu carrera profesional.

—Eso es exactamente lo que dijo Mabel.

—Y ella nunca se equivoca. Por lo menos, eso es lo que te hará creer. —Sonríe burlón y se gira hacia la caja de aparejos. Saca un gusano asqueroso que no para de retorcerse y que es, cien por cien, un cubo de agua fría sobre el ambiente íntimo. Excelente. Lo necesitábamos—. ¿Quieres cebar tu anzuelo?

—¿Soy una blandengue si digo que no?

—Desde luego.

Pongo cara de pensar antes de responder.

—Acabo de darme cuenta de que eso me da igual.

—Como quieras, pero te estás perdiendo toda la diversión.

Suelto una carcajada y le doy un golpecito amistoso en el hombro.

—Lo que tú consideras diversión.

—¿Qué quieres decir?

Por su tono, es evidente que me está siguiendo el juego.

—Que no pareces la clase de chico que se divierte a lo loco. De modo que algo reposado y tranquilo como esto es divertido para ti.

—Yo soy muy divertido —afirma inexpresivo—. Olvida lo de señor Hospitalario. Todo el mundo me llama señor Divertido. Pero no llevas aquí el tiempo suficiente para haberlo oído.

—Ya. Claro.

Arquea una ceja y sus labios carnosos esbozan una sonrisa.

—¿Quieres que te lo demuestre?

—Sí. —Asiento con la cabeza con tanta energía que tengo que soplarme el flequillo para apartármelo de los ojos—. Pagaría mucho dinero para verlo, la verdad.

—Pues tienes suerte. Hoy es gratis.

Noah deja las cañas de pescar y se pone de pie de un salto. Frunzo el ceño cuando alarga la mano para ayudarme a levantarme. Pongo mi palma en la suya, y el corazón me revolotea como loco. Noah tira de mí hasta que nuestros pechos casi se tocan. Alzo los ojos hacia él, expectante.

—Muy bien, señor Divertido. ¿Qué va a ser?

Contemplo asombrada cómo su cara se ilumina con una gran sonrisa y se le marcan las arruguitas de las comisuras de los ojos. Me pone suavemente la mano en el abdomen y yo inspiro hondo, lo que es ideal porque, antes de que me dé cuenta, me empuja y me tira al agua desde lo alto del muelle.

27

Amelia

Salgo a la superficie y no me lo puedo creer. Noah me ha tirado al agua. Inspiro hondo y alzo la vista hacia él. Está de pie en el muelle, con las manos en las caderas, los ojos entrecerrados y una sonrisa enorme en los labios.

Le señalo con el dedo mientras me mantengo a flote en el agua, y luego me aparto el cabello mojado de la cara.

—¿Y si no supiera nadar?

—Pero sí sabes.

—¡Tú no lo sabías!

—Te habría salvado —dice descartando la idea con un gesto de la mano—. Fui socorrista en la secundaria.

Pues claro que lo fue. Es alguien en quien se puede confiar. Y seguro que estaba increíble con su bañador rojo.

—Que sepas que estás en un aprieto. Espera a que... —Interrumpo mi amenaza cuando lo veo alargar la mano hacia su nunca para quitarse la camiseta—. Oh..., ¿qué estás haciendo?

Me quedo boquiabierta cuando deja a la vista su torso bronceado y esculpido. Desearía estar ahí arriba, en el muelle, y recorrer su piel dorada con los dedos. Empezaría acariciándole delicadamente el tatuaje del pecho porque tiene algo que me empuja a venerarlo. Y después seguiría centímetro a centímetro. (Porque en esta fantasía no existe ninguna barrera entre nosotros y soy su novia, de la que está perdidamente enamorado).

Pero no queda ahí la cosa. Al parecer, Noah quiere que vea más de él. Sonríe con picardía mientras se desabrocha los vaqueros y se los baja por las caderas para quedarse solo con unos bóxeres negros.

—Me preparo para zambullirme, ¿qué parece que estoy haciendo?

¡Este hombre adulto, tonificado y espectacular se ha quedado en gayumbos a plena luz del día! Las mejillas me arden. Es maravilloso que Noah haya sido socorrista porque corro peligro de ahogarme mientras contemplo su fantástico cuerpo. No me importa, me hundiré hasta el fondo y moriré feliz porque he visto la perfección.

Noah luce unas líneas esbeltas y unos músculos marcados, aunque no son prominentes ni exagerados. Son músculos naturales. No de los que se construyen meticulosamente cada día en el gimnasio, sino resultado de una mezcla de genes y de flexiones en la sala de estar. Tiene las espaldas anchas, el estómago terso, y puedo ver la insinuación del cinturón de Adonis bajo la cinturilla de sus bóxeres. Tampoco es peludo, solo tiene zonas de vello dorado aquí y allá. Pero no voy a seguir por ahí o se me dilatarán las pupilas, me deslumbraré y Noah sabrá de inmediato lo que estoy pensando. Y lo que estoy pensando es que me gustaría subirme encima de ese hombre. Sus solas muñecas me han estado haciendo babear toda la semana, así que ahora…

Me priva de mi fuerza de voluntad para dejar de comérmelo con los ojos cuando salta del muelle y entra como una bala en el agua. Sale a la superficie con una sonrisa y sacude la cabeza.

—No me puedo creer que acabes de quitarte la ropa y hayas saltado al agua.

Noah, el Pastelero Gruñón de semblante severo, acaba de

desnudarse y lanzarse al agua con una sonrisa infantil en los labios. Esto le añade una nueva capa. Algo apasionante y alegre a su calma confortable. Por desgracia, su sexímetro se dispara.

Los hombros y las pronunciadas clavículas de Noah sobresalen de la superficie y tengo que encontrar el modo de olvidar que su pelo se oscurece dos tonos cuando está mojado. Y la forma en que las gotas se le aferran a las pestañas y a su piel firme.

—Has desafiado mi capacidad para divertirme. He tenido que demostrarla.

—Pero ¿por qué te has quitado antes la ropa y yo estoy en el agua vestida?

Se le oscurecen los ojos cuando los fija en mí.

—Creo que ya sabes la respuesta.

«Porque si me quitase la ropa, él no habría podido tener las manos quietas. Porque esta pasión que yo he estado sintiendo no es solo cosa mía».

Pero, tal y como me mira, me siento desnuda. Contemplo anonadada cómo Noah levanta la mano y se la pasa por el pelo para quitarse el agua y me muestra su bíceps. «Exhíbete, bíceps. Estoy a tu merced».

—¡Noah! —le regaño mientras le lanzo agua a la cara—. ¡No puedes decir cosas así!

—¿Por qué no? —Se ríe entre dientes y se gira.

—Porque tú mismo dijiste que teníamos que dejar de flirtear. ¡Y estás flirteando! ¡Cuando estás prácticamente desnudo! ¡En el agua!

Ojalá no me sonriera de ese modo. Ojalá no se me acercara a nado. Ojalá pudiera pensar con claridad para alejarme nadando. Pero no puedo. Sigo lanzándole débilmente agua hasta que me rodea la muñeca con una mano. Quiero gemir al ver su mandíbula, su boca gruñona, sus ojos verdes, su pelo mojado. Y su contacto… es irreal.

Ya no sonríe. A ninguno de los dos nos hace gracia. Traga saliva con fuerza y frunce el ceño como si estuviera sufriendo.

—Me esfuerzo mucho por mantenerme alejado —comenta con voz áspera. Sus ojos me recorren la cara, y la atracción que sentimos se vuelve agobiante. Insoportable—. Pero no lo consigo.

El corazón me late a mil, y no es por mantenerme a flote en el agua. Es porque él tira de mí y mis suaves curvas presionan sus firmes músculos. Me rodea la cintura con un brazo con toda la intención del mundo. Sospechaba que los músculos de Noah no eran solo para impresionar, y no me equivocaba. Me coge las piernas y las guía para que las coloque a su alrededor, y me sujeto a su cuello mientras él nos mantiene a ambos a flote. «Socorrista, no hay duda». Levanta una mano por encima del agua para apartarme con cuidado el flequillo hacia un lado de la cara. Sus ojos, del mismo verde que los árboles que bordean el lago, se posan en mi boca.

Sin soltarme, nada despacio hacia la orilla arenosa. Sé por qué nos dirigimos hacia ahí, y todo mi cuerpo me grita que me quede callada. Que mantenga la boca cerrada y no arruine este momento. Pero no puedo hacerle eso.

—Noah —susurro mientras lucho conmigo misma—. Nada ha cambiado. Sigo teniendo que irme.

—Lo sé —afirma sin dejar de nadar—. Me parece bien si a ti también.

Asiento en silencio y sigo aferrada a él hasta que hace pie, y entonces ya me sostiene sin tener que mantenernos a flote. El sol, sumado a la mirada de Noah recorriéndome el cuerpo, me abrasa. Noah me estrecha más contra su cuerpo y yo me sujeto con más fuerza a su cuello. Es una maravilla y una agonía a la vez. Su boca está cerca de la mía y su aliento susurra promesas a mis labios. Me muevo impaciente y aprieto con los dedos sus hombros porque todavía no me besa y las ansias me pueden. Su sonrisa es dulce y provocadora, y es evidente que disfruta alargando el momento, demostrando así que no solo sabe contener sus palabras, sino también su cuerpo.

Yo, en cambio, no aguanto más porque ha pasado demasiado tiempo desde que nos besamos. Tampoco recuerdo que me haya besado o abrazado así un hombre que me gustara tanto. Rodeo con fuerza su torso con mis piernas, y él gruñe una carcajada. Inclino la cara para el beso óptimo. «Si vas a hacerlo, hazlo». Sus ojos se han oscurecido. Tiene una mano en mi espalda y alza la otra para cogerme la mandíbula. Su sujeción es tan posesiva como la mía.

Contengo la respiración cuando sus labios recorren la distancia que nos separa y presionan los míos. «Éxtasis. Maravilla. Magia». El suave arañazo de su barba enciende mis sentidos como si fueran una cerilla. Es la prueba de que Noah es real y de que su piel está en contacto con la mía. El corazón me golpea frenéticamente las costillas, y mi piel arde de placer y de deseo. Y, si eso es posible, lo sujeto con más fuerza. Noah presiona con sus manos mi espalda, mis caderas, mis muslos. No de modo desesperado, sino medido y deliberado, tal como es él. Nuestras bocas exploran esta nueva intimidad con caricias pausadas. Su lengua juega con mis labios, y yo me rindo con gusto. Emito un ruido suave, entre un gemido y un quejido, y eso espolea a sus manos a llevar a cabo una exploración más profunda que me provoca un hormigueo por todo el cuerpo. Nuestros besos encuentran ese ritmo único que es como quedarse atrapado en una corriente de resaca; es peligrosa y solo puedes dejar que te lleve donde quiera.

Ladea la cabeza y yo inclino la mía. Yo retrocedo y él me sigue. Él retrocede y yo le sigo. Sus caricias me marcan, me graban su nombre en todas partes, y me aferro a él como si soltarme significara una muerte segura. Besar a Noah supera mis expectativas. Supera mis esperanzas, y me convence de algo de lo que no debería convencerme: hacemos buena pareja.

Sus maravillosas manos ásperas ascienden por mi espalda mientras me quita la camiseta, y yo levanto las manos en el aire para ayudarlo. Llevo un sencillo *bralette* azul marino de algodón, y aunque siempre me he sentido insegura por mi pecho pequeño, Noah me mira como si tuviera en mis manos las llaves del mundo. Como si fuera tan valiosa y atractiva que tuviera miedo de tocarme.

—Eres preciosa —murmura mientras me llena de tiernos besos la garganta y las clavículas.

Tiembla y no creo que sea porque se esté cansando. Y, de pronto, esto es demasiado para mí. Me aparto. Uno de los dos tiene que pensar con claridad, y me cabrea tener que ser yo. Pero no voy a dejar que la situación vaya demasiado lejos y se convierta en algo que se parezca, ni remotamente, a un desengaño amoroso. Un beso es una cosa, pero ir más allá está descartado.

Cuando nuestros labios se separan, contemplo sus rasgos duros y sus labios hinchados. Recorro con un dedo su mandíbula, su cuello y sus clavículas. Debe de ver el sufrimiento en mi cara, la confusión que impera bajo mi piel, porque la deliciosa presión de sus dedos se suaviza, su abrazo se relaja. Cierra los ojos y respira hondo antes de volver a abrirlos.

—Esto no ha sido buena idea, ¿verdad? —Me mira otra vez la boca como si estuviera a menos de un segundo de continuar lo que empezamos. La expresión de sus ojos indica que me llevaría hasta la orilla y me haría el amor aquí y ahora si yo le diera permiso.

Nado hacia atrás para poner algo de distancia, llevándome la camiseta conmigo.

—Ha sido muy buena idea, pero ahora tenemos que olvidarlo.

«De nuevo».

Asiente y contempla cómo escurro la camiseta y me la paso por la cabeza.

Se pasa las manos por el pelo y, como sobresale del agua, tengo el privilegio de ver su tórax fibroso y sus abdominales expandiéndose con ese movimiento. Se le marcan las costillas, tiene el cuerpo cubierto de gotas de agua, y me temo que lo estoy mirando con la lengua fuera. Soy el emoji acalorado, con la cara roja y jadeando.

Los dos dedicamos unos minutos a reponernos y luego nos secamos al sol mientras hacemos lo que hemos venido a hacer: pescar. Pero ¿sabes qué? Pescar es aburrido, y resulta que preferiría estar montándomelo con Noah. Y esta es la razón por la que tengo que alejarme un poco de él. Me vuelvo para mirarlo y abro la boca para preguntarle si podría llevarme de vuelta a casa, donde planeo encerrarme con llave en mi cuarto el resto del día, pero él habla primero.

—Tengo que ir a ver a alguien. Pero… esperaba que pudieras acompañarme.

Es lo contrario a mantener las distancias. Lo contrario a olvidar. Y, desde luego, lo contrario a encerrarme con llave en mi cuarto.

Y sin embargo…

—¡Sí! —digo enseguida.

28

Amelia

Noah entra en el aparcamiento de una residencia asistida y apaga el motor. Su expresión es de preocupación total, y si tuviera que adivinar por qué, diría que está lamentando haberme traído aquí.

Miro el largo edificio de una planta y me vuelvo hacia Noah.

—¿A quién vamos a ver?

Tras nuestra pequeña aventura en el lago, hemos ido a casa para cambiarnos deprisa y nos hemos vuelto a subir a la camioneta. Pero he tardado un poco más de lo previsto porque, mientras me desenredaba el pelo, me ha venido a la cabeza la letra de una nueva canción. Hacía meses que no me sentía inspirada, así que, después de correr a mi cuarto y teclear rápido la estrofa en una nota en el móvil, me he dejado caer en la cama y me he reído. La alegría era tanta que no podía contenerla. He querido llamar a mi madre y contárselo porque, en su día, era la primera persona con quien compartía las canciones, pero hace años que no tenemos esa clase de relación. Como sería demasiado violento e inesperado llamarla y explicarle que he tenido mi primera chispa creativa en mucho tiempo, me lo he guardado para mí.

Ahora, en la camioneta, Noah se quita la gorra y la deja a un lado.

—A mi abuela —contesta.

—A tu... —Me quedo atónita. La cabeza me da vueltas. Por cómo habla de ella, creía que la abuela de Noah había fallecido—. ¿La abuela que te crio?

Asiente con la cabeza, y lanza una mirada cansada a la entrada de la residencia antes de poner los ojos de nuevo en mí.

—Sé que pensabas que ya estaba muerta, y he dejado que lo creas porque, sinceramente, es más fácil que contarlo todo. No soporto que la gente me trate como si yo fuera un santo o me dirija una mirada de lástima por tener que cuidar de mi abuela. Así que ahora, cuando conozco a alguien, no se lo cuento. O por lo menos... no hasta que sé que puedo confiar en esa persona.

Me agarro a esa última frase como a la barra de apoyo en el metro.

—¿Y confías en mí?

Sonríe y vuelve a asentir.

—Sí. Y si te ves con ánimos, quiero que la conozcas. Pero... ya no es la abuela que me crio. Hace tres años le diagnosticaron alzhéimer. Fue entonces cuando mis hermanas y yo la trasladamos a esta residencia asistida. Fue una decisión muy difícil, pero aquí está más segura, y cuidan estupendamente de ella.

Las últimas piezas del puzle encajan en su sitio.

—¿Tu abuela es la razón por la que regresaste de Nueva York?

—Sí. Le empezó a fallar la memoria el año que estuve fuera, y mis hermanas me llamaban casi a diario para decirme lo preocupadas que estaban. La abuela iba en coche a la tienda de comestibles y no recordaba cómo volver a casa. Por suerte, todos en el pueblo la conocen y la aprecian, por lo que en ese sentido estaba a salvo. Pero la situación fue a peor. Y cuando Emily la llevó al médico y le confirmaron el diagnóstico, ya no pude seguir lejos. —Frunce el ceño, como si su mente hubiera regresado a un lugar que intenta evitar—. Merritt, mi ex... —aclara, como si necesitara que me lo recordara, cuando ya he grabado su nombre en mi lista de «odio, odio, odio»—. Ella no entendía por qué tenía que volver. Pensaba que tenía que dejar que mis hermanas se «encargaran» de ella y vivir mi vida. —Se burla—. Todavía no me creo que usara esa palabra. Tan degradante. La mujer que sacrificó su vida para criarme y quererme después de que mis padres murieran no se merece quedar reducida a algo de lo que hay que encargarse. —Cierra los puños.

No tengo palabras, así que pongo mi mano en la suya y se la aprieto. Noah baja los ojos y relaja el puño. Noto que se libera de un poco de ese dolor.

—En cualquier caso, fue para bien. Al final resultó que Merritt no era adecuada para mí. No lo era ni siquiera al principio, a decir verdad.

Pero ahí no acaba esa historia. Recuerdo que Jeanine dijo en la cafetería que a Noah lo engañó su pareja, pero no voy a sacar eso a colación. Me parece demasiado.

—Gracias por contármelo —digo, y realmente se lo agradezco—. ¿Y es con ella con quien vas a almorzar tan a menudo?

—Sí. Mis hermanas y yo nos turnamos para que tenga a alguien casi cada día. Y Mabel viene casi todas tardes. En verano, los horarios cuadran bastante bien, pero cuando empiezan las clases, Emily y Madison no pueden venir a primera hora de la tarde, así que Annie y yo nos pasamos más a menudo. —Señala el edificio con la cabeza—. El personal es increíble con mi abuela. Pero... de todos modos queremos asegurarnos de que esté bien. Que no se sienta sola.

Ahora mismo hay muchas cosas que quiero decir. De hecho, me gustaría desplazarme por el asiento para abrazarlo y estrecharlo con fuerza. Pero sé que no es lo que Noah quiere. No es sensiblero. Y tengo la impresión de que se molestaría si lo abrumo diciéndole lo maravilloso que es.

—Me alegro —comento—. Es genial que os tenga a vosotros. —Lo miro a los ojos con una sonrisa tierna, asegurándome de que no se me escape una «mirada de lástima».

—Me gustaría que la conocieras. Pero tienes que saber que no siempre vive en el presente. Y es mejor no corregirla cuando se equivoca en algo. Yo intento situarme en el lugar o en la época en la que está en ese momento.

—Yo te seguiré el juego —aseguro para demostrarle que puede confiar en mí.

Su sonrisa es tensa y parece querer darme más instrucciones y hacerme más advertencias, pero abre la puerta de la camioneta y se baja. Yo hago lo mismo, y cruzamos juntos las puertas correderas de la residencia. Ojalá pudiera cogerle la mano, pero mantengo las mías agarradas a mi espalda.

Nos detenemos ante la recepción, y Noah le dirige una sonrisa a la mujer con bata blanca situada tras el mostrador.

—Hola, Mary —saluda con familiaridad.

Luego coge un bolígrafo del mostrador para incluir nuestros nombres en la hoja de visitas. «Noah y Amelia». Uno junto al otro. Con su bonita letra. Me pregunto si se darían cuenta de que me llevo esta hoja al salir para guardarla como recuerdo para el resto de mi vida.

—¡Noah! Me preguntaba cuándo vendrías hoy. —Los ojos de Mary se fijan en mí y se abren como platos. Tendría que haberme puesto la gorra de Noah para entrar, pero se me olvidó por completo—. Has venido con... una amiga —suelta, convertida en un zombi aturdido.

Conozco esa expresión. Es la expresión de una fan, y me preocupa que vaya a ponerle las cosas difíciles a Noah. Lamentará haberme traído, y la bonita burbuja de confianza que hemos formado explotará. Fin.

—Pues sí —contesta en voz baja. Tras inclinarse sobre el

mostrador, prosigue en voz todavía más baja—: Pero te agradeceríamos que no le contaras a nadie que está aquí. A mi abuela no le iría bien que de pronto el personal sanitario se agolpara en su habitación.

Guiña el ojo a Mary y… Oh, ¿te lo puedes creer? Funciona.

Mary mira Noah y su pasión de fan se desvanece con la misma rapidez con la que apareció.

—Por supuesto. Adelante, id a verla. Hoy está de buen humor y muy despierta.

—Me alegra oír eso. Gracias, Mary.

Mientras recorremos las instalaciones, Noah se detiene y habla con veinte personas por lo menos. Todas las mujeres mayores lo adoran. Se agacha cada dos por tres y le dan palmaditas en la mejilla. Da tantos abrazos como caramelos en Halloween. Es muy tierno aquí. Tierno y cariñoso con todas estas personas que necesitan ambas cosas por igual. Noah tiene un talento innato para cuidar de los demás. Y eso hace que mi corazón se zambulla de cabeza en el pozo profundo de los sentimientos.

Llegamos por fin a la puerta de su abuela, empapados de la fragancia de por lo menos veinte perfumes distintos. Suelto una carcajada al ver que Noah tiene una mancha de carmín rojo en la mejilla y se la quito. Él entorna los ojos, divertido, como si les perdonara cualquier cosa a esas mujeres.

—Una vez, una señora de ochenta años me pellizcó el culo cuando me incliné hacia delante.

Me río y dirijo una mirada exagerada al trasero en cuestión.

—Yo no la culparía. Tienes un buen culo —aseguro.

—Para ya —gruñe antes de llamar con suavidad a la puerta y abrirla.

Vuelve la cabeza para mirarme un instante y veo la duda en sus ojos. Le preocupa mostrarme esta parte de su vida. Sonrío y formo unas pinzas con los dedos, y los acerco a su trasero para que siga avanzando. Me sujeta la muñeca antes de que mis dedos alcancen su objetivo, y gira la mano para entrelazarla con la mía. Me aturde la conexión emocional. Más íntima, de algún modo, que ese beso en el lago.

Tira de mí hacia el interior de la habitación, alegre, iluminada por el sol. Pasamos ante una pared llena de fotos de Noah y sus hermanas en todas las fases de su vida. Amago con detenerme y contemplar cada una de ellas, pero Noah me lleva hacia la mujer menuda que está sentada en una butaca y mira por una inmensa ventana que da al jardín de las instalaciones.

—Hola, guapa —la saluda Noah, y la suavidad sedosa de su voz hace que se me derritan todos los huesos.

Su abuela, Silvie, alza la mirada hacia él, y está claro que no sabe muy bien qué pensar, pero que está intentando atar cabos. Tiene el pelo blanco, corto y rizado, peinado de esa forma adorable tan habitual en muchas mujeres mayores, y parece de porcelana, con una piel tan fina que casi es traslúcida. Pero Silvie no lleva chándal. Ni hablar. Está claro que esta mujer sigue siendo la belleza sureña que siempre ha sido. Un collar de perlas le rodea el cuello, y combina una rebeca fucsia con unos bonitos pantalones pirata de lino negro.

—Ah, sí, hola… —dice, amable, con el ceño ligeramente fruncido.

Es evidente que no tiene ni idea de quién es Noah, y me duele en el alma por él.

Noah no espera que le haga ninguna pregunta. Me sitúa a su lado y me rodea con un brazo como si formara parte de él.

—Perdone que llegue tarde a nuestro almuerzo —suelta con una sonrisa de lo más enternecedora—. Espero que no le importe que hoy haya traído a una invitada. Señora Walker, esta es mi amiga Amelia. Amelia, esta es Silvie Walker. Esta encantadora dama tiene la gentileza de almorzar conmigo unas cuantas veces a la semana para hacerme compañía. —Sé que da estas explicaciones a Silvie más que a mí.

—Encantada de conocerla, señora Walker. ¿Le importa que me quede y comparta el almuerzo con ustedes?

Los ojos de Silvie, verdes como los de Noah, aunque de un tono algo más empañado, van del uno al otro, algo nerviosos.

—Por supuesto —contesta—. Adelante, sentaos. Pero os advierto que no puedo quedarme demasiado rato. Mi nieto y mis nietas llegarán pronto del colegio y tengo que acabar de hornearles unas galletas. —Me guiña un ojo—. Porque a todos los niños les gusta comer una galleta cuando vuelven a casa.

Los dedos de Noah me aprietan ligeramente el hombro antes de soltarme e indicarme con un gesto que me siente a su lado.

—Son unos niños con suerte —dice riéndose entre dientes—. A mí me encantan las galletas.

A Silvie se le iluminan los ojos, y es asombroso ver lo bien que Noah la conoce. Lo bien que la desarma de inmediato y le quita la preocupación.

—Vaya, no me digas. Pues a mí me gustan más los pasteles. Aunque también me apetece una buena galleta de vez en cuando. Las hago porque al granujilla de mi nieto no le gustan los pasteles. —Sonríe y, a través de sus recuerdos, puedo ver lo querido que fue Noah de niño. Y lo sigue siendo… solo que de un modo diferente.

Si le duele que Silvie no se dé cuenta de que él es su nieto, no lo demuestra en absoluto. Cruza una pierna sobre la otra y me mira.

—¿Y a ti, Amelia? ¿Te gustan las galletas o los pasteles?

Finjo pensármelo mucho antes de responder con una sonrisa:

—Creo que a mí me van más las tortitas, la verdad.

—¿Ah, sí? —Silvie arquea las cejas—. Las tortitas también están muy ricas…

Su forma abuelil de decirlo hace que me sienta validada e importante.

La conversación prosigue así unos minutos más, y cuando es evidente que a Silvie empieza a cansarle nuestra visita y se muestra más distante, Noah se excusa por los dos diciendo que tiene que volver al trabajo. Le pregunta si puede abrazarla antes de irse, y ella abre los brazos encantada. Y después nos sorprende haciendo lo mismo conmigo.

En ese momento, entre los brazos afectuosos de Silvie, alzo la vista y veo que Noah me está mirando, y juraría que tiene los ojos empañados. Me viene rápidamente a la cabeza el semblante abatido de Gregory Peck y se me cae el alma a los pies. No tendría que haberlo besado. No tendría que haberle permitido que me introdujera en esta parte importante de su vida.

Va a hacer que todo sea mucho más doloroso cuando me vaya.

29

Noah

Amelia se gira bruscamente y me arrincona junto a la puerta en cuanto entramos en casa. Pero no hay nada sensual en su forma de arrinconarme.

—Tenemos que hablar —dice.

Hay pesadumbre en sus ojos y se muerde el labio inferior, preocupada. Alargo las manos para acariciarle los brazos, pero sacude la cabeza con firmeza.

—No, no hagas eso —me pide.

Y la expresión de sus ojos me lleva a dejar caer los brazos a los lados.

Empiezo a entrar en pánico. ¿He hecho algo mal? ¿Me he pasado con ese beso en el lago? A lo mejor no estaba preparada para eso y he malinterpretado las señales.

Amelia inspira hondo y suelta el aire lentamente.

—Noah...

—Perdona —suelto, porque no soporto la idea de haberla empujado a ir demasiado lejos o haberla disgustado—. He sido desconsiderado en el lago, tendría que haberte preguntado con qué te sentías cómoda y...

Se echa a reír, así que interrumpo mis disculpas. Los ojos le centellean divertidos, y puede que un poco tristes.

—¿Crees que estoy disgustada por el beso? Noah, estoy disgustada porque... me gustas. —Sonríe tímidamente—. Y no tendría que haber dejado que me besaras, porque para mí no se trataba solo de algo físico. Yo he..., bueno, he empezado a sentir algo muy real por ti, aunque me dijiste que no lo hiciera.

Ahora me toca a mí expulsar el aire con fuerza. Me paso la mano por el pelo y contengo la necesidad de apoyarme en la puerta para no caerme. «Maldita sea». Esto no está bien. No, no tendríamos que habernos besado. No pasaba nada si era solo una atracción física, pero saber que siente algo por mí lo cambia todo.

Es un problema porque yo también siento algo por ella. Más bien mucho. Lo que es un inconveniente, ya que no voy a hacer nada al respecto. Dos personas no pueden vivir semanas bajo el mismo techo sabiendo que ambas sienten lo mismo y no hacer avanzar su relación sin querer. Por eso no le confieso que estoy loco por ella. Que apenas puedo dormir porque me paso la noche despierto, atormentado por la idea de que ella está durmiendo al otro lado del pasillo. Que nunca he conocido a nadie que me haga sentir lo que me hace sentir ella.

—Ameli...

Alza rápidamente la mano para taparme la boca.

—No. ¡No digas nada! Me dejaste muy claro desde el principio tus intenciones, y no espero nada de ti. Nada cambiará. Somos amigos, y esto va a seguir así. —Baja la mano cuando está convencida de que no la voy a interrumpir—. Solo te lo digo porque necesito que establezcamos algunas normas a partir de ahora para evitar la tentación de cruzar de nuevo esa línea.

—Normas —digo, y no me gusta cómo suena esa palabra al salir de mi boca—. ¿Como cuáles? —pregunto mientras entro en la cocina en busca de una cerveza, porque algo me dice que voy a necesitarla.

Amelia me sigue y se sienta en el taburete junto a la isla. Yo saco dos cervezas de la nevera. Abre la suya, da un largo trago y la deja con fuerza en la encimera, luego hace una mueca porque lo ha hecho con tanto ímpetu que casi resquebraja la botella.

Me dirige una preciosa sonrisa arrepentida y después recupera su expresión solemne.

—Bueno, para empezar, se acabaron los besos. Aunque esta es obvia.

«Obvia o no, la detesto». Quiero besarla todo el día, todos los días, hasta morirme por falta de oxígeno.

—De acuerdo, sigue. —Dejo la cerveza en la encimera y cruzo los brazos.

Ella observa mis movimientos con una sonrisa íntima, y entonces carraspea.

—También creo que sería mejor que no nos tocáramos para nada. Nunca.

Que haya añadido ese «nunca» es como un puñetazo innecesario tras un combate de boxeo que ya ha terminado. ¿No tocar nunca a Amelia después de saber lo que es tenerla en mis brazos? ¿De saber lo que es oír su suspiro satisfecho en mis labios? Una tortura, eso es lo que será. Pero sé que tiene razón. Es lo que hay que hacer.

—Nada de tocarnos, lo pillo. ¿Deberíamos mantener una distancia mínima? Puedo pasarme por la ferretería y comprar una cinta métrica para cada uno, así la podemos llevar encima.

Amelia entrecierra los ojos, juguetona.

—Pongamos un metro veinte para ir sobre seguro. Y, por último, creo que no tendríamos que pasar más tiempo a solas.

Inspiro con fuerza al oír esta última porque, de algún modo, duele más que las anteriores. Quiero rebatirla, pero no sería justo oponerme a sus normas cuando ella se está esforzando por respetar las mías.

Me llevo la cerveza a los labios, doy un largo trago para aplazar mi respuesta. Sus ojos azules me miran intensamente, como si estuviera impaciente por saber lo que voy a decir. Dejo por fin la cerveza y me preparo.

—Pese a que vi nuestras diferencias desde que la conocí, creía que lo mío con Merritt podía funcionar.

Esta no era, evidentemente, la respuesta que Amelia se esperaba. Abre un poco los ojos, asombrada, y arquea las cejas. Siento ese revuelo en el pecho que siempre precede al momento en que revelo una parte emocional de mí, pero necesito que lo sepa todo.

—Nuestros mundos eran opuestos desde el principio, pero elegí ignorarlo, y eso fue lo que al final acabó con nuestra relación. Ella era una chica de ciudad a la que le iba el estrés y el ajetreo de Nueva York, y a mí me gustaba estar aquí con mi familia, jugar a las cartas los sábados por la noche y conocer el nombre de cada persona con la que me cruzo por la calle. Cuando me declaré a Merritt, ella aceptó, pero me dejó claro que no podría vivir aquí y que tendría que marcharme con ella a Nueva York.

De esos meses en la gran ciudad recuerdo lo mucho que detestaba que mis hombros se rozaran con los de desconocidos en cada esquina. Había demasiada gente. Y mucho trajín. Todo el mundo tenía un propósito. Yo no alcanzaba a entender cómo la vida urbana le daba energías a Merritt. Cómo podía gustarle tanto el metro y pedir un VTC para ir a cualquier parte. Cuanto más tiempo estaba allí, más lo detestaba. Además, el trabajo en el banco no ayudaba. Echaba de menos la amabilidad de mi pueblo, aunque la gente de aquí me vuelva loco.

—En serio, no tienes que explicarme nada, Noah.

—Gracias, pero quiero que sepas por qué no me decido a empezar algo contigo… si quieres saberlo.

—Sí —asiente con la cabeza.

De modo que prosigo:

—Estaba convencido de que nuestros sentimientos compensarían todas las diferencias que había entre Merritt y yo. Pero eso no fue suficiente. Resulta que los dos nos habíamos enamorado de la idea que teníamos del otro y no de quiénes éramos en realidad. —Amelia me mira sin parpadear. Bajo la vista para tomarme un respiro y doy golpecitos en la encimera con los nudillos—. Aun así, pasé un año horroroso allí, sin apenas verla por culpa de su trabajo, y peleándonos la mayor parte del tiempo que pasábamos juntos. Y después, cuando tuve que regresar aquí por lo de mi abuela… Bueno, entonces fue cuando todo estalló y entendí que Merritt y yo no estábamos destinados a estar juntos. Éramos agua y aceite. —Miro de nuevo a Amelia y sacudo la cabeza—. Lo di todo para intentar que las cosas funcionaran, y no puedo volver a hacerlo. Estoy en un punto de mi vida en el que ni siquiera sé si podría hacerlo aunque quisiera.

Por desgracia, mucho de lo que está pasando entre Amelia y yo reproduce cómo fueron las cosas con Merritt: un romance apasionado con una mujer que está de paso y que no planea quedarse. Salvo que a una escala todavía mayor porque Amelia es famosa, además de tener una carrera exigente. Necesita a alguien que se sienta cómodo con una relación a distancia, que pueda dejarlo todo y tomar un avión para ir a verla cuando ella se lo pida. Y por más que quiera, no puedo ser ese hombre. Solo sería un lastre para ella, como lo fui para Merritt.

Nos quedamos un minuto en silencio, hasta que Amelia se levanta y recoge su cerveza.

—Gracias por contármelo. Saber el porqué ayuda. —Y veo que lo dice en serio. Su voz es suave y su sonrisa es tierna. Es tan compresiva que me duele—. Estas normas funcionarán. Vamos a seguirlas, ¿vale?

Le sostengo la mirada y asiento despacio.

Ella se vuelve en dirección a su cuarto, pero se detiene para mirarme una vez más.

—Y... ¿Noah?

—¿Sí?

—Ella no te merecía. Coincido en que a veces los opuestos no pegan ni con cola, como los encurtidos y los *brownies*. —Se estremece de asco, lo que me hace reír—. Pero a veces... pueden mejorarse el uno al otro, como el beicon y el sirope de arce.

Me dirige otra de sus sonrisas de infarto antes de irse a su habitación para el resto de la noche. Yo voy a la mía y trato de leer, aunque no puedo concentrarme porque en lo único que pienso es en lo mucho que me gusta el puñetero beicon con sirope de arce.

«Hola, Noah, soy yo. Amelia. Ja, ja, seguramente ya lo sabías. Te llamo desde la casa de James..., lo que... seguramente sabías también, porque no estoy en tu casa y te estoy dejando este mensaje en el contestador automático. Bueeeeeno. Solo quería decirte que a James le ha parecido que sería divertido invitaros a cenar a ti y a tus hermanas esta noche. Así que voy a pasar aquí el día para ayudarle a preparar la cena. Si ves humo, manda ayuda. Si no ves humo, ven hacia las seis. Tus hermanas ya han confirmado que vendrán. Así queeee, bueno, me quedaré aquí y...». PIIII.

Mis puños están cerrados sobre la encimera, uno a cada lado del contestador automático, y tengo que controlarme para no tirar el aparato por la ventana. ¿Qué coño me pasa? Nunca me había sentido como un gilipollas celoso, pero oír que Amelia y James han pasado todo el día juntos en su granja y que van a organizar una cena como si fueran una pareja consolidada hace que me plantee asesinar a mi mejor amigo. No es justo que James pase todo el tiempo del mundo con Amelia cuando ella y yo tenemos estas nuevas normas.

Puñeteras normas.

Suspiro y me paso las manos por la cara con la esperanza de quitarme de la cabeza estos celos tremebundos. No remiten ni un poquito.

Mi mente, en cambio, se recrea en el beso de ayer porque lo tengo clavado en el alma. Amelia era tan perfecta en mis brazos: dulce y suave, y se aferraba a mí como si me necesitara. Fue un error, claro. Un error de lo más sexy, apasionado, inolvidable. Pero, vamos a ver, ¿qué otra cosa podía ser?

¿Por qué tuvo que ser el mejor beso de mi puñetera vida y lo único en lo que he pensado hoy en el trabajo? Tres veces me he quedado absorto mientras preparaba la masa de una base. Para cuando he vuelto a la realidad en la pastelería, en lugar de estar en el agua con Amelia, se me había derretido la mantequilla y he tenido que volver a empezar. Y encima todo el mundo se ha percatado. Harriet ha venido a comprar un pastel y ha coincidido con Mabel, y se ha liado parda. He confundido un pastel con el otro y, antes de que me diera cuenta, Harriet me estaba haciendo el tercer grado.

—¿Lo ves? ¡No tiene la cabeza en su sitio por culpa de esa mujer! —Harriet lo ha dicho como una acusación.

—Pues claro. El muchacho bebe los vientos por ella, todo el mundo lo ve. ¿Y qué hay de malo en eso? Merece ser feliz —ha respondido Mabel.

Todos están acostumbrados a hablar de mí cuando estoy delante. Rara vez necesitan que yo participe, lo que no me supone ningún problema.

—¿A qué precio? —ha replicado Harriet con el ceño fruncido—. ¡Ya te lo digo yo! Su alma. Esa mujer duerme en su casa y lo tienta de todas las formas posibles.

Mabel se ha mofado con los ojos entornados.

—Deja el alma de Noah en paz, Harriet, y métete en tus asuntos. Creo que te iría bien que te tentaran un poco…, puede que así estuvieras menos amargada.

Pero Harriet no se equivocaba, por lo menos en lo de no tener la cabeza en su sitio. Lo de mi alma todavía no está claro. Y el problema es que ahora mismo debo tener la cabeza en su sitio. Necesito hasta la última pizca de sentido común para no acabar enamorado de Amelia Rose. Salvo que… no. Creo que ya lo estoy.

Estoy ante la puerta principal de James a las 17.58 h. Eso es dos minutos antes de la hora. Y como no puedo dejar que Amelia piense que tenía muchas ganas de verla tras pasar nuestro primer día entero separados, y que me he dado una ducha rapidísima y he cruzado casi a la carrera los jardines delanteros para asegurarme de llegar a las seis, me quedo aquí fuera sin hacer ruido y espero a que mi reloj marque las seis en punto para llamar.

Pero en cuanto levanto la mano, la puerta se abre de golpe. Me recibe la hermosa sonrisa de Amelia. Bueno, su cara primero refleja sorpresa y después sonríe, y a continuación deja de hacerlo, como si dudara. Es una máquina tragaperras de posibles emociones.

—¡Hola! Perdona. No sabía que estabas aquí. Me iba a acercar a tu casa a buscar una sudadera.

Quiere decir «mi» sudadera. No me extrañaría que esa prenda desapareciera cuando se vaya del pueblo.

—Oh. Muy bien… Y yo estaba a punto de llamar. No es que lleve un rato aquí fuera ni nada. —Señalo la puerta, ahora abierta, por si se le ocurre pensar que iba a golpear la pared.

Sonríe otra vez y eso me pierde.

—Sí. Ya me lo he imaginado.

Nos miramos durante un minuto y me cuesta respirar. Me cuesta pensar. Me cuesta no imaginar que la rodeo entre mis brazos y la estrecho contra mi pecho. Le besaría el pelo. La frente. Y seguiría por la sien, la mejilla, la comisura de los labios…

—¿Has tenido un buen día?

—No —suelto deprisa. Y cuando sonríe, rectifico—: Quiero decir, sí.

Ahora está confundida. Y con razón. Nos sumimos en un silencio incómodo. Nunca se me ha dado bien charlar. Mi cerebro no está por la labor. En cambio, me muero por decir lo que estoy pensando: «Estás estupenda. Me gustan tus vaqueros cortos, no te los había visto antes. Tu camiseta de tirantes blanca es lo más. ¿Te ha incordiado hoy tu representante? No quiero que te vayas. Sueño con besarte otra vez. No me fío de mí mismo si me quedo a solas contigo. Y quiero oír todos los detalles de tu día de principio a fin, no te dejes nada». Sé lo que pasaría. Lo soltaría todo y sus ojos brillarían y se iluminarían como siempre que está contenta.

Pero no digo nada porque soy un adicto intentando superar el mono.

—¿Y tú? ¿Cómo te ha ido el día?

—Bien. Me ha ido bien.

—Estupendo.

Los dos asentimos con la cabeza. Somos robots imitando mal a los seres humanos. Solo nos falta hacernos una reverencia el uno al otro. Esto es un desastre. Un beso increíble y ya no sabemos relacionarnos entre nosotros.

—Muy bien, vale, voy corriendo a buscar esa sudadera —dice con alegría.

—De acuerdo.

Me hago a un lado para que pase, pero ella avanza en la misma dirección. Tiene que frenar en seco para no chocarse conmigo. Tras una incómoda risita entre dientes, entro por fin. Por un instante, cuando alza los ojos para mirarme, veo que sus hombros se relajan un poco. Su sonrisa se vuelve autocrítica pero sigue siendo dulce. Es el momento de la película en que ambos nos quitamos la máscara humana y revelamos que somos los robots que hemos sido siempre, atrapados en el papel que nos hemos visto obligados a interpretar.

Cuando pasa junto a mí y sale por la puerta, capto el rastro de su fragancia. Me viene a la mente una imagen de mi mano enredada en su pelo. De su boca explorando ávidamente la mía. De sus piernas rodeando mi cintura. El sabor de sus labios, su cuello, su…

—Bueno, eso ha sido raro.

Me giro y veo que James está plantado en la cocina con una cerveza en la mano; evidentemente, ha visto desarrollarse toda la escena. Gruño y cierro la puerta de golpe con el talón de mi bota.

Quiere que hable de ello, pero no pienso hacerlo. En lugar de eso, entro en la cocina y miro lo que han estado preparando. Sorpresa, sorpresa, es comida de desayuno. Unos huevos revueltos humean en los fogones, hay galletas en el horno, beicon frito en un plato y salsa de carne cociendo a fuego lento en una sartén pequeña. Veo que es una de las viejas sartenes de mi abuela. Se la dio a James una noche, hace años, cuando vino a casa a cenar y le confesó que no tenía ninguna sartén de hierro fundido.

Bloqueo las imágenes que se me vienen de James enseñando a Amelia a preparar salsa de carne campestre en la sartén de hierro de mi abuela. Juro que como la haya rodeado con los brazos para enseñarle a batir la harina con la leche y la grasa de tocino, le daré un puñetazo en la garganta. Jamás he sido violento, pero nunca es demasiado tarde para cambiar.

—Tienes que ver esto —asegura James, ajeno a lo mucho que le odio en este momento.

Se acerca a un plato cubierto con papel de aluminio y antes de que lo destape, sé lo que hay debajo. Me fijo en la altura que tiene y reconozco el olor porque es el mismo que impregna mi casa los últimos días.

Tortitas.

Unas tortitas realmente asquerosas.

Noto que James me observa esperando alguna reacción por mi parte, de modo que mantengo una expresión neutra. Asiento despacio y hago una ligera mueca.

—Tortitas —afirmo.

—¿Eso es todo lo que vas a decir?

—¿Esperabas algo más?

—Quiero que me expliques qué clase de poder tienen las dichosas tortitas sobre ella —responde James dejando la cerveza y cruzando los brazos—. Esa mujer ha trabajado obsesivamente en estas tortitas más de una hora y no me ha dejado que le diera ni una sola indicación. Apenas me ha mirado ni ha respondido a ninguna pregunta mientras las preparaba; se limitaba a probarlas y a disgustarse porque «no saben para nada como las suyas».

Sigue buscando en mi cara alguna señal de reconocimiento, pero no cedo porque estoy practicando. Verás, esto no es nada comparado con lo que pasará cuando lleguen mis entrometidas hermanas. Y si no quiero que nadie descubra lo que pasó ayer en el lago, tengo que mostrarme más estoico que nunca.

Me encojo de hombros y abro su nevera en busca de una cerveza. La encuentro, la abro y resisto el impulso de acercarme para examinar las tortitas de Amelia. Para comprobar si se está acercando a la receta. No parecen tan crujientes como la última vez, por lo que creo que, por lo menos, ha visto que no tiene que poner mantequilla en la sartén cada vez que añade una nueva cantidad de masa.

—Le gustan las tortitas. Eso es todo.

No le cuento a James lo de la lista de Amelia porque, francamente, no quiero que lo sepa. Se ha pasado todo el día con ella, y puede que se haya enterado de cosas que yo no sabré jamás. Esta idea me pone enfermo de celos, así que ahora le voy a ocultar todo lo que puedo por principio.

—¿Le ha gustado la granja? —pregunto en el mismo tono con el que alguien podría preguntar: «¿Te llegaste a quitar ese lunar sospechoso?».

Pero este tío es mi mejor amigo desde que nací. Por mucha cara de póquer que ponga, para él soy transparente.

—Vamos, pregúntamelo, sinvergüenza —suelta riendo entre dientes.

—¿Que te pregunte qué?

—Pregúntame si me gusta —responde levantando un poco el mentón.

—No —suelto, y doy otro trago.

—Pregúntame si ha flirteado conmigo hoy.

Aprieto los dientes y bajo la vista mientras me trago el nudo de la garganta.

—No —repito.

Aúlla de forma melodramática, echando la cabeza hacia atrás para mirar al cielo.

—Eres odioso cuando te pones estoico. No te lo mereces, pero ¿sabes qué? Voy a decírtelo de todos modos porque espero que algún día, cuando esté perdidamente enamorado, otro pobre idiota me saque de dudas.

No sé qué va a decir, pero se me acelera el corazón. Creo que, sin querer, me inclino ligeramente hacia delante. Por suerte, no se da cuenta porque está removiendo la salsa de carne, de lo contrario se habría mofado de mí.

—No me gusta, por dos motivos: uno, soy un excelente amigo y desde el primer día vi que ella te molaba. Y dos, tendría que ser imbécil para competir contigo después de que hoy mencionara tu nombre por lo menos mil veces.

Tengo que presionarme el lado de la mejilla con la lengua para evitar sonreír.

—¿Ha hablado de mí? —quiero saber.

—Sí —contesta James entornando los ojos—. No ha parado de hacer comentarios sobre lo que ella cree que habrías dicho tú respecto a todo. Y de preguntar: que si alguna vez me ayudabas en la granja, que cuánto tiempo hace que te conozco. ¿No le haría esto muchísima gracia a Noah? Absolutamente todo estaba relacionado con Noah Walker. De modo que ahora lo que quiero saber es qué sientes tú por ella, porque empiezo a pensar que ella siente algo por ti.

Doy un trago a mi cerveza y esquivo su pregunta.

—Lleva una semana en el pueblo, no puede sentir nada por mí tan deprisa.

—Chorradas.

—Creo que es problemática.

—Más chorradas.

Suspiro y miro el montón de tortitas.

—Creo que estoy en apuros.

—Bingo. Por fin. ¿O sea que crees que vosotros dos podéis…?

Lo que fuera que James iba a decir queda interrumpido cuando Amelia cruza volando la puerta principal, casi sin aliento, y entra como una exhalación en la cocina.

—¡Se me olvidó sacar las galletas! —Abre la puerta del horno con el pelo ondeando alrededor de sus hombros y las mejillas sonrojadas de la carrera que se ha pegado desde mi casa hasta aquí. Se le iluminan los ojos al verlas—. Salid de ahí, mis galletitas angelicales. Sois demasiado sanas para quemaros como vuestras primas, esas endemoniadas tortitas de ahí —comenta, y vuelve la cabeza para dirigirme una sonrisa pícara—. Y sí, he arruinado otra tanda de tortitas, y no quiero oír pitidos en el gallinero, ¿vale? Puedo actuar en el escenario con tacones de doce centímetros durante tres horas, bailando y cantando a la vez ante miles de personas, pero no puedo preparar una puñetera tanda de tortitas. Es absurdo. No tengo excusa, la verdad. Pero no pasa nada porque ahora sé hacer GALLETAS Y SALSA DE CARNE. —Sonríe de oreja a oreja—. Ahora soy tan campestre que no oigo mi voz en mi cabeza; en ella solo hablan Reese Witherspoon y Dolly Parton.

Sigue parloteando consigo misma como la he visto hacer otras veces, pero en realidad no la estoy escuchando. Me estoy fijando en que lleva puesta mi sudadera. En que a ninguna otra mujer le quedaría como le queda a Amelia. Definitivamente tiene que llevársela con ella cuando se marche. O tendré que quemarla. Celebrar un funeral vikingo y hundirla ardiendo en el lago.

Cuando alzo los ojos, James me está mirando con una sonrisa engreída y se pasa el pulgar de un lado al otro del cuello: «Eres hombre muerto».

30

Amelia

—¡Oh, vamos, no está tan mala! —Apoyo los codos en la mesa y señalo con el tenedor a Madison, sentada al otro lado de la mesa.

Madison se rodea la garganta con una mano y finge arcadas después de probar una de mis tortitas. Pide agua como si llevara treinta y cinco años en el desierto del Sáhara. Cojo una galleta y se la tiro a la cabeza.

Ella recoge la galleta de su regazo y le da un mordisco.

—Las galletas están ricas. Tus tortitas, en cambio, son incomibles —dice con una enorme sonrisa.

—Eso es porque las galletas han salido de una lata —interviene James, sin ganas de ayudar, desde el extremo de la mesa.

Suelto un grito ahogado de indignación fingida y lo fulmino con la mirada.

—¡No puedes menospreciar así mis galletas!

—Detesto hacer estallar tu burbuja, pero en cuanto hemos dado un mordisco a esas galletas, todos sabíamos que no las has hecho tú —asegura Emily con una carcajada.

—¡Qué grosera! Annie, diles que mis tortitas no están tan malas.

La dulce Annie frunce los labios para esbozar una sonrisa de disculpa. No dice nada. Hundo la cabeza entre mis manos, riéndome y notando cómo me sube el calor a la cara. He tomado dos vasos de vino tinto, y el vino siempre me sonroja las mejillas. Bueno, eso y las críticas de la mesa. Pero me encanta. Estamos todos en el porche trasero de James, comiendo y bebiendo. Aquí, rodeada de esta gente, me siento libre y sin ataduras. Llevo todo el día con ganas de cantar, algo que no me pasaba desde hacía mucho tiempo.

El sol se ha puesto hace un rato pintando el cielo de un rosado oscuro y naranja, y ahora las luces cálidas en los extremos del porche cubierto proyectan un brillo adicional a la noche. Más allá de este porche hay cientos de hectáreas de cultivos, graneros e invernaderos. Lo sé porque James me lo ha enseñado todo, y aunque habría preferido pasar el día con Noah, he disfrutado cada segundo de mi nueva amistad con James.

Todavía no me puedo creer que esté aquí, con esta gente que me aprecia lo bastante como para tomarme el pelo. Que no disimula cuando algo me sale mal. Que me deja fallar y se lo pasa bien con ello una y otra vez.

Y la otra razón de tener las mejillas acaloradas está sentada al final de la mesa, a mi derecha. Noah. Apenas puedo pensar en su nombre sin que se me ponga la piel de gallina. El mero hecho de tenerlo cerca después del beso de ayer me provoca tanto calor que podría freír beicon en mi piel. He evitado mirarlo esta noche porque al ver sus ojos verdes seguro que pienso en sus manos tocándome. En su sonrisa. En el sonido de su risa.

Todo el mundo se daría cuenta de que siento algo por él, y sus hermanas se llevarían un disgusto porque estuvimos hablando de ello y comentamos que sería mejor que no me involucrara con él en nada romántico. Pero lo he hecho, y ahora lo único que veo es el rostro abatido de Gregory Peck al final de *Vacaciones en Roma*. ¿Es ese el aspecto que tendrá Noah cuando yo me vaya? A lo mejor estoy siendo presuntuosa. A lo mejor su vida sigue adelante como si nada. A lo mejor para él solo fue un beso y no lo ha dejado hecho polvo y con una sensación de vacío como a mí.

Noto sus ojos puestos en mí y es una agonía no mirarlo. Necesito una excusa para escapar de su mirada, así que dejo mi vaso de vino ya vacío y me levanto.

—James, ¿está afinado ese piano que tienes en la sala de estar? —pregunto.

Siento mariposas en el estómago. Porque llevo todo el día muriéndome de ganas de tocar el piano, desde que he llegado esta mañana y lo he visto. Estoy un poco nerviosa porque es como probar una pierna después de que te quiten la escayola. Cuando me apoye en ella, ¿sentiré ese dolor agudo o se habrá curado?

—Por supuesto —dice feliz.

—¡Estupendo! ¿Quién quiere jugar conmigo?

Diez minutos después, estamos todos apiñados en la sala de estar de James muertos de risa. Al principio, cuando he sugerido un juego musical, se han mostrado escépticos, pero después de contarles en qué consiste, se han apuntado todos.

La cosa va así: una persona sugiere un género (pop de los noventa, grunge, rock, R&B, etc.), otra elige una canción infantil, y entonces uno de nosotros tiene que cantarla en el estilo elegido mientras yo toco el piano. Aprendí este juego cuando fui como invitada al programa *The Tonight Show Starring Jimmy Fallon*, y me lo pasé tan bien que se ha convertido en mi juego preferido cuando estoy en el estudio creando un nuevo álbum y me siento bloqueada. Aunque hacía siglos que no jugaba.

Para mi sorpresa, todo el mundo participa. He empezado yo cantando «Twinkle Little Star» a ritmo de funk de los ochenta. No se lo digas a nadie, pero interpreté las notas de «She's a Bad Mama Jama» y sustituí la letra. Funcionó un poco demasiado bien. James fue el siguiente, que me dejó pasmada con sus dotes al piano, y cantó «Oh Where, Oh Where Has My Little Dog Gone?» como si fuera un blues. Él y yo nos turnamos para tocar el piano cada vez que cantan los demás.

Llevamos alrededor de una hora jugando, y a medida que pasa el tiempo más divertido se vuelve. Hasta Noah canta, poniendo todo su empeño en su versión pop de los noventa de «Hickory Dickory Dock». Al parecer, me equivoqué con Noah. Es un maestro de la diversión, y cuantos más de estos pequeños momentos paso con él, momentos en los que se le marcan las arruguitas de las comisuras de los ojos y luce una enorme sonrisa en los labios, más me enamoro de él.

Esta noche todo es maravilloso. Me sienta bien volver a tocar y cantar por puro placer. Hace que mis dedos ansíen crear algo nuevo. Agotar mi voz y llegar al límite con nuevos *riffs*. Noto que esa luz de mi interior que había empezado a menguar prende con algo más de fuerza. Pienso en mi próxima gira y siento un hormigueo, tengo ganas de volver a la música y a los conciertos.

Pero entonces pienso que tendré que dejar atrás a todas las personas a las que he empezado a querer en este pueblo y se me entristece el corazón. Quiero encontrar el modo de que todo funcione, pero no creo que haya ninguno. Si sigo viniendo de visita o, pongamos por caso, me mudo aquí para siempre después de la gira, al final se sabrá, y eso terminaría con la privacidad del pueblo. No solo se llenaría de paparazis, sino también de fans. Este lugar bonito y tranquilo acabaría patas arriba. No estoy segura de querer hacerles eso.

De repente, necesito descansar del piano y salir del punto de mira, así que me levanto para ir a la cocina. Naturalmente, Noah hace lo mismo y, como en nuestro encontronazo de antes en la puerta principal, nos detenemos uno frente al otro.

—Perdona.

Esa simple palabra salida de su boca me provoca cosquillas por el cuerpo.

—No, perdona tú —digo, muy cerca de su pecho—. Pasa.

—No, tú primero. Yo me he interpuesto en tu camino.

Estamos siendo tan educados que resulta ridículo. Si nos comportamos así en cosas tan insignificantes, ¿cómo vamos a vivir bajo el mismo techo otra semana? Tendremos que hacer turnos. Habrá que hacer una hoja de cálculo y un calendario. Usaré cinta adhesiva de colores para señalar rutas en el suelo y asegurarnos de no cruzarnos nunca más sin querer en el camino del otro.

Cuando me digo a mí misma que soy una cobarde, alzo la mirada. La pasión en sus ojos me envuelve el corazón y noto cómo se me encoge. «Tendrá que poner la cara de Gregory Peck. Yo también le gusto», pienso. Esas tupidas pestañas oscuras estarán bajadas, se alejará con las manos en los bolsillos, y no sé si podré soportarlo.

—¡Oye, oye, oye! —Madison capta nuestra atención.

Noah y yo volvemos la cabeza hacia el grupo. Todos nos están observando con el ceño fruncido. Madison nos señala, mueve el dedo del uno al otro y viceversa.

—¿Qué está pasando?

—¿A qué te refieres? —Quería sonar despreocupada y normal, pero me ha salido como si lo hubiera preparado de antemano.

Las hermanas y James intercambian miradas por encima de la mesa y llegan a una conclusión unánime, silenciosa.

—Os habéis acostado, ¿verdad? —pregunta Emily con brusquedad.

Noah y yo nos atropellamos al hablar.

—¡No! —aseguro, porque no lo hicimos. No lo hemos hecho. ¡No lo haremos!

—Claro que no. —Noah tiene el descaro de sonar imperioso y no balbucea como yo.

—Jamás lo haríamos —digo, enfatizando sin querer la primera palabra.

Noah baja los ojos hacia mí con el ceño fruncido. Sus ojos dicen: «¿Jamás?».

—Pero ¿qué coño os pasa? —dice Madison, y se gira de inmediato hacia Annie, que está a punto de regañarla—. No es momento para tus delicadas sensibilidades, angelito mío.

James sacude la cabeza mientras dirige una sonrisa a Noah.

—Lo sabía. Solo era cuestión de tiempo.

—Basta. —Noah vuelve a ser arisco y gruñón. Como a mí me gusta—. No sabéis nada. No nos hemos enrollado. Aunque eso no es asunto vuestro.

Yo intento que la vergüenza no me haga arder en llamas. Y no ayuda nada que Noah parezca notar mi incomodidad y se acerque más a mí, como si fuera a usar su cuerpo para protegerme de sus miradas sagaces.

—Muy bien, se acabó. Sentaos y nos lo contáis todo, porque está claro que ha pasado algo. —El tono de Emily es el de una madre autoritaria—. No os habéis mirado en toda la noche y apenas habéis hablado, y ese encuentro incómodo, fuera lo que fuese, ha sido la guinda del pastel. Algo habéis hecho.

—Confesad —ordena Madison, y cruza los brazos como el jefe de una banda. Necesita una chaqueta de cuero.

Annie es la única que no parece preocupada.

Noah y yo volvemos a sentarnos, con el gesto culpable de dos niños con los dedos manchados de polvo naranja que aseguran no haber comido Cheetos.

—Nos hemos besado —afirma Noah, tal cual.

Un mar de molares blanquísimos rodea la mesa cuando todas las bocas, incluida la mía, se abren de golpe. Creía que lo negaría. Que seguiríamos como si no hubiera pasado nada el resto de la semana y que yo prepararía nuestros caminos de colores y ahí se acabaría todo. Pero no. Acaba de quitarle la espita a la granada y ha retrocedido para verla explotar.

—¿Os habéis besado? —Emily no parece contenta—. ¡Eso es peor!

—¿Por qué es peor? —pregunta Noah con una arruga en el entrecejo.

—No lo sé, pero no es mejor.

—¿Por qué te importa tanto?

Noah mira a Emily con una intensidad que, por una vez, revela su dinámica fraternal. Emily está al mando casi todo el tiempo, pero Noah es el mayor, y todas recurren a él en busca de consejo. Lleva una gran carga sobre los hombros.

—Se va a ir, Noah. —Es la única explicación que da Emily.

Sus palabras me provocan pequeños pinchazos en los pulmones.

Emily mira a James, esperando claramente que la apoye, pero él sacude la cabeza y baja la vista. Madison pone una mano en el antebrazo de Emily, que se zafa de ella. La alegría de nuestro juego musical ha desaparecido y el ambiente se vuelve denso.

Veo que la conducta de Noah cambia. Sus hombros se inclinan hacia delante, sus ojos son reconfortantes, su sonrisa es tranquilizadora. Pone la mano en la rodilla de Emily.

—No volveré a marcharme, Em —asegura—. Y te prometo que, si alguna vez lo hago, os avisaré con antelación. No como hice la última vez.

En el silencio que sigue a continuación, es como si tuvieran una conversación entre ambos. Emily transige, se ablanda y asiente con la cabeza. No sé muy bien de qué iba la cosa, pero la tirantez del ambiente me dice que era importante. Ahora

Emily parece una mujer a la que se le está pasando poco a poco la borrachera. La vergüenza se le refleja en la cara.

Abandona con elegancia la discusión cuando sale de la sala de estar y regresa con una tortita durísima y fría en un plato. Se sienta, se pone el plato en el regazo y pincha un trocito con el tenedor. Creo que es su forma de disculparse conmigo.

—No es necesario que lo hagas. De verdad, todo está bien. —Y lo digo en serio, porque no obligaría a comerse esas tortitas ni a mi peor enemigo.

Se lleva igualmente el tenedor a la boca, y todos observamos en silencio cómo le da un mordisco. Mastica. Y mastica. Y mastica. Y luego, por fin, se lo traga. Asiente con la cabeza antes de darle un buen trago a su cerveza. Después me mira a los ojos y veo su franqueza, y yo le respondo con una sonrisa. Eso ha sido más que una disculpa, ha sido un compromiso de vida.

Una risita recorre la habitación, y pasado un rato la conversación recupera la normalidad. Los hermanos repasan sus horarios para la semana que viene, y deciden qué días van a visitar cada uno a su abuela. Todos bromeamos y soltamos demasiados tacos, por lo que Annie no para de poner marcas al lado de nuestros nombres para que sepamos cuánto dinero tenemos que pagar al acabar la noche. No me ha consultado si podía añadirme a la lista, lo ha hecho sin más. He echado un vistazo a su libretita y ahí estaba: «Amelia». Con el resto del grupo, y mi corazón ha estallado como un cañón de confeti.

Emily se levanta, recoge las botellas vacías y los platos que hay esparcidos por la sala. El grupo empieza a murmurar lo cansados que están y bla, bla, bla. Me da igual lo cansados que estén, no pueden dejarnos.

—¡Esperad! —Sujeto a Annie por la camiseta para impedir que se levante—. No podéis marcharos todavía. ¡Es temprano!

—Son más de las diez. —Al parecer, ahora Madison es quien controla las horas.

—Pues eso, es temprano. Quedaos. Podemos jugar a otra cosa. Al Monopoly, por ejemplo.

—Y qué más —ríe James—. El Monopoly nos llevaría toda la noche. Algunos tenemos que levantarnos con las vacas por la mañana. Será mejor que os vayáis todos de mi casa ya.

—No te preocupes —me dice Annie con su dulce acento sureño—. Haremos otra cena juntos antes de que dejes el pueblo.

Está malinterpretando totalmente las razones por las que quiero que se queden.

No lo consigo. Se están desperdigando por la habitación como canicas, solo Noah y yo seguimos sentados. Establezco contacto visual con él, lo que es un error. Se le tuerce la sonrisa, con lo que su expresión refleja la misma incomodidad que siento yo. A ambos nos aterra ir a casa y quedarnos a solas. Ninguno de los dos está convencido de que el otro tenga suficiente fuerza de voluntad para no acercarse.

31

Amelia

Después de medianoche, sigo despierta mirando el techo. Noah y yo no nos hemos dicho ni una sola palabra al llegar a casa. Él ha abierto la puerta, ha encendido las luces, y yo me he escabullido hacia mi cuarto como un ratón que huye con el queso. Noah no ha intentado detenerme, por lo que creo que ha sido la decisión correcta.

Para evitar que mi mente divague sobre «y si nosotros…», no dejo de pensar en la imagen de Gregory Peck. Pero, pasado un rato, empieza a molestarme esa cara, por lo que uso un rotulador imaginario para dibujarle un bigotito. La cara de Gregory se transforma entonces en la de Noah, y está sonriendo, porque a Noah, sin duda, ese bigote postizo le haría gracia. Puede que solo lo demostrara a su manera, tan discreta que pasa desapercibida, pero fijo que sonreiría. Y después entornaría los ojos y me prepararía tortitas.

La tristeza me inunda el corazón porque quisiera explorar esta relación con Noah más que nada en el mundo. Quiero seguir mis impulsos. El corazón me dice: «Podría ser algo bueno. Muy bueno». Pero la cabeza me recuerda todas las razones por las que no podemos hacerlo. Por las que Noah no quiere hacerlo.

Me siento igual de bien que una barrita de Snickers atropellada por un camión sobre un pavimento a cuarenta grados. Normalmente, cuando estoy así de triste, me levanto y me pongo una película de Audrey. Ella me envolvería en su reconfortante familiaridad y, al final, me sentiría más animada. Pero la única película que traje conmigo en este viaje es *Vacaciones en Roma*. Por motivos obvios, no me apetece verla ahora mismo. Puede que nunca más. Estoy cabreada con Audrey. Y estoy cabreada conmigo misma por seguir su ejemplo y venir aquí, y por conocer a Noah y sus ojos ariscos, y su maravilloso pueblo, y a sus peculiares y bondadosas hermanas.

Aparto las sábanas de un puntapié en medio de un miniberrinche. Y luego les doy más puntapiés. Y vuelvo a hacerlo. Esta vez añado un ligero movimiento del cuerpo y las desordeno del todo. Me sienta bien permitirme estar enfadada. Cierro los puños y golpeo el colchón porque le estoy encontrando el punto a perder el control y no quiero parar. Se me escapa un pequeño chillido en voz baja parecido al de un cerdo mientras hundo los talones en el revoltijo de sábanas, porque ESTOY CABREADA.

«Cabreada, cabreada, cabreada».

Estoy cabreada porque, en una semana, tendré el coche arreglado y me iré de aquí. Estoy cabreada porque no quiero renunciar a mi carrera. Estoy cabreada porque volveré a mi casa, donde me sentiré sola. Estoy cabreada porque mi madre ya no es mi amiga, y porque mi padre nunca quiso conocerme. Estoy cabreada porque, a lo largo de los años, he dejado que me convirtieran en un robot que complace a la gente y que teme disgustar a cualquiera. Y estoy cabreada porque aquí, en este pueblo, en esta casa, en esta cama, es la primera vez en años que he podido dar rienda suelta a mis sentimientos y ser yo misma sin temer las repercusiones.

Pero, más que nada, estoy cabreada porque me he enamorado de Noah, y jamás podré compartir mi vida con él.

Como si la tierra estuviera enfadada conmigo, un sonoro trueno zarandea la casa. Quiero gritar y dar puñetazos al aire porque necesito estar furiosa un minuto. Empieza a caer sobre la casa lo que parece un diluvio y se levanta un fuerte viento. Creo que debo ser la siguiente mala de Marvel porque está claro que mi actitud ha desatado todo esto. Se me ocurre que podría ponerme de pie sobre la cama, extender los brazos y dejar que la tormenta se apodere de mí mientras me carcajeo sonoramente con los dedos flexionados.

En lugar de eso, me echo a llorar.

Es la clase de llanto que contienes todo el tiempo que puedes, fingiendo que no hay motivos aunque los tienes delante de las narices. Y entonces, un día, tus emociones se quiebran, y la rabia se transforma en lágrimas frustradas que no remiten hasta que has empapado la almohada. No hay nada que hacer, ninguna respuesta mágica ni ninguna conclusión trascendental que encontrar. Lo único que me queda es rodearme el abdomen con las manos y dejar que mi cuerpo se libere de todo este sufrimiento hasta que ya no duela tanto.

Oigo que llaman a la puerta y me incorporo con los ojos hinchados y las mejillas llenas de lágrimas.

—¿Noah?

La puerta se abre y está ahí, en la penumbra. El corazón me martillea como loco en el pecho y, cuando un rayo ilumina el cielo, llenando el cuarto de una luz brillante durante una fracción de segundo, veo la agonía en su semblante. No es una cita sexual nocturna. Algo anda mal. Me seco las lágrimas con el dorso de la mano.

Sin decir nada, se acerca a mi cama y, cuando mira el revoltijo de las sábanas, me da mucha vergüenza.

—He tenido un berrinche —digo con sinceridad, porque no puedo ser de otra forma con Noah.

Asiente con la cabeza, todavía con ese doloroso ceño fruncido. Sus ojos se desplazan hacia mí y yo, instintivamente, alargo el brazo y le tomo la mano. El dobladillo de la manga de su pijama me roza los nudillos. Noah está en mi dormitorio, en mitad de la noche, con uno de sus pijamas. Es el nivel diez de vulnerabilidad para él. Ve que he estado llorando, pero no me pregunta qué me pasa. Creo que ya lo sabe. En lugar de eso, me acaricia el pómulo con el pulgar y atrapa otra lágrima.

—¿Puedo dormir contigo esta noche? Solo… dormir.

Por cómo lo dice, sé que habla en serio.

—Sí —respondo sin dudarlo ni un instante.

Noah desenreda las sábanas y las estira junto con el edredón antes de meterse en la cama. El colchón se hunde bajo su peso, y no tendría que tragar saliva con fuerza por ese pequeño acto, pero lo hago.

Una vez está bajo las sábanas, los dos tenemos la cabeza sobre la almohada y miramos al techo. Otro relámpago ilumina la habitación y el viento golpea la ventana. Parece que la tormenta va a más. Noah se pone de lado para mirarme, me pasa un brazo por encima del abdomen y tira de mí hacia él de modo que mi espalda se pega a su pecho. Me sujeta con fuerza. Como haría alguien si estuviera flotando en el mar a punto de morirse y encontrara milagrosamente algo que lo mantuviera a flote.

Percibo un dolor cálido en el estómago. Siento su cuerpo fuerte y firme contra el mío. Huele bien, a limpio. Y noto su respiración en mi cuello, donde me sopla el vello y me aturde.

Le oigo inspirar hondo.

—No… no me gustan las tormentas. —Hace una pausa, y me pregunto si piensa que voy a reírme. Me enfrentaría a cualquiera que se atreva a reírse de este hombre—. Estoy aterrado, de hecho.

Parece conmocionado, así que rodeo con la mano el antebrazo que me sujeta con tanta fuerza contra él.

—Todos… Bueno, después de la muerte de mis padres, no he podido dormir cuando hay tormenta. Normalmente me levanto y camino de un lado para otro hasta que amaina. A veces leo obsesivamente las noticias. Llamo a mis hermanas cuando ha acabado para asegurarme de que están bien. Es una reacción absurda porque yo ni siquiera estaba ahí cuando pasó lo de mis padres.

Otra pausa, y espero.

—A mis hermanas no les asustan tanto las tormentas como a mí, pero cada una tiene sus cosas. Como lo de antes, el disgusto de Emily no tenía que ver contigo. En realidad, era porque tiene miedo de que la abandonen. Y la última vez que tuve una relación hice las maletas y me largué a Nueva York sin avisar a nadie, y no regresé en un año. Tiene miedo de que eso vuelva a pasar, y yo, cada vez que hay tormenta, tengo miedo de que se lleve otra vez a alguien a quien quiero.

Las palabras parecen insuficientes. Lo que me ha contado es tan personal que ha sido como verlo sangrar por una herida. Quiero encontrar la forma de transmitirle lo mucho que comparto su dolor. Pero como no puedo, me limito a tomarle la mano y me la llevo a los labios para besarle la palma. Noto que su pecho se hincha y suelta un suave murmullo, y cuando mis labios se despegan de su mano, Noah me aprieta más contra él. No quiero que deje de rodearme con su cuerpo nunca. Encajamos a la perfección, y no es solo porque nuestros pijamas vayan a juego.

Tras otro relámpago, un sonoro trueno sacude la casa.

—Di algo para distraerme —suplica Noah, y noto lo rápido que le late el corazón.

No tiene por qué sujetarme con tanta fuerza, yo me apretujaría contra él aunque no lo hiciera. Puede que no se dé cuenta, pero no va a librarse de mí ahora. Le recorro el brazo arriba y abajo con los dedos, y su fino vello me hace cosquillas en las puntas. No estoy segura de haberme sentido así de cómoda con nadie.

—Tus hermanas ya lo saben, pero estoy obsesionada con Audrey Hepburn.

Ya está, he soltado mi verdad, y no sé por qué me pone de los nervios decírsela. Pero es así. Mi confesión es un pinchazo en el dedo comparado con su operación a corazón abierto.

—¿La actriz? —pregunta.

Me alegra que sepa quién es, a diferencia de sus hermanas.

—Sí. La actriz. —Un trueno retumba a nuestro alrededor y las paredes tiemblan. Noah me sigue sujetando con la misma fuerza—. Mi madre y yo solíamos ver juntas sus películas. Era algo nuestro. Pero cuando me hice famosa, nos distanciamos, y ahora me siento tan alejada de ella que no sé por dónde empezar para recuperar esa relación. —Me detengo un momento, acabo de darme cuenta de que quiero recuperar a mi madre. Lo que pasa es que no sé cómo hacerlo—. En cualquier caso, yo he seguido recurriendo a Audrey Hepburn cuando he necesitado un abrazo o un consejo. Por eso estoy aquí, en este pueblo, contigo, de hecho. —Suena más descabellado de lo que creía cuando lo digo en voz alta—. Jugué al pito, pito, gorgorito con sus películas y le tocó a *Vacaciones en Roma*, y lo entendí como una señal de que tenía que escapar a Roma, igual que el personaje de Audrey, porque me sentía asustada y desesperada. Pero como Italia estaba demasiado lejos para ir en coche…

—Viniste aquí.

—Exacto. Solo que no contaba con que iba a conocerte… y ahora tú eres Gregory Peck y ni siquiera lo sabes.

Noah me besa la cabeza como si no acabara de decir una tontería.

—Me gusta Gregory Peck. Es un hombre con clase —comenta.

—Solo tú te fijarías en eso.

Me giro y me quedo mirando los botones de su pijama. Estoy a punto de echarme a llorar otra vez, así que me distraigo contando los botones.

Apoya la palma de su mano en mi pómulo y extiende los dedos hacia mi pelo.

—Te he estado mintiendo... —anuncia.

Interrumpo el recuento de botones en el número cinco.

—¿Eres Joe-El-Asesino-En-Serie-Rústico?

—Tienes muchos apodos para mí, ¿verdad?

—Más de los que te imaginas.

Me pasa la mano por el pelo y continúa:

—Quiero tener algo contigo. Lo he deseado desde que te vi por primera vez. Y tú no eres la única que siente algo. —Se me para el corazón—. Pero todavía no estoy preparado para una relación. No sé cómo podría funcionar, porque no voy a dejar a mi familia hasta que mi abuela... Bueno, sea como sea, no puedo irme. Y tú no puedes quedarte.

—¿Y si...?

Sabe lo que voy a decir. Me interrumpe con delicadeza mientras me acaricia la mandíbula, como si quisiera suavizar el golpe que van a suponer sus palabras:

—No puedo tener una relación a distancia, Amelia. —No soporto lo tajante que suena su voz. Como si ya se lo hubiera planteado cien veces y no encontrara una solución adecuada—. Cuando volví a casa por lo de mi abuela y Merritt se quedó en Nueva York, le dije que regresaría cuando lo tuviera todo arreglado aquí. Pero un mes más tarde, recibí un mensaje suyo que estaba claro que iba dirigido al compañero de trabajo con el que al parecer llevaba engañándome desde hacía varios meses. Era un mensaje incriminatorio cuando menos, y he tenido problemas importantes de confianza desde entonces. No creo que otra relación a distancia sea la mejor forma de volver a salir con alguien.

Una parte de mí quiere rogar y suplicar. Me pasaría toda la noche convenciéndolo con una presentación en PowerPoint de que yo nunca, y cuando digo nunca es nunca, lo engañaría. Pero me quedo callada, porque no quiero forzar, persuadir ni manipular a Noah para que haga algo con lo que no se sienta cómodo. Ya ha sufrido bastante, y no lo culpo por querer evitar cualquier posibilidad que le haga pasar por eso otra vez.

Además, es posible que le fuese mejor si saliera con una mujer normal y corriente, que pudiera echar raíces aquí. Trabajaría en The Pie Shop con él. Tendrían un huerto. A ella seguramente le encantaría pescar. Y, sobre todo, no tendría que viajar por todo el mundo los próximos nueve meses. Noah se merece un buen final feliz, y yo no lo conozco desde hace tanto como para estar segura de poder dárselo. Es una apuesta demasiado arriesgada cuando está en juego el corazón de alguien.

—Si las cosas fueran distintas... —empieza a decir—. Si no fueras famosa y yo no tuviera que...

—Tranquilo, Noah. Lo entiendo. De veras. —Vuelvo a contar sus botones porque las lágrimas suponen una amenaza inminente—. Tienes ocho, por cierto. Ocho botones.

Sus dedos siguen recorriendo lánguidamente mi cara, mi cabello, mi cuello y mi brazo, y vuelta a empezar. Me toca como si fuera valiosa para él. Y eso me causa más dolor.

—Di algo para distraerme. —Ahora soy yo quien se lo pide.

Sus dedos se detienen un momento antes de repetir el mismo patrón.

—Copié en un examen de biología en la secundaria. James me dejó ver el suyo. —Me echo a reír. Él también lo hace después de soltar el aire de forma teatral—. Sienta bien desahogarse.

Me hago un ovillo frente a él.

—Yo maté sin querer a mi pececito de colores —confieso, lo que hace que Noah se ría ruidosamente, con ganas. Le pellizco con suavidad el brazo—. ¡No te rías! Me sentí fatal. Empecé mi última gira y se me olvidó pedirle a alguien que le diera de comer. Cuando volví a casa, flotaba panza arriba. Esa imagen todavía me persigue.

—Recuérdame que nunca te deje tener un perro. —La mano de Noah se desliza por mi espalda para descansar en mi zona lumbar. Me abraza y acerca la cara para susurrarme su siguiente confesión al oído—: Estoy enamorado de tu voz.

«Enamorado». Vaya. Esa palabra adopta vida propia y late entre nosotros. Sé que no hace mucho que nos conocemos, y me duele que no tengamos ocasión de conocernos más, porque creo que me he enamorado de Noah.

—Ya, pero no lo bastante como para tener alguno de mis discos… —bromeo, porque necesito aligerar el ambiente creado entre nosotros.

—Es mejor así. Imagina lo que habrías flipado si al poner el CD de mi camioneta hubiera sonado una de las tuyas.

—Me habría sentido halagada.

—Mentirosa.

Arrimo mi cara a su cuello sin ningún pudor. Porque, de algún modo, sé que en esta oscuridad todo está permitido. Puedo hacer la locura que quiera. Podría resoplarle en la piel si quisiera, y él sonreiría.

—Eres el único hombre que no me importaría que estuviera obsesionado conmigo.

—Lo siento —dice, y hace una pequeña pausa—. Me reservo las obsesiones para las flores, Pop-Tart.

«Las Pop-Tarts me gustan», dijo ese día en The Pie Shop.

Y allá va. Mi corazón agarra un montón de globos y se levanta del suelo. Hacia el cielo que se va. Se oye otro trueno, pero esta vez Noah no parece darse cuenta. Está entretenido con mi pelo y con la curva de mi oreja.

—Amelia… —dice de esa forma que me indica que tiene la cabeza exactamente en el mismo lugar que yo. No deja de explorar el «y si…», y de buscar opciones que no existen—. Me gustaría dejar que pasase, pero no creo que aguantara bien que te vayas nueve meses seguidos.

Casi le digo que en realidad serían tres meses seguidos, porque tengo pequeñas pausas aquí y allá. Yo podría venir aquí, y él visitarme durante la gira. Pero algo me dice que eso da igual.

—Noah, no es necesario que me des más explicaciones. Lo comprendo, de verdad. Sé de dónde vienes, y es difícil salir con alguien famoso. Por eso las relaciones no duran demasiado en mi círculo. Lo pillo. Y no querría ponerte en esa posición.

Suelta una carcajada, pero parece más autocrítica que otra cosa.

—Esto sería mucho más fácil si fueras egoísta e irritante. ¿Podrías ser más terrible a partir de ahora?

—Lo intentaré.

Una lágrima que se había estado aferrando a mis pestañas me resbala por la mejilla. Eso es más doloroso de lo que debería. Es un asco ser madura y tener que pensar las cosas antes de lanzarse y no cuando ya ha pasado todo. ¿Por qué he tenido que enamorarme de alguien cuyo mundo está en un eje diferente al mío?

—¿Y qué hacemos ahora? —pregunto con la mejilla pegada al suave algodón de su chaqueta, que absorbe las lágrimas que desearía de corazón no estar derramando.

—No lo sé —responde con sinceridad, y sigue jugueteando con mi pelo. Enrollándolo alrededor de sus dedos. Soltándolo y volviendo a enrollarlo después, como si por fin hiciera lo que llevaba días deseando—. ¿Qué pasa al final de *Vacaciones en Roma*?

La cara de Gregory Peck me viene de nuevo a la mente.

—Audrey…, la princesa Ana, se va y retoma su vida. Y Gregory Peck, Joe Bradley, sigue con la suya.

Noto que sus dedos presionan mi espalda. No es un gesto de esperanza, es de desesperación.

—¿Y antes de eso? —insiste.

Me río con tristeza cuando pienso en Audrey y Gregory comiendo helado, montando en una Vespa, recorriendo Roma.

—Se lo pasan bien juntos.

Noah apoya sus labios en mi frente, y respira hondo antes de apartarlos.

—¿Por qué no lo hacemos nosotros también? ¿Es eso demasiado egoísta? ¿Y si nos olvidáramos de todas nuestras normas y…?

—¿Disfrutáramos el tiempo que tenemos? Podría funcionar si gestionamos las expectativas desde el principio —termino la frase por él, esperando con demasiadas ganas que esto fuera lo que él iba a sugerir.

Tengo claro que si hay una opción que me permita aferrarme a Noah como si me fuera la vida en ello, y guardar egoístamente en mi memoria todos los recuerdos que pueda con él, lo haré. Porque estoy convencida de que una aventura temporal con Noah sería mejor que un año entero con otro hombre.

Suspira tras una pausa pensativa.

—Sí. ¿Es una idea terrible?

Sus dedos ya están recorriendo mi clavícula. Su contacto me desarma.

—Sin lugar a dudas. —Me esfuerzo por respirar—. Y muy melodramática. Pero yo me apunto si tú también.

Se inclina y me besa ese lugar delicado del cuello, justo detrás de la oreja.

—Sí. Me encanta el melodrama. Puedes llamarme señor Melodrama a partir de ahora.

Suelto una carcajada y le doy un empujoncito. Sus hombros tocan el colchón y entonces me coloco a horcajadas encima de él, y de pronto me siento (como las protagonistas de mis novelas románticas de Regencia, de las que Noah no tiene ni una) muy lasciva.

—No te metas en mis apodos —digo respondona—. En eso mando yo. Y el de Hombre Clásico te queda de lujo. Mírate, aquí acostado, con el pijama abrochado hasta arriba. —Mis dedos saltan de botón en botón como una piedra que rebota en el agua.

Apenas puedo verlo en la penumbra, pero noto su sonrisa. Me sujeta suavemente los muslos con las manos.

—Es de dos piezas. ¿No te gusta la chaqueta?

—Me gusta más lo que hay debajo. ¿Puedo? —pregunto con las manos suspendidas sobre el primer botón. Me tiemblan los dedos, lo que revela que estoy muy nerviosa bajo esta fachada fría y compuesta.

—Adelante.

«Luz verde».

El corazón me late dolorosamente cuando desabrocho el primer botón con un sonoro pop. Recorro esa franja de su pecho y mi dedo arde con su calor. Con cada botón, los nervios se me agarran al estómago y se me acelera el corazón. El pulso me golpea como un martillo neumático. Me peleo con el cuarto botón, y creo que se ha quedado enganchado en un hilo porque no sale. Tiro un poco de él. Respiro deprisa. Tiro un poco más sin éxito. Mis movimientos son bruscos y torpes.

Noah me cubre la mano con la suya mientras ríe entre dientes.

—Estás temblando.

—Sí, y es poco caballeroso que me lo señales. —Y encima se me entrecorta la voz al hablar.

—¿Es esto demasiado? ¿Quieres parar?

Tiene mis manos entre las suyas. No las suelta, aunque tampoco es que yo quiera liberarlas.

—No, no quiero parar. Es que... —Suspiro y me dejo caer hasta apoyar la frente en su pecho—. En el pasado, por lo visto no he cumplido ciertas expectativas. Como soy... famosa y todo eso, los chicos pensaban que en la cama sería una cosa y se han decepcionado al descubrir que no era así. —Hago una mueca cuando siento que me invade la vergüenza—. No sé. A veces eso me raya bastante.

Noah ronronea para indicarme que me comprende, de un modo tan profundo que noto la reverberación en su pecho a través de mi cráneo. Me empuja suavemente para dejarme otra vez erguida y, después, arranca sin piedad el hilo que está enganchado al botón antes de terminar de desabrochar los demás por mí. Se incorpora y nuestros pechos se tocan mientras sigo rodeándolo con las piernas, y se quita la chaqueta del pijama. «Ah, piel». La piel de Noah. Es perfecta bajo las puntas de mis dedos.

Me sujeta la mandíbula, y noto la intensidad de sus ojos. Creo que Noah puede ver a través de mí.

—Para mí, tú eres Amelia. La que prepara unas tortitas asquerosas y tiene una sonrisa que rivaliza con el sol. Tú eres lo único que quiero.

Ya está. Ya me siento segura.

Le doy un beso en los labios antes de apartarme. Paso las manos por sus anchos hombros, sus brazos, su firme tórax y sus labios. Deslizo los dedos hacia arriba para recorrer las líneas de su sonrisa. Voy a memorizar a Noah, aunque sea lo último que haga. Llevaré el tacto de su sonrisa en el bolsillo lo que me queda de vida.

Con un movimiento fluido, Noah me hace girar y se sitúa encima de mí. Su peso sobre mi cuerpo es abrumador. Euforia.

Deleite. Por fin, tras ir a la deriva todo este tiempo, he llegado a puerto, y en algún recoveco de mi mente me doy cuenta de que sus manos son las únicas que quiero que toquen mi cuerpo el resto de mis días.

Los labios de Noah acarician los míos, dándome besos exquisitos, rebosantes de placer. Sus grandes manos recorren con suavidad cada centímetro de mi cuerpo con confianza y con calma hasta que mi pulso vuelve a ser lánguido y mis extremidades se derriten. Me susurra en la piel, y me siento mimada y abrazada como si fuera su verdadero amor. «Quiero esto para siempre», pienso.

Fuera, la tormenta sigue bramando, pero ninguno se da cuenta. Durante el resto de la noche, nos perdemos juntos y Noah me demuestra que soy todo lo que quiere.

32

Noah

—¿Preparada? —pregunto a Amelia cuando rodeamos la camioneta y nos quedamos parados hombro con hombro, de cara al pueblo.

Hoy lleva unos pantalones pirata a cuadros muy ajustados y una camiseta blanca de tirantes metida por dentro (que he tenido la suerte de ver cómo deslizaba bajo la cinturilla esta mañana). Su larga trenza cuelga por delante de su hombro, y la camiseta se pega a sus suaves curvas como una segunda piel. Tengo que meterme las manos en los bolsillos para no tocar todo su cuerpo aquí, a plena luz del día.

—¿Tendría que estar preocupada o algo?

El tono de su voz, sumado al escepticismo de su mirada, me indica que cree que este pueblo es inocente e inofensivo. «¡Qué ingenua!».

La sujeto por la barbilla para que me mire a mí en lugar de al pueblo. Tiene unas tenues sombras color carbón bajo los ojos que me hacen sonreír, porque yo he contribuido a que le salgan. Pero no puedo seguir pensando en lo que pasó anoche. Ya tengo demasiado deseo residual y me cuesta contenerlo. Esta mañana, después de darnos una ducha (juntos, una caricia aquí y otra allá, un guiño aquí y otro allá), nos hemos tomado un café en el porche mientras leíamos cada uno nuestro libro hasta que la hora de venir a trabajar. Naturalmente, ha intentado que le leyera en voz alta algo del mío, pero me he negado porque me divierte ver a Amelia haciendo pucheros. Además, he flaqueado en todos mis propósitos relativos a ella, y quería conservar por lo menos ese.

—Jamás subestimes la capacidad de este pueblo para husmear un cotilleo.

—¿Qué quiere decir eso? —pregunta con los ojos muy abiertos.

—Quiere decir que todos nos estarán esperando. Perciben que ha ocurrido algo entre nosotros.

Me mira con una expresión de pura diversión. Está segura de que exagero.

—Creo que tienes que salir más de este pueblo. —Me da unos golpecitos en la visera de la gorra—. Te está afectando a la cabeza.

Engancho su dedo con el mío y lo bajo antes de entrelazar mis dedos con los suyos. Me siento increíblemente bien. Nunca había sentido esto con nadie. Nunca he querido ir de la mano con una mujer porque sí. No me había dado cuenta de que era un gesto cariñoso hasta que conocí a Amelia, y ahora solo quiero abrazarla, acurrucarme con ella, besarla y tocarla. Apenas me reconozco.

—Puede que tengas razón. —Quizá sea una excusa y culpe a este absurdo pueblo de demasiadas cosas—. Ahora borra esa sonrisa luminosa y pon cara de ser menos accesible —indico cuando empezamos a caminar hacia la ferretería.

—¿Así?

Su sonrisa se transforma en la mueca triste de un payaso. Es tan exagerado que resulta aterrador.

—Perfecto.

Cuando nos acercamos a la ferretería, Phil y Todd están fuera, tal como esperaba. Uno de ellos barre mientras el otro escribe con tiza: «¡MARTILLOS AL 50 %!».

—A mí me parece bastante inofensivo —asegura Amelia con un deje descarado en la voz.

Sonrío y seguimos andando.

Phil deja de barrer, levanta la vista y su mirada se clava en nuestras manos entrelazadas. Prácticamente chisporrotea de entusiasmo.

—Vaya, buenos días, pareja. Hace muy buen día, ¿verdad?

—Excelente —respondo con sarcasmo, y acelero el paso.

—Más despacio —me pide Amelia en un susurro—. Hoy no me he puesto el calzado adecuado para correr una maratón.

Se me ocurre levantarla del suelo y cargármela al hombro para avanzar más deprisa. Se da cuenta de que me lo estoy planteando cuando mi mirada la recorre de la cabeza a los pies.

—Ni se te ocurra —me advierte.

Phil se pone en medio de la acera para obstaculizarnos el paso.

—Ah, sí. «Excelente» es la palabra exacta. El sol... es... —A medida que nos acercamos, más frenética se vuelve la conversación de Phil. Y entonces, justo cuando pasamos ante él, sostiene la escoba a modo de barrera—. Alto, quietos ahí, jovenzuelos. Hablemos un poco. ¡Vamos a darle a la lengua! ¿Qué hay de nuevo?

Amelia llena sus ingenuos pulmones de aire para soltar un cotilleo que convertirá mi vida en un infierno, de modo que me adelanto antes de que hable.

—Pues estaba pensando en añadir un nuevo pastel a mi carta.

Por la expresión de Phil, está claro que no es la información que esperaba, pero no se queda indiferente. Arquea una ceja poblada.

—Oh —suelta—. ¿Cómo será?

—Creo que te gustará. Se llama «Métete en tus cosas y no me toques los huevos».

Amelia contiene una carcajada, aunque está un poco escandalizada. La cara de Phil adopta cierto aire de reprimenda. Levanto el mango de la escoba como si fuera la puerta de un garaje y le indico a Amelia que pase por debajo, delante de mí.

—Pero… Pero… —farfulla Phil detrás de nosotros, intentando detenernos—. ¡Esperad! ¿Habéis visto los descuentos que estamos ofreciendo? ¡Díselo, Todd!

Pobre Todd. Le tiembla un poco la voz.

—¡Así es! Tenemos una oferta. Y muy buena. ¡De martillos!

Amelia me mira y sus ojos de cachorrillo me dicen que está flaqueando.

—Tengo que ir a comprar un martillo. Tengo que hacerlo, Noah. Escúchalos.

Le sujeto la mano con firmeza.

—Sé fuerte. Esto no es nada.

Levanta el mentón y sigue andando, pero no parece nada contenta. Justo antes de llegar a la siguiente tienda, giro de repente y cruzamos la calle.

—¿Qué estamos haciendo? —quiere saber, casi sin aliento.

El impulso de cargármela al hombro resurge en mí.

—Evitando a Harriet.

—¿Por qué?

—Porque la temo, por eso, y no parará de hablar de tu estanque.

—¿Mi es…? Da igual. No quiero saberlo.

—Mejor así —digo cuando pasamos bajo el toldo de otra tienda. Se abre la puerta y oigo el tintineo alegre de la campanilla—. Mierda —mascullo—. Camina más deprisa.

—¡NOAH! —Oh, no. Es Gemma.

Amelia gira la cabeza para mirar hacia atrás, pero pego mi hombro al de ella para que no pueda hacerlo.

—No mires atrás. Te atrapará con la mirada —le advierto.

Gemma alza la voz:

—¡NOAH WALKER, SÉ QUE ME OYES!

—¿Quién es? —susurra Amelia.

—Gemma.

—Hay tantos cotillas en este pueblo que me cuesta recordarlos a todos —comenta soltando el aire.

—Lleva la tienda de edredones. Pero está compinchada con Harriet, así que no puedes confiar en ella.

—No puedes ignorarla así, Noah. Es de mala educación.

—Más tarde le enviaré un pastel gratis. Lo superará.

Amelia pasa su brazo por debajo del mío cuando cruzamos otra vez la calle para llegar a la pastelería.

—Hay que ver lo arisco y gruñón que eres —dice con dulzura mientras pega la cara a mi brazo.

Saco la llave y abro la puerta de la pastelería para empezar a trabajar como de costumbre. Doy las luces. Bajo los taburetes de la mesa. Voy a la parte trasera y enciendo los hornos. Y después, cuando me doy cuenta de que Amelia no está conmigo, echo un vistazo y la veo de pie en la parte delantera, en medio de la tienda, y parece alterada. Tiene la mirada aturdida y noto que las emociones se arremolinan a su alrededor.

—¿Amelia? —pregunto con cautela.

—No quiero regresar —suelta, y me mira de repente—. Quiero vivir aquí. Se acabó la vida de famosa para mí. Cancelaré la gira. Dejo la música.

33

Amelia

Noah se acerca hasta que estamos a un metro de distancia. Se detiene y cruza los brazos, y veo cómo se estira la tela de su camiseta a la altura de sus hombros. Tiene un aspecto de lo más severo. Su Postura Arisca.

Lo cierto es que no voy a dejarlo todo y él lo sabe. No podría cancelar la gira aunque quisiera. Los contratos me tienen atada de pies y manos. Pero estoy sintiendo. Estoy sintiendo tanto y con tanta fuerza que no puedo manejarlo. Me encanta estar aquí con Noah. Me encanta recorrer este pueblo y descubrir los rasgos de su carácter. No me puedo creer que tenga que irme. Y como ahora no tiene sentido que me eche a llorar y es inevitable que la vida real cada vez esté más cerca, tengo que pelearme con Noah. Porque sé que me dejará hacerlo, y eso ayudará.

Entrecierra un poco los ojos y me escudriña el alma.

—Repite eso —dice en un tono gélido que me provoca escalofríos por todo el cuerpo—. Tengo que verte la cara mientras lo dices.

Dedico un momento a prepararme para sacar el máximo partido a mis habilidades para mentir y así pasar su examen. Necesito que piense que hablo en serio. «Pelea conmigo, Noah. Distráeme de estos sentimientos». Levanto el mentón.

—He dicho que dejo la música. —Por desgracia, la última palabra me ha delatado. Me ha temblado la voz. También es probable que no ayude que esta mañana, mientras estaba en la cama con Noah, le haya cantado las estrofas en las que he estado trabajando estos últimos días ni que le haya confesado que estaba entusiasmada con ellas.

Algo centellea en los ojos verdes de Noah. Ya sabe que soy un poco mentirosilla y ha aprendido a reconocer las señales cuando miento.

—No puedes dejarlo. No lo permitiré —asegura con aspereza, en modo discusión.

Bien, me está siguiendo el juego, aunque le está dando un nuevo giro. Un giro apasionado, a juzgar por cómo se mueve ligerísimamente la comisura de su boca malhumorada. «Quieres jugar, juguemos», dice su atractiva cara gruñona.

—Puedo hacerlo si quiero —replico desafiante, y doy un paso hacia él. Con cualquier otra persona soy amable y comedida; soy Audrey. «Educada, educada, educada». Pero con Noah digo lo que pienso. No me da miedo parecer tonta. Pelear, discutir y ponerme difícil. Exploro con la mirada The Pie Shop—. De hecho, creo que trabajaré aquí... contigo —añado.

—No necesito contratar a nadie. —Hace una pausa—. Además, he visto tus dotes pasteleras.

—Eso es solo porque te niegas a enseñarme. Pero puedo aprender.

Noah avanza, y a medida que la distancia que nos separa se va acortando, un calor abrasador chisporrotea entre nosotros.

—Va a ser que no. No voy a permitir que trabajes aquí.

—¡Ja! —Alzo el mentón—. Soy Rae Rose. He creado un imperio musical y tengo un grupo de fans entregados que arriesgarían su vida si yo se lo pidiera. Será mejor que no intentes impedírmelo. —Ojalá estuviera tan segura de mí misma.

— 317 —

—Si lo dejas, no volveré a hablarte en la vida.

Esto me hace sonreír.

—¿En serio? —digo.

—Sí.

—¿Crees que podrás aguantar?

Gruñe una respuesta afirmativa, pero sus actos cuentan una historia diferente. De algún modo tiene las manos en mi cintura y me ha hecho retroceder despacio hasta que estoy lo bastante cerca como para que me levante y me deje sentada en la barra. En ese instante me vienen a la cabeza imágenes de ayer por la noche y el corazón me martillea las costillas.

—Sin problema.

Se le ve muy chulo con la gorra proyectando una sombra sobre sus ojos. Amenazador e imponente. Se la quito, con lo que su cara se inunda de luz, y le paso la mano por el pelo alborotado. Está revuelto y perfecto. A punto de necesitar un corte de pelo, pero todavía no.

—Entonces, digamos que lo dejo y me quedo a vivir aquí. Estoy en casa de tus hermanas preparando tortitas y tú estás delante. Ves que alargo la mano hacia la sal en lugar del azúcar y la acerco al cuenco con la mezcla. ¿Seguirías sin decirme nada?

Su boca adopta una expresión sarcástica. «La hora de los aficionados», dicen sus ojos.

—Como no me como tus tortitas, no me afecta.

En primer lugar, es una grosería. En segundo lugar, no quiero dejar de jugar con Noah jamás.

—Muy bien. Subiré la apuesta entonces. —Deslizo mis manos por su pecho, le cojo del cuello y tiro de él para situarlo entre mis piernas mientras jugueteo un poco con el vello de su nuca. Él hunde con fuerza las puntas de los dedos en mis caderas—. Estoy cruzando la calle y no veo que viene un coche. ¿Seguirías sin decirme nada?

—Eso no es justo —comenta sin apartar los ojos de mis labios.

—No intento jugar limpio.

—Y yo intento no ser la razón por la que renuncies a tus sueños.

Zasca. La verdad cae entre nosotros y arruina el juego.

Se produce un breve silencio, en el que solo habla la tensión de nuestros cuerpos, y nuestros dedos dicen palabras que nuestras bocas jamás dirán. Me aferro más a su cuello. Él me agarra las caderas y tira de mí para acercarlas a las suyas.

Y entonces, como sabe que necesito que me relaje, sonríe ligeramente y añade:

—¿Tan pronto te das por vencida, Pop-Tart?

Me lanzo y le doy un beso. Lo hago con tanta fuerza que se tambalea un poco hacia atrás y por poco me caigo. Pero se estabiliza rápidamente y me devuelve el beso, con la misma fuerza. Seguimos peleándonos, pero en otro terreno. Es desigual y discordante, y se nos quedarán los labios magullados. Le mordisqueo el labio y su mano se aferra a mi espalda. Nada de esto ayuda; es más, lo está empeorando. Gimo al sentir una nueva punzada de emociones, y Noah se separa enseguida.

Me acaricia la cara y me examina los ojos.

—¿Te he hecho daño? —pregunta.

Sacudo la cabeza y trato de esbozar una sonrisa. Es débil y lamentable.

—Noah, no te pediré que te vengas conmigo cuando me vaya, pero necesito que sepas que, si alguna vez cambias de opinión, serás bienvenido dondequiera que esté. Siempre.

Se me queda mirando con el ceño fruncido e inspira hondo. Luego se inclina y vuelve a besarme. Esta vez es un beso suave. Nuestros labios no se separan. No nos exploramos. Solo nos calmamos y nos sosegamos.

Suena la campanilla de la puerta y la voz áspera de una mujer retumba en la tienda.

—¡Que corra el aire, jovencitos!

Es Mabel.

Y no está sola.

—¡Oh, por todos los santos!

—Venga, Harriet, guárdate esa delicada sensibilidad para otro día. Ahora no es el momento.

Al volver la cabeza, veo a Mabel y a Harriet recuperando el aliento. Me coloco la camiseta torcida y, sin duda, me avergonzaría por la escena en la que acaban de encontrarnos si hubiera tiempo para ello. Pero las dos mujeres están sonrojadas y jadean después de arrastrar los pies hasta aquí como si quisieran ganar una competición de marcha atlética. Solo les faltan unos cortavientos rosa chillón.

—No trates de mangonearme, Mabel. Soy mayor que tú.

—Y más pesada también. ¿No has visto nunca a una pareja enamorada dándose un poco el lote?

—Deberían esperar a estar casados para mostrarse esa clase de afecto —responde Harriet levantando la nariz.

Mabel pone los ojos en blanco.

—Oh, ¿como hicisteis Tom y tú? —Lo dice con tal descaro que Harriet suelta un grito ahogado—. Sí, no se haga la sorprendida, su santidad suprema. No me digas que, por aquel entonces, tu boda de última hora fue por amor. ¡Fue porque habíais estado haciendo un bebé! Te casaste nada más y nada menos que de penalti. —Mabel gruñe de nuevo—. ¿Que tu hijo fue concebido durante la luna de miel? ¡Venga ya!

—Señoras —interviene Noah, que de algún modo consigue no reírse al oír discutir a estas dos abuelas, y pienso que algún día me gustaría ser como ellas—. ¿Habéis venido hasta aquí por algo urgente?

—¡Mierda! ¡Sí! —dice Mabel.

Harriet da un delicado pero intencionado paso para adelantarse a Mabel y habla antes que ella.

—¡Tienes que esconderte! —exclama dirigiendo sus ojos de halcón hacia mí.

Mabel prácticamente empuja a Harriet para quitarla de en medio y ponerse delante de ella. Ahora está claro que no han venido en una misión conjunta: han echado una carrera para ver quién llegaba primero.

—Ese individuo que ha estado fisgando por aquí toda la semana con su cámara ha vuelto al pueblo.

—¿El paparazi? —pregunta Noah.

—¡No, el repartidor de pizza, que se ha aficionado a la fotografía! ¡Sí, Noah, el paparazi! Y lo que es peor, ¡hay más!

Pobre Noah. Se lo toma como un campeón, pero Mabel hoy es letal. En realidad, creo que, en el fondo, a Noah le encanta, porque las comisuras de sus perfectos labios se mueven ligeramente otra vez.

—Phil y Todd lo han visto venir y lo están entreteniendo hablándole de martillos. Pero no sé cuánto rato podrán retenerlo, y los demás están desperdigados por el pueblo —explica Harriet mientras levanta la trampilla de la barra e intenta pasar a nuestro lado.

Digo «intenta» porque Mabel también quiere abrirse paso y lo único que consiguen es quedarse las dos encalladas en ese reducido espacio.

—¡Mabel! ¿Podrías...?

—Lo haría, Harriet, si tú...

Noah se aleja de mí para ayudar a las dos mujeres a pasar al otro lado de la barra.

—Está bien —dice con dulzura—. Mabel, mete la barriga y gírate.

—¿Cuántos hay ahí fuera, Mabel? —pregunto con ganas de potar.

Noah tira ligeramente de su brazo y las dos pasan de golpe.

—Oh, habrá por lo menos veinte, cielo. Una multitud. Tienes que marcharte de aquí enseguida.

Miro a Noah y nuestros ojos transmiten el mismo mensaje: «Fin de la partida». Nuestro tiempo juntos se ha acabado.

34

Amelia

Noah y yo corremos por el callejón trasero como la última vez, solo que ahora siento mucha angustia en la boca del estómago. Si hay tantos como dice Mabel, eso significa que alguien les ha confirmado que estoy aquí y no van a parar hasta conseguir las fotografías que han venido a buscar. Lo que me recuerda algo.

—Noah —digo tirando de él para que pare—. No pueden verte conmigo. Tengo que subirme sola a tu camioneta y tú puedes pedirle a Annie que te lleve.

—¿Por qué? —pregunta con el ceño fruncido y la mandíbula tensa.

Bajo la mirada hacia nuestras manos entrelazadas.

—Por esto. Si no quieres que tu vida cambie, no pueden encontrarnos juntos. —Me tiembla la voz—. Sacarán fotos desde cien ángulos distintos, y mañana por la mañana estarás en todas las redes sociales y en los tabloides.

Espero que me suelte la mano. Me preparo para quedarme sin él. Pero me la aprieta con fuerza.

—Voy contigo —contesta.

—¡Noah!

Entonces se acerca más a mí, me rodea la mandíbula con las dos manos y me mira a los ojos.

—No voy a dejarte. Creía que iba a llevar bien que esto fuera temporal, pero… —Sacude la cabeza y me besa apresuradamente. Casi dolorosamente. Es una tortura de lo más exquisita—. No quiero que se acabe. No puedo dejar que se acabe.

La esperanza me deja sin respiración.

—¿Qué estás diciendo?

—Que paso de los miedos. Quiero una relación contigo si tú quieres.

—¡Sí que quiero! —Lo digo tan deprisa que apenas puede acabar la frase.

—Pero tendrás que tener paciencia conmigo…

—¡La tendré!

—… porque me va a llevar algo de tiempo acostumbrarme a la distancia. Y debo estar aquí para cuidar de mi abuela, de modo que no podré visitarte a menudo.

Me pongo de puntillas para rodearle el cuello con los brazos.

—Ya lo solucionaremos. Y tendré tanta paciencia contigo que te descolocará ver lo benevolente que soy. ¿Pero estás seguro, Noah? Anoche…

Esta vez es él quien me interrumpe.

—Anoche te tuve entre mis brazos y me di cuenta de que sería idiota si te dejo marchar. No solo idiota, también infeliz. Jamás me perdonaría haber dejado que te alejaras de mí.

Sacudo la cabeza sonriendo e intentando no llorar.

—Señor Romántico —suelto.

—Señor Terriblemente Afortunado.

—Chisss. Te he dicho que no me usurpes mis apodos.

Sonríe burlón y sus ojos se posan en mis labios.

—¿Quiere eso decir que sí? ¿Saldrás oficialmente con este humilde pastelero?

—Siempre y cuando no vuelvas a referirte a ti mismo de ese modo, sí. Sí y un millón de veces sí.

Me besa una vez más y desliza la mano por mi brazo antes de agarrar la mía para seguir con nuestra huida por el callejón.

—Aclararemos los detalles cuando lleguemos a casa.

«A casa». La repentina explosión de júbilo que siento al oír eso hace que casi me tropiece.

Pero cuando Noah y yo salimos del callejón, de inmediato nos damos cuenta de nuestro error. No sé cómo, sabían que era aquí donde iríamos a parar, y hay un montón de paparazis y de reporteros esperándonos en el aparcamiento. El corazón me da un vuelco y quiero dar media vuelta antes de que nos vean, pero no soy lo bastante rápida.

—¡Ahí está!

—¡Rae Rose!

—¡Aquí, Rae! ¡¿Quién es ese chico?!

—¿Es cierto que tienes una aventura amorosa con un pastelero?

Todos gritan y corren hacia nosotros. Noah me sujeta la mano con fuerza y me mira.

—¿Qué quieres hacer? ¿Intentamos escapar de ellos?

Trago saliva con fuerza y me permito un segundo de rabia antes de adoptar una expresión imperturbable para las cámaras, que no paran de disparar. Me tapo la boca y vuelvo la cara hacia él para que no puedan leerme los labios.

—Tenemos que llegar a tu camioneta. No les digas nada, solo pídeles que se aparten para que podamos pasar.

Ojalá hubiera tenido tiempo para explicarle cómo hay que relacionarse con los medios, pero como mejor se aprende es sobre la marcha, ¿verdad?

Agarrados de la mano y con la vista baja, nos dirigimos hacia su camioneta. Pero los paparazis están ávidos de noticias y se aprovechan de que hoy no me protege el servicio de seguridad y forman una barrera a nuestro alrededor.

—Disculpen. Apártense. Déjennos pasar. —Noah intenta abrirme paso entre el laberinto de medios que nos presionan, pero nadie se mueve.

Le tiro de la mano porque noto que su rabia va en aumento y tengo miedo de que cometa alguna imprudencia, como empujar al tipo que ahora mismo me está poniendo la cámara a diez centímetros de la cara y me pregunta a gritos.

—¡¿Con quién estás ahora, Rae?!

Lo tengo tan cerca que huelo lo que ha comido en el almuerzo.

—Atrás —le espeta Noah.

Pero el otro no transige.

—¿Es él tu nuevo ligue? ¿Ya no te gustan los ricos con éxito?

Intenta provocarnos, y noto que a Noah le falta poco para explotar.

Noah inclina el hombro delante de mí para mirar a los ojos al paparazi.

—Le he dicho que se aparte y nos deje pasar.

Los demás también están cerca, gritan preguntas y nos suplican un comentario, pero no los tenemos tan encima como a este individuo.

—Claro, hombretón. Responde a mi pregunta y me apartaré enseguida. ¿Qué te hace pensar que un tipo corriente como tú es lo bastante bueno para una estrella mundial como ella? ¿Algún comentario?

El pánico se apodera de mí. Ya me han acorralado otras veces a lo largo de mi carrera y siempre es aterrador, pero nunca había oído a un paparazi decir algo tan mordaz e insultante. Además, hay algo en su pregunta que me chirría. Como si ya lo hubiera oído antes.

¿Esto es lo que le espera a Noah? ¿Que los medios le recuerden constantemente cuál es su sitio? Ahora soy yo quien está a punto de explotar. Cierro el puño. ¿Para qué? ¿Para golpearlo?

Creo que sí, porque antes de que me dé cuenta Noah me está cubriendo el puño con la mano y, cuando alzo la mirada hacia él, sacude levemente la cabeza. «No lo hagas».

Para empeorar las cosas, se oyen unas voces familiares a nuestra espalda.

—¡Ey! Aléjense de ellos. ¡Dejen a nuestra chica en paz!

Vuelvo la cabeza y veo a Mabel y a Harriet, acompañadas de Phil y de Todd, gritando airadamente a los paparazis. «No, no, no». Tienen que volver dentro. No hay motivo para que nadie más se vea arrastrado a esta violación de la privacidad, pero no paran hasta que se hacen escuchar y la mitad de las cámaras se giran disparando en su dirección. Esta historia se está volviendo cada vez más jugosa para ellos.

Pero entonces dos SUV con las ventanillas tintadas entran a toda velocidad en el aparcamiento y tocan el claxon. En cuanto se detienen, mis guardaespaldas habituales salen y corren hacia nosotros, seguidos de Susan.

—¿Estás bien? ¡Vamos a sacarte de aquí! —dice, y mis guardaespaldas nos guían a Noah y a mí a través de los paparazis, empujándolos al hacerlo.

No me he alegrado tanto de ver a Susan y su peinado bob negro azabache en toda mi vida. Podría besarle el traje pantalón.

—Atrás —dice enérgicamente Will, y todo el mundo obedece porque Will tiene el aspecto de un luchador callejero con el que nunca te querrías cruzar. También prepara las mejores galletas de jengibre que he probado y sabe sacarle partido a un costurero de viaje, pero por suerte esta marabunta de paparazis eso no lo sabe.

Me subo al SUV seguida de Noah, que se sienta a mi lado y me rodea con el brazo. Inspiro su reconfortante fragancia.

—¿Estás bien? —me susurra al oído.

—La pregunta es: ¿estamos bien? —Me aterra que Noah se lo piense mejor después de este altercado. Que nuestra relación pase a la historia como la más corta que haya existido jamás. Sé que ya tiene problemas de confianza, así que temo que lo que ha dicho ese paparazi le haga cambiar de parecer sobre nosotros.

Para mi asombro, suelta una suave carcajada, sonríe de oreja a oreja y me besa la frente.

—Te hará falta más que eso para librarte de mí. La opinión de la única persona que me importa es la tuya. Si aún quieres salir con «un tipo corriente», aquí me tienes.

Me recuesto en él, aliviada, justo cuando Susan se sube al SUV y se sienta delante de nosotros.

—¿Estáis bien? Tienes suerte de que llegáramos justo a tiempo.

La puerta se cierra de golpe y, al instante, los gritos de los paparazis se apagan.

Pero cuando mis ojos se encuentran con los de Susan, caigo en la cuenta. Ya sé dónde había oído antes la pregunta de ese tío.

—Susan, ¿dónde está Claire? Siempre suele estar contigo.

—Oh. —Tuerce el gesto—. Lamentablemente, he tenido que despedirla. Ya no hacía bien su trabajo —explica encogiéndose de hombros.

Noto un nudo en el estómago. Algo no anda bien.

Hacemos el trayecto en silencio mientras todos nos sosegamos y procesamos lo ocurrido. El otro SUV se ha quedado atrás y ha bloqueado la salida del aparcamiento para que podamos llegar a casa de Noah sin que nos sigan. Will se detiene cerca de la puerta principal para que nos bajemos y retrocede por el camino de entrada para dejar el vehículo en un ángulo que impida el acceso si nos encuentran. Tendría que sentirme más segura rodeada de mi equipo, pero no es así. Por lo menos, no de todo mi equipo.

Noah y yo pensamos en tándem. Observamos a Susan cuando saca su móvil, ve que no hay cobertura y nos dice que tiene que ir a darle instrucciones a Will.

—Haz tu equipaje, Rae. Nos iremos lo antes posible. Estarás de vuelta y a salvo en Nashville antes de que te encuentren aquí.

No espera mi respuesta porque Susan está acostumbrada a que la obedezca sin titubear. Cuando la puerta se cierra tras ella, me dirijo a la cocina, descuelgo el teléfono y llamo de inmediato a mi madre.

—¿No te parece sospechosa la oportuna aparición de Susan? —pregunta Noah.

—Sí. Y el otro día su ayudante me dijo que están pasando cosas a mis espaldas. Ha llegado el momento de obtener algunas respuestas.

El teléfono suena varias veces y la impaciencia me hace mover los pies, porque quiero hablar con mi madre antes de que vuelva Susan. Noah me dice que va a salir para darme privacidad y mantener alejada a Susan unos minutos.

Mi madre contesta por fin:

—¿Sí?

—Mamá, soy yo.

—¡Amelia! —dice con una voz de lo más risueña—. ¡Hola, cielo! Me alegra tener noticias tuyas. ¿Qué tal? Estoy en la playa, a lo mejor no me oyes bien. Escucha el océano. ¡Está bramando!

—No, mamá. Oye…

Se ha apartado el móvil de la oreja para que escuche el mar. Lo sé porque tengo la impresión de estar prácticamente en el interior de una ola.

—¡Mamá! ¡Tengo que preguntarte algo! ¡Ponte el móvil en la oreja! —grito.

—¿No es un sonido asombroso? Ojalá estuvieras aquí. Oh, hoy hace un sol increíble. ¡Y Ted también está aquí! ¿Quieres saludarle...?

La interrumpo antes de que le pase el móvil a Ted.

—Mamá, esto es importante y no tengo tiempo. ¿Le chivaste a alguien de los medios dónde me estaba quedando estos días?

Nunca le había pedido explicaciones a mi madre cuando hacía algo así. En el pasado, cuando Susan me decía que había confirmado que mi madre era quien filtraba las historias, tragaba quina en silencio y me alejaba de ella. Pero ahora necesito saberlo.

La línea se queda en silencio. Al principio creo que es porque se siente culpable, pero cuando vuelve a hablar me doy cuenta de que, en lugar de eso, parece dolida.

—No. Claro que no. ¿Por qué piensas que haría una cosa así?

No puedo contestar enseguida; se me ocurren demasiadas respuestas. Pero, al parecer, mi silencio lo dice todo.

—Amelia —prosigue—, no sé a qué viene esto, pero te lo juro: yo nunca vendería una historia tuya a una revista. Ni en un millón de años.

Se me retuercen las entrañas. Cierro los ojos intentando aclararme, y lo único que me viene a la cabeza una y otra vez es que el paparazi agresivo ha dicho casi palabra por palabra lo mismo que Susan me dijo por teléfono hace unos días. Es posible que alguien del pueblo llamara a una revista y dijera dónde estoy. Pero... es raro que los medios aparezcan todos juntos como hoy. Como si estuviera planeado. Alguien ha tenido que dedicarle mucho esfuerzo a tramar la emboscada de hoy, y la verdad es que dudo mucho que nadie de este pueblo me haga esto. Solo hay una persona a la que le disgustaba que estuviera aquí, en Roma, y que quería que saliera de mi escondrijo.

—Mamá… —digo, y trago saliva porque de repente me noto la garganta seca—. ¿Por qué ya no estamos unidas?

Oigo que mi madre suelta un suspiro, y creo que es de alivio.

—Ojalá lo supiera. Hace tiempo que quería hablar contigo, pero no sabía cómo hacerlo. ¿Soy yo? ¿He hecho algo? Porque si es así, quiero saberlo y ponerle remedio.

Puede que hace unos días creyera que, básicamente, era culpa suya, pero ahora sé que ella no es la única culpable. Yo tendría que haberle dicho lo que pensaba. Preguntarle a mi madre sobre el asunto de los tabloides y no aceptar ciegamente todo lo que Susan me iba contando. Ojalá hubiera sido sincera con mi madre en lugar de alejarme en silencio de ella. Pero ahora estoy encontrando mi voz.

—Creo que tenemos mucho que hablar y que solucionar, aunque ahora no puedo. Pero que sepas que te echo mucho de menos. Y… —Me falla la voz—. Te quiero. Y quiero que tengamos la relación que teníamos antes.

—Yo también quiero eso —dice tras inspirar hondo y sorberse la nariz—. Sí, llámame cuando puedas. O podemos hablar por FaceTime. O si quieres voy a verte donde estés. ¡Lo que tú prefieras! Simplemente… —Está llorando, lo noto en su voz—. Me alegra que hayas sacado el tema. Las cosas han sido muy extrañas entre nosotras, y a veces he querido llamarte para ponernos al día, pero… no me he atrevido porque tenía la impresión de que ya no querías hablar conmigo.

—Eso es porque creía que estabas vendiendo historias sobre mí —aclaro. Además de pedirme dinero y gorronearme constantemente, pero no me parece que sea el momento de mencionar eso. Aún no estoy preparada para reconocerle lo que siento al respecto.

—No, cielo. Créeme, por favor. Nunca me he puesto en contacto con ningún medio para chivarle nada sobre ti. Te quiero demasiado para hacer algo así.

—Te creo. —Y realmente es así. Lo noto en la gravedad de su voz. Y por otra parte, están empezando a encajar muchas piezas del puzle—. Pero, mamá…, ¿hay alguien, algún amigo, al que pudieras haberle contado que estoy en Roma, Kentucky? ¿Tal vez a tu novio?

—No, ni siquiera a él. —Hace una breve pausa—. Pero… de hecho, sí se lo dije a alguien.

—¿A quién?

—A Susan —contesta, y se me acelera el pulso—. Cuando la llamé para que me ayudara a organizar el vuelo, me dijo que tenía miedo de que te hubiera pasado algo terrible porque no te encontraba y no te habías puesto en contacto con ella. Me preguntó si había tenido noticias tuyas, así que le dije en qué pueblo estabas porque parecía realmente asustada. ¿Hice mal? Tú sueles contarle todo a Susan.

Está preocupada. La experiencia del pasado me haría pensar que se preocupa solo porque teme que le corte el grifo. Pero a la vista de todo lo que estoy descubriendo hoy, me pregunto si no será verdad. Me pregunto si el distanciamiento entre mi madre y yo solo existe por culpa de la mujer a la que le he dado demasiado poder sobre mi vida.

No tengo tiempo de contestar a su pregunta. Hay otras que necesitan respuesta.

—Mamá, hace unos años, cuando cumpliste los cuarenta y cinco, ¿fue a recogerte un coche para que pasáramos juntas el fin de semana?

—¿Qué? —Suelta el aire—. No. No recuerdo nada de ningún coche. Es más, creía que te habías olvidado de mi cumpleaños ese año.

Lo veo todo rojo. Las huellas de Susan están por todas partes, y aunque es culpa mía por haber delegado tanto en esa mujer, creía que estaba segura con ella. Y ahora resulta que Susan ha saboteado mi relación con mi madre. ¿Cómo ha podido hacerme eso?

—Lo cierto es que era una sorpresa. Había organizado una escapada divertida para las dos, y Susan me contó que, cuando mandó el coche a recogerte, rechazaste la oferta alegando que ya tenías planes con tus amigos.

—Oh, Amelia. Eso debió de dolerte mucho.

Suelto una carcajada, pero no porque me haga gracia.

—A ti también.

—Bueno... —Lo deja en el aire.

Mi madre y yo todavía tenemos muchas cosas que hablar, y necesito que entienda que me duele que solo se ponga en contacto conmigo cuando necesita algo. Pero antes quiero escuchar su versión. Es posible que, después de todo, no esté viendo la situación en conjunto. Puede que me haya estado tendiendo la mano y Susan se haya interpuesto, dejando mal a mi madre cada vez que pedía algo.

—Susan también me dijo que rechazaste mi invitación para venirte las primeras fechas de la gira en Estados Unidos. ¿Es eso cierto?

—En absoluto. Nada me gustaría más que ir a esos conciertos; nunca me llamó.

Tengo la sensación de que podría atravesar una pared de un puñetazo. Una pared con la forma de Susan.

—Lo siento muchísimo, mamá. Creo que..., uf, creo que es culpa mía. He dejado que Susan tenga demasiado poder sobre mi vida, y... estoy bastante segura de que se ha estado interponiendo adrede entre nosotras.

Ahora que recuerdo todas las veces que Susan me animó a no

pedir explicaciones a mi madre sino a cortar toda comunicación con ella, me entran ganas de gritar. ¿Cómo es posible que no lo haya visto? ¿Cómo he dejado que pasaran tantos años así, sin estar con mi madre? No he prestado la menor atención a mi vida. Pero se acabó.

—Oh, cielo, la culpa no es solo tuya. Yo también tendría que haberme cuestionado las cosas. Haberme puesto en contacto contigo incluso cuando era difícil. Lo siento muchísimo, Amelia.

—No pasa nada, mamá. Ya lo solucionaremos. Ahora tengo que irme. Pero mañana te llamaré y hablaremos un poco más de todo esto. Oh, y estás invitadísima a esos conciertos, ¿entendido? Quiero que estés ahí... Te quiero.

—Yo también te quiero, Rae-Rae.

Se me parte el corazón, pero esta vez de esperanza. Puede que mi relación con mi madre no esté tan deteriorada como creía.

Acabo de colgar cuando Susan aparece por la puerta principal, con Noah pegado a sus talones.

—¿Qué está pasando aquí? —dice, y vuelve la cabeza para mirar a Noah. El extremo largo de su corte bob le golpea la mandíbula—. ¿Por qué está intentando que me quede fuera?

—Tú eres la responsable de que los paparazis se presentaran hoy aquí, ¿verdad? —pregunto a Susan en cuanto entra.

Mi acusación la deja tan anonadada que el bolso le resbala del hombro y se le cae al suelo. Tras parpadear varias veces, carraspea y se agacha con garbo para recogerlo.

—Voy a fingir que no acabas de lanzarme esa acusación tan horrible, y te ayudaré a hacer el equipaje como hemos comentado.

—Lo has comentado tú, no yo. Y no me marcho. —Lo digo con calma, aunque la rabia me recorre las venas.

Noah pasa junto a Susan y cruza la habitación para situarse a mi lado y ponerme una mano en la zona lumbar. Ese gesto de apoyo sin intentar encargarse de las cosas por mí activa el mecanismo que libera mis lágrimas. «Ahora no, emociones».

Susan fija la mirada en el lugar donde Noah me está tocando y suspira, enojada.

—Déjame adivinar. ¿Es él quien te ha metido esa idea en la cabeza? —Se burla—. Qué típico. Rae, abre los ojos y date cuenta de que él no es adecuado para ti. A ver, ¿te has parado a pensar que tal vez sea él quien le ha dicho a los fotógrafos dónde podían encontrarte? O quizá la aprovechada de tu madre, por dinero. Ambas sabemos que…

—Basta. —Mi voz es seca como un latigazo—. Acabo de hablar por teléfono con mi madre. No ha sido ella. De hecho, nunca ha sido ella, ¿verdad? Llevas años filtrando historias sobre mí y usando a mi madre como cabeza de turco. Por cierto, ¿cuántas de esas peticiones de dinero, que según tú me hace, son realmente suyas?

—Esto es absurdo. ¿Vas a fiarte de tu madre, que lleva años utilizándote, antes que de mí?

—Sí —respondo al instante, y Susan reacciona como si acabara de empalarla. Noah me presiona suavemente la espalda. Una muestra silenciosa de solidaridad—. Sé que fuiste tú, Susan, y ahora sé que eres responsable de muchas más cosas, así que corta el rollo. Y gracias a que por fin he hablado con mi madre de todo esto, sé que te has estado inmiscuyendo en nuestra relación, ocultándonos mensajes a propósito y contándonos mentiras. —Sacudo la cabeza ante lo evidente que todo me parece ahora.

Susan cruza los brazos y me entran unas ganas inmensas de separárselos, porque esa es la Postura Arisca de Noah y ella no tiene derecho a adoptarla.

—Te equivocas. Tu madre sigue mintiéndote y nunca dejará de defraudarte. He sido yo quien ha cuidado siempre de ti.

—No, Susan. Estás despedida. —Las palabras me salen de la boca y, de repente, me siento más ligera. Como si mis pies hubieran dejado de tocar el suelo.

Susan se queda boquiabierta.

—Estarás de guasa. —Se le salen los ojos de las órbitas—. ¡No he hecho otra cosa que desvivirme por ti los últimos diez años! Te he conseguido las mejores actuaciones. Condiciones espléndidas para tus contratos. Los mejores acuerdos publicitarios. ¡Yo sola he impulsado tu carrera, y no serías nadie de no ser por mí!

—Si de verdad te hubieras preocupado por mí, también habrías mirado por mi bienestar. Te habrías dado cuenta de que estaba hecha polvo. Que me sentía muy sola sin mi madre. Pero solo te interesaba ganar más dinero y me utilizaste. Me utilizaste y alejaste de mí a la persona que más quería en el mundo.

Me mira, mejor dicho, me fulmina con la mirada. Le vibran los párpados de la rabia contenida.

—Es él, ¿no? ¿Te está presionando para que hagas esto? Te ha lavado el cerebro para que pienses que yo soy el problema.

Se aferra a un clavo ardiendo, pero es demasiado tarde. Ahora veo claramente la verdad.

—Basta. Tienes que marcharte.

A Susan le tiemblan los labios, pero no porque vaya a llorar. Es pura ira.

—Estás cometiendo un error —suelta.

Me encojo de hombros. Aunque así fuera (que no lo es), es mi error y soy yo quien decide si lo comete o no. Me sienta de maravilla permitirme seguir de nuevo mi instinto.

—Este es el preaviso de treinta días que figura en nuestro contrato. Pero considéralos unas vacaciones pagadas porque no quiero volver a verte ni saber nada de ti, ni en los próximos treinta días ni después.

Sujeta con tanta fuerza la correa del bolso que los nudillos se le ponen blancos.

—Me voy, pero que sepas que aquí estás desperdiciando tu vida, y que ese hombre... —escupe estas dos últimas palabras mientras señala a Noah con la cabeza—... no será más que un lastre para ti, lo mismo que tu madre. Aunque no te lo creas, lo que he hecho hoy ha sido por tu bien.

—¿Admites entonces que estás detrás de la emboscada de los paparazis?

Susan reflexiona un segundo y, tras decidir que no le queda nada que perder, asiente con la cabeza.

—Sí. He sido yo. Y volvería a hacerlo sin pensarlo porque me he dado cuenta de que te estabas engañando a ti misma al creer que este sitio podía ser tu nuevo hogar. Nunca lo será, Rae, porque tu vida y la suya no encajan. —Aprieto los dientes al oír sus palabras—. Así que he adelantado un poco lo que, inevitablemente, acabará pasando. ¿Ha estado eso tan mal? ¿Ha sido tan terrible provocar cierto distanciamiento entre tu madre y tú, que erais tan odiosamente inseparables? Por el amor de Dios, Rae, estabas pegada a las faldas de esa mujer cuando te descubrí. Siempre le hacías más caso a ella que a mí, y eso te frenaba. De modo que sí, me inmiscuí, pero era necesario para ayudarte a alcanzar tus sueños.

Doy un paso hacia ella.

—Largo —digo. «Antes de que te tire algo a la cabeza».

Veo que se le ensanchan los orificios nasales, pero se da la vuelta y sale de la cocina con gesto altivo.

—¡Ah, una cosa más, Susan! —Se gira vacilante—. Envíame el número de Claire en cuanto vuelvas a tener cobertura. Quiero contratarla como ayudante personal.

No tengo ninguna duda de que Susan despidió a Claire por lo que había descubierto sobre ella. Y me vendrá muy bien su ayuda ahora que debo encontrar otro representante antes de que dé comienzo la gira.

Susan pone los ojos en blanco y, antes de que la puerta se cierre tras ella, murmura:

—Vete a la mierda, Amelia.

Bueno, por lo menos sé que recuerda mi nombre.

Y se va. Hasta que no la veo pasar por delante de la ventana y desaparecer, no me giro y me recuesto en el pecho de Noah. Él me rodea con sus fuertes brazos y me estrecha contra su cuerpo, pegando sus labios a mi cabeza.

—Has estado increíble —dice.

Estoy temblando y noto que me fallan las piernas. La adrenalina se disipa y me siento fatal.

—Te tengo —afirma Noah, que me coge en brazos y me lleva hasta su cuarto para sentarme con cuidado en su cama.

—Se equivoca, ¿sabes? —digo mirándolo con los ojos muy abiertos—. Nos irá muy bien juntos.

Me cubre con una manta y me besa la frente, ejerciendo una presión suave y delicada con los labios.

—Lo sé.

Se sienta en la cama a mi lado. Apoya la espalda en el cabecero, coge un libro de su mesita de noche y hace algo de lo más increíble: me lee en voz alta. Se lo llevo pidiendo toda la semana y siempre me ha dicho que no. Pero ahora lo hace, y su voz es profunda y reconfortante del modo más perfecto.

Se me estremece el corazón, y le planto un beso en el brazo. Sus ojos se deslizan como una dulce caricia por mi cara, mi cabello y mi cuello, hasta que concentra otra vez su mirada en el libro y continúa leyendo en voz alta esa aburrida biografía. Esto es maravilloso. No lo cambiaría por nada.

Tenemos mucho que hablar, muchas decisiones que tomar, pero en lugar de hacerlo, me permito disfrutar de este momento y apoyo la cabeza en la almohada, sonriendo mientras recorro arriba y abajo su brazo con los dedos.

«¿Y si al final no pone la cara de Gregory Peck?».

35

Amelia

Salgo del cuarto de baño y entro en la habitación de Noah, donde lo encuentro tumbado en su lado de la cama con un tablero de Scrabble delante de él. Hemos estado jugando un montón esta última semana, además de ir el viernes pasado a tomar unas copas al Hank's (donde no ingerí por accidente un somnífero ni me quedé inconsciente), jugar un torneo de corazones con sus hermanas el sábado en The Pie Shop, leer juntos su aburrido libro en la cama todas las noches y luego sin leer juntos en la cama el resto de la noche.

Después de despedir a Susan, Tommy me llamó y me dijo que mi coche estaba arreglado y listo para viajar. Pero yo no estaba lista aún, y tampoco Noah, así que decidimos que me quedaría hasta el día que tuviera que irme para preparar la gira. Por desgracia, ese día es mañana. Pero he tenido una semana más con Noah, sus hermanas y este pueblo de locos, y los fabulosos recuerdos que me llevo me servirán para aguantar los siguientes nueve meses. También he vuelto a hablar con mi madre por teléfono. Va a reunirse conmigo en unos días, antes de que empiece la gira, para ayudarme a hacer el equipaje y reconciliarnos oficialmente.

Las cosas han sido algo distintas porque Will siempre está cerca cuando salimos, pero, sorprendentemente, no ha sido tan raro. Los paparazis se quedaron en el pueblo los primeros días tras el incidente, sacando fotos cada vez que iba a algún sitio en el pueblo; pero no tardaron en darse cuenta de que esta clase de vida es demasiado lenta y aburrida para la mayoría de la gente y desaparecieron. Recuperé mi privacidad.

Lo que creía que iba a ser un problema para el pueblo acabó siendo lo más destacado de este año. En cuanto asomaba un paparazi, siempre había alguien que se pavoneaba haciendo alarde de talentos diversos para que lo fotografiaran. Misteriosamente, el letrero de la ferretería de Phil se fue acercando un poco más cada día a The Pie Shop, donde los fotógrafos estaban al acecho, anunciando una nueva oferta.

Y a nadie parece importarle que Will esté cerca. En realidad, creo que todos le quieren. Ahora se ha convertido en nuestro tercer compañero de piso y se ha quedado el dormitorio que ocupaba yo, pero se esconde en el SUV para vigilar el camino de entrada hasta altas horas de la noche y solo entra para dormir unas horas antes de volver a salir al amanecer. Mabel no para de comprarle pasteles porque cree que necesita más calorías para mantener toda esa musculatura. Creo que le hace tilín. Cuando vuelva de la gira, Noah y yo hemos comentado que tendremos que encontrar una solución más adecuada para la seguridad. Pero en este momento Will no está en esta casa, y eso es lo único que importa.

—Ladrona —suelta Noah cuando me ve aparecer.

Le he birlado la sudadera y no pienso devolvérsela jamás. Debajo llevo unos delicados pantalones cortos de pijama. Noah se fija en ellos, o más bien se fija en la ausencia de ropa que me cubra las piernas. Sonríe para sus adentros y dirige la mirada al tablero, dispone las fichas, se incorpora y se sienta en el borde de la cama.

—¿Más Scrabble? —pregunto situándome entre sus piernas.

Me pone las manos en la parte posterior de los muslos y alza los ojos hacia mí con tal veneración que me siento escandalosamente hermosa, incluso con el pelo mojado y la sudadera que me queda grande.

—Como es tu última noche aquí, he pensado que querrías jugar una vez más.

No me gusta la tristeza repentina que esa frase ha introducido en la conversación.

—Última noche por un tiempo —corrijo.

Sonríe un poco, pero está claro que ha puesto una barrera alrededor de su corazón. He observado que estos últimos días está más callado y pensativo.

Esta noche, el pueblo me ha organizado una pequeña fiesta de despedida aquí, en casa de Noah, y se ha pasado toda la velada entre las sombras. Creo que le aterra que no duremos. Que la historia se repita y no le sea fiel. El pobre no se da cuenta de que nunca se va a librar de mí.

—Sí, por un tiempo —dice con los ojos puestos en mis labios.

—¿No crees que vaya a regresar?

—Quiero creerlo —responde tras titubear—. Es solo que…

—Te cuesta volver a confiar. Lo sé. —Entrelazo mis dedos detrás de su nuca y él cierra los ojos con gesto de sufrimiento. Me agacho y le beso la mejilla—. Te prometo que volveré, Noah. ¿Y sabes por qué puedes creerme?

—¿Por qué? —pregunta con los ojos todavía cerrados.

Dedico este momento a observarlo, a memorizar cada centímetro de su cara. Cada arruga, cada pestaña, y la curva de su boca.

—Porque en este pueblo he encontrado un hogar y una familia. —Inspiro, le sujeto la mandíbula y le levanto la cara hacia mí—. Y porque te quiero.

Abre los ojos, con las manos rodeando aún mis piernas. Su rostro expresa un asombro tierno, porque todavía no hemos intercambiado estas palabras. Pero yo ya no puedo contenerlas más.

Y entonces sonríe. Es una sonrisa amplia. De oreja a oreja. Gloriosa.

—Yo también te quiero, Amelia.

—Oh, gracias a Dios —digo expulsando el aire mientras retiro sus manos de mis piernas y le levanto las muñecas para quitarle la camiseta—. Ya empezaba a preocuparme.

No es verdad. Sabía que me amaba antes incluso de que él lo supiera.

Suelta una carcajada y le doy un último tirón a la camiseta para pasársela por la cabeza. Ahora está como a mí me gusta. Mis ojos recorren ávidamente su cuerpo bronceado. Sus hombros y sus bíceps musculosos. Su tórax amplio y esas venas masculinas que se le marcan en los antebrazos. El bonito tatuaje con su estallido de color, sus flores y su pastel en su pecho, un contraste total con su virilidad inaccesible y gruñona. Tiene el cabello algo despeinado y sus malhumorados labios esbozan una sonrisa mientras me lo como con los ojos.

Luego observa cómo me quito la sudadera y dejo al descubierto la camisola con tirantes finos que llevo debajo. Es de seda de color rosa, y hace juego con mi piel después de la ducha. Le he pedido a Claire (que es oficialmente mi nueva ayudante personal) que me trajera unas cuantas cosas de mi casa después de decidir que me quedaría aquí otra semana, y quiero besar a mi yo anterior por asegurarse de que esta prenda estuviera entre esas cosas.

Los ojos de Noah me recorren el cuerpo, y noto la presión cálida de su mirada. Contempla cómo voy hacia la puerta y la cierro con llave. Imagino que Will no entrará en casa antes de medianoche, pero estoy dejando claro que no se debe interrumpir lo que tengo planeado para esta noche.

Cuando regreso junto a Noah, está de pie, con los brazos cruzados. Su Postura Arisca. La imito. Es una delicada versión femenina. «Arisca en Seda». Esto le hace reír y su mirada se posa en mi hombro. Me acaricia el fino tirante de la camisola con un dedo. Me acaricia la piel.

—¡Qué suave! —exclama, casi para sí mismo.

Pasa el dedo por debajo del tirante y me lo retira suavemente del hombro. Casi se me doblan las rodillas. Un hombre tan fuerte y tan duro no tendría que ser así de tierno. Su otra mano me presiona la zona lumbar para empujar con firmeza mis caderas hacia las suyas. Noto su respiración en mi hombro desnudo cuando se agacha para darme un dulce beso en la clavícula.

La necesidad que siento por él me asfixia. Pero me quedo quieta mientras deposita besos apasionados en mi hombro. Mi cuello. Mis labios. Me impaciento; me pueden las expectativas que me genera su lengua al tocar mi piel.

—No quiero dejarte marchar —me susurra al oído durante su travesía por mi cuerpo.

—Esto no es una despedida, Noah.

—¿Por qué lo parece entonces? —dice mientras sus labios me rozan la garganta—. ¿Por qué tengo la sensación de que es posible que no vuelva a verte?

Cierro los ojos y subo las manos por su pecho. Noto cómo el corazón le late contra mi palma, saboreo el calor de sus labios y la dulzura de sus caricias. Ahora mismo, en esta habitación, rodeada de su cuerpo, estoy segura de que nuestra relación va a funcionar. Pero, tengo que admitirlo, cuando mis pensamientos se asoman de puntillas al futuro me pongo nerviosa. Pronto voy a estar hasta los topes de trabajo, y necesito que Noah confíe en mí cuando no pueda llamarlo con frecuencia o cuando lea algo cuestionable (y falso) en un tabloide en la tienda de comestibles. Me aterra que esto no dure y, al mismo tiempo, sé que Noah y yo estamos hechos el uno para el otro.

Rodeo el abdomen de Noah con los brazos y lo estrecho con fuerza.

—El futuro está lleno de incógnitas. No podemos descifrarlas todas esta noche. Saboreemos el momento que tenemos ahora.

Me mira a los ojos. Se agacha para besarme con ternura y me traspasa el corazón. Será mejor que esto no sea una despedida. «No renuncies tan pronto a nosotros, Noah».

La mano de Noah sube por mi brazo y baja lentamente el otro tirante de mi hombro. Su cálida respiración me abanica la piel. Me quedo inmóvil, saboreando y abrasándome viva mientras sus manos se deslizan y presionan. Me provocan y me calman. Nunca he deseado tanto a alguien en mi vida. Lo amo.

Mientras Noah me desnuda, tengo el privilegio de verlo excitarse. Su respiración es agitada cuando no me queda nada de ropa y le centellean los ojos. Me aprieta las caderas con los dedos para acercarme más a él. Me siento maravillosamente empoderada por su mirada y le quito hasta la última prenda de ropa.

Esta noche me dice con sus labios lo mucho que me ama. Me dice con sus manos lo mucho que va a echarme de menos. Me dice con su cuerpo que haremos que esto funcione. Y cuando entre nosotros ya no queda nada más que piel y deseo, nuestros corazones se enredan con nuestras extremidades hasta que ya no sé qué es qué. Caemos y giramos juntos en ese lugar situado entre la realidad y los sueños. No existe nada fuera de estas cuatro paredes. Lo único que siento es el cuerpo cálido y fuerte de Noah, que en este momento me está adorando. Sus dedos dejan en cada centímetro de mi piel un rastro de fuego que me consume.

Pasamos la noche amándonos alegremente, temerariamente, trágicamente, hasta que ambos entramos en un duermevela en el que sus dedos me recorren lánguidos la columna vertebral. Procuro mantenerme despierta porque sé que cuando vuelva a abrir los ojos tendré que marcharme.

La gira empieza en unos días, y no me queda más remedio que irme.

36

Noah

La campanilla de The Pie Shop tintinea cuando entro, igual que todos los días desde que Amelia se fue. De eso hace tres días. La puerta se cierra a mi espalda, y me quedo plantado en medio del silencio sintiendo una soledad desconocida para mí. Antes gozaba de esta calma. La anhelaba. Ahora solo la anhelo a ella.

Extraño su risa. Sus ojos. La curva de su sonrisa, el tacto de su piel e incluso sus tortitas asquerosas. Lo que daría hoy por una tanda de ellas. Ayer me dejó un mensaje en el contestador diciendo que tenía una reunión sobre la gira y me pedía que la llamara cuando llegara hoy al trabajo, pero todavía soy incapaz de llamarla porque no soporto la distancia que siento entre nosotros por teléfono. Voy a tener que mantenerme ocupado los próximos nueve meses o no aguantaré esta agonía.

Esta mañana tengo previsto matarme a trabajar aquí, en la pastelería, y a la hora del almuerzo iré a ver a mi abuela. Después regresaré al trabajo y tendré abierto hasta tarde, y puede que, cuando cierre, Mabel tenga algunas tareas que pueda hacerle. A la valla exterior de su *bed and breakfast* le iría bien una capa de pintura. Es probable que haya que cambiarle el aceite a la camioneta de Annie. Tal vez me presente a alcalde.

—Caray, qué mal aspecto tienes —dice Emily al entrar en la tienda.

Gruño. Estoy tan deprimido que ni siquiera se me ocurre una réplica arisca.

—En serio, Noah, das pena.

—Te he oído la primera vez —suelto, y me pongo a limpiar enérgicamente la barra.

—¿Has hablado con Amelia hoy?

Me dirijo hacia la mesa alta y prácticamente la lijo de lo fuerte que paso el trapo.

—No.

—¿Vas a llamarla después?

¿Por qué de repente le interesan tanto mis horarios telefónicos?

—Puede.

Emily observa cómo tiro el trapo al suelo y uso el pie para frotar con él una mancha pertinaz.

—Annie me ha contado que, cuando estuvo en tu casa la otra noche, Amelia te llamó por teléfono y tú dejaste que saltara el contestador.

Me encojo de hombros porque la verdad es que no me apetece tener esta conversación ahora mismo.

Emily me agarra el brazo y tira de mí cuando voy a pasar delante de ella.

—Oye, para un segundo. Tenemos que hablar.

—Vale. Pero no quiero hablar de Amelia.

Clavo los ojos en la pared del otro lado de la tienda. No voy a mirar a mi hermana. Estoy de mal humor, todas mis emociones están a punto de desbordarse, y no quiero que sea ella quien las absorba si lo hacen.

—Mala suerte, porque vas a hacerlo. Siéntate. —Señala la mesa alta. No me muevo porque me apetece ser insolente—. ¡Ya! —brama, y me pongo en marcha porque, maldita sea, Emily da miedo cuando se pone seria.

No espera a que mi trasero caliente el taburete para atravesarme el corazón con un cuchillo de cocina:

—Amelia estará fuera los próximos nueve meses.

Trago saliva con fuerza y la fulmino con la mirada.

—Sí, gracias, capitana Obv...

—Se ha ido... —insiste Emily—. Y dime, ¿qué estás haciendo al respecto?

Cierro la boca de golpe porque no me esperaba esta pregunta. ¿Qué tengo que hacer al respecto? ¿Qué espera que haga? La gira de Amelia comienza mañana y ella me llamará cuando se instale en el autobús. A partir de entonces, estaremos semanas jugando al gato y al ratón por teléfono hasta que finalmente se harte de las molestias que le ocasiono y corte conmigo. (No planeamos esta última parte, pero estoy bastante seguro de que esto es lo que pasará).

—Nada. Estoy aquí, en Roma, y cuido de todo y de todos mientras ella está de gira. Pensaba que tú, más que nadie, te alegrarías de ello. —Emily hace una mueca como si le hubiera dado un puñetazo. Y puede que se lo haya dado. Esta es la razón por la que no quería hablar con ella sobre esto. Mis reflejos están en modo destrucción—. Lo siento... —Suspiro con fuerza y me paso las manos por el pelo—. No tendría que haber dicho eso.

—No, no lo sientas. Tienes razón, y en parte es por eso por lo que estoy aquí. —Hace una pausa, inspira hondo y prosigue—: No he sido justa ni contigo ni con las chicas. Tú y yo somos bastante mayores para recordar a mamá y a papá, y cómo eran. Somos bastante mayores para recordar exactamente lo que sentimos ese día, cuando nos llamaron para decirnos lo que les había pasado. De modo que sabemos de dónde viene nuestro trauma, mientras que las chicas lo sienten, pero no siempre saben por qué.

Noto un nudo doloroso en el estómago. Y cuando a Emily se le empiezan a llenar los ojos de lágrimas, me entran ganas de tirar el taburete al suelo y salir pitando. Lo único que quiero es huir del dolor, pero este siempre me encuentra.

—Últimamente me he dado cuenta de que había aceptado mi trauma y me había instalado dentro de sus límites para no sufrir más. Me resultaba más fácil saber que me da miedo perder a alguien y, por ello, siempre quiero que esté cerca. Pero ahora comprendo que si me he sentido más cómoda ha sido a costa de todos los que me rodean. Madison... —Emily suelta el aire dolorosamente y cierra los ojos con fuerza—. Madison quería con toda su alma ir a una escuela culinaria y yo la disuadí. Tiene un trabajo que detesta, y está en la docencia por mí y por mis miedos. Annie me quiere tanto que ni siquiera se ha planteado la posibilidad de irse alguna vez de este pueblo, y me temo que nunca soñará a lo grande. Y tú... —Una lágrima le resbala por la mejilla. Pongo una mano sobre la suya—. Y tú has cargado con tu propio dolor además de con el nuestro desde que tuviste que crecer de golpe a los diez años. Y eso no es justo, Noah. La única vez que te permitiste volver a sentir de verdad, Merritt se aprovechó de ello. Y, después, yo también lo hice. Cuando viniste para ayudar con la abuela, yo tendría que haber estado ahí para ti y haberte animado a volver a salir ahí fuera. A no renunciar al amor. Pero, en lugar de eso, me valí de tu dolor para tenerte cerca de nosotras y sentirme más segura. Pero ya ha llegado la hora de que los dos dejemos de acolchar nuestra vida para no notar los baches del camino. Creo que nos harán daño muchas veces en esta vida, pero quizá valga la pena, porque viviremos también cosas realmente extraordinarias. Quizá no todo acabe en sufrimiento. Pero jamás lo sabremos si no lo intentamos.

Me río, incrédulo, mientras aprieto la mano de Emily y amenazo a mis lágrimas para que no caigan.

—¿Has llegado tú sola a esta conclusión tan trascendental? —pregunto.

Sonríe con aspecto un poco culpable.

—¿Te he mencionado que empecé a ir a terapia al día siguiente de perder los estribos contigo durante la cena?

—No. Pero estoy orgulloso de ti, Em.

—No lo estés todavía. Puede que no vuelva. Esa mujer te abre el corazón en canal en su consulta y es de lo más doloroso.

Los dos soltamos una carcajada antes de que la expresión de Emily se suavice de nuevo.

—Tú amas a Amelia —dice—, pero veo que ya te estás rindiendo porque te da pánico que sea ella quien lo haga primero. No la alejes de ti, no te vuelvas inaccesible porque te dé miedo perderla.

«Maldita sea. Tiene razón. Eso es lo que estoy haciendo».

—La amas, Noah. Dalo todo por esta relación. Ve a por ella, y haz que Amelia sea tu prioridad en lugar de mantenerte al margen por si sufres.

—¿Cómo? Estará viajando nueve meses por todo el mundo.

—Existen unos aparatos que se llaman aviones —dice Emily con una carcajada—. Y si decides usar uno, estaremos aquí para cubrirte mientras estés fuera. Sabemos cuidar de la abuela tan bien como tú. Y también nos aseguraremos de que la pastelería vaya como la seda. Ve a pasar algo de tiempo con ella durante la gira. No dejes que el tiempo que estéis separados sea tan largo.

—¿De verdad que te parece bien que me vaya a menudo del pueblo?

—Me acostumbraré. No te preocupes tanto por mí. —Emily se levanta y se inclina hacia delante para besarme la frente—. Y no seas tan carca y cómprate un móvil. Ah, y ya puestos, instálate el wifi en casa para poder mensajear y enviar fotos. Eso ayudará mucho.

Refunfuño a pesar de que le agradezco sus comentarios.

—Te quiero, Noah.

—Yo también te quiero.

Y ahora necesito decirle otra vez a Amelia cara a cara que la amo.

37

Amelia

Llaman tres veces a la puerta de mi camerino, me avisan de que ya es la hora.

—¡Adelante! —grito, y la puerta se abre.

—¿Preparada? —me pregunta Claire con una sonrisa enorme, que yo le devuelvo.

Contratar a Claire como ayudante ha sido un verdadero acierto. Por fin siento que tengo una defensora y una amiga en mi trabajo. Una amiga aparte de mi madre, que estará entre bastidores coqueteando con algún tramoyista. Nuestra relación no es perfecta todavía, pero ahí estamos. Poco a poco vamos desenredando las mentiras que Susan tejió a lo largo de los años. Tras escarbar un poco, he sabido que mi madre ni siquiera ha aceptado dinero mío estos últimos años. En realidad, todas esas «peticiones» que me hacía a través de Susan iban directamente a los bolsillos de Susan. Huelga decir que Susan va a necesitar un buen abogado.

También tengo nueva representante, Keysha, una mujer portentosa que lleva en el sector treinta años representando a algunos de los artistas más importantes. Pero he decidido hacer las cosas de forma distinta esta vez. He delegado en Claire la mayoría de los temas relacionados con mi vida personal (excepto hablar con mi madre, algo que ahora hago yo misma) y he dejado las cuestiones más generales a Keysha. Me fío de Claire. Además, le encanta mi flequillo, así que ¡chúpate esa, Susan!

Lo único que le falta ahora mismo a mi vida es Noah. Lo echo muchísimo de menos. Y su pueblo. Y a sus hermanas. Echo de menos las manos de Noah, su pecho, sus pijamas, su gesto gruñón, su sonrisa y su absolutamente todo. Hablamos por teléfono, pero no tanto como me gustaría, y las últimas veces que le he llamado me ha saltado su contestador automático. Es posible que esté ocupado, pero creo que empieza a alejarse de mí.

Sin embargo, esta noche da comienzo la gira y tengo que concentrarme. Empieza en mi propia ciudad, Nashville, en Tennessee, con las entradas agotadas en el Bridgestone Arena. Después de este concierto, nos subimos al autobús de la gira y nos vamos a Atlanta, y de ahí a Houston, antes de tomar un vuelo a Londres. Me pasaré varios meses en la etapa internacional de la gira, y después tendré una breve pausa antes de terminar la etapa de Estados Unidos. Sé que cuando acabe todo esto estaré quemada y exhausta de nuevo, pero podré refugiarme en Roma, Kentucky, y ver a mis personas favoritas; por ahora, estoy cuidando de mí misma y disfrutando el viaje.

—¿Preparada, Freddy? —pregunta Claire.

Mi asistente es algo especial en el modo de darme todo su apoyo. Y, lo mejor de todo, nunca me llama Rae. Despedir a Susan es lo más inteligente que he hecho nunca. Bueno, salvo conducir mi coche hasta el jardín delantero de Noah.

—Preparada. —Me levanto y me pongo el auricular. Mi vestido corto y plateado reluce bajo la luz del camerino, y me aseguro de llevar los zapatos de tacón bien sujetos a los tobillos.

Claire y yo salimos del camerino. Will se coloca detrás de nosotras y se pega a mí, algo que repetirá todos los días de la gira. Los cánticos del público son más fuertes a cada paso que doy por el pasillo trasero del recinto. Los miembros del equipo están repartidos por la zona y me desean suerte al pasar. Veo a mi madre, que me da un abrazo y me dice que todo irá fenomenal.

Da igual las veces que haga esto, antes de salir siento un enjambre de mariposas, la adrenalina, y me invade el pánico. Pero en unos treinta segundos estaré en el centro del escenario delante de cincuenta mil personas que aguardan para verme, y se apoderará de mí una dicha infinita.

Entre bastidores, mi banda ya está reunida y me espera. Entro en su círculo y nos agarramos de las manos para elevar una rápida oración: pedimos que nadie se caiga de bruces en el escenario y tengan que llevárselo sangrando a borbotones por la nariz (a mí me pasó una vez y jamás lo olvidaré).

Un miembro del equipo me da la mano y me ayuda a subir al elevador que me dejará en lugar en el que apareceré en el centro del escenario. El clamor del público es tan intenso que tengo la sensación de que va a estallar el techo del recinto. Me coloco el segundo auricular y el ruido se apaga. Cierro los ojos, inspiro cinco segundos más antes de que el elevador se ponga en marcha. En una inspiración, visualizo los ojos verdes de Noah y, al soltar el aire, lo imagino a él estrechándome entre sus brazos.

Y entonces me elevo del suelo. Se alzan unas llamas alrededor de la zona del escenario por la que voy a salir, y sé que nadie puede verme mientras estén ardiendo. Tardo 1,2 segundos en ponerme en posición con el micro en la mano, y entonces, como está previsto, las llamas desaparecen. El público estalla cuando me ve, y yo levanto el mentón, sonriendo y echando un vistazo a todo el recinto, absorbiendo este momento. La banda empieza a tocar y yo me llevo el micro a la boca.

Lo único que haría que esta noche fuera insuperable sería saber que Noah me espera entre bastidores para darme un beso cuando el espectáculo termine.

—¡Gracias, Nashville! —grito al final de la última canción de mi bis.

Dedico unos minutos a saludar con la mano y a lanzar besos a todos los fans, cojo un ramo de flores que alguien tira al escenario y me descoloco un poco al ver que son girasoles con un envoltorio de papel marrón atado con bramante. Se me acelera el corazón, aunque sé que no es posible. Pero, aun así, pienso en Annie y en su floristería y en que tal vez…, solo tal vez… Entrecierro los ojos para mirar al público intentando ver de dónde han salido, pero las luces me deslumbran. Cuando tres ramos más llegan al escenario, estos de distintos tipos de flores, me he convencido a mí misma de que los girasoles no son de Noah.

Lanzo un último beso al aire y hago una reverencia mientras me llevo el ramo al pecho y salgo del escenario. Al instante, un tramoyista me da una botella de agua y una toalla para que me seque el sudor. Claire también está a mi lado, diciéndome lo fabulosamente bien que ha ido el concierto y hablándome del público, pero estoy agotada y algo aturdida después de la impresión que me ha causado el ramo de flores.

—Claire —digo, y me detengo bruscamente en medio del pasillo. Ella se para y me mira—. ¿Has visto quién me ha tirado estas flores?

—No, lo siento —responde sacudiendo la cabeza—. Está noche había mogollón de gente tirando ramos. ¿Quieres que los lleven todos al autobús de la gira?

Niego con la cabeza y le doy los girasoles.

—Solo este. Gracias.

—Entendido —dice con dulzura—. ¿Por qué no vas a tu camerino y descansas unos minutos?

Ya me estaba desabrochando los zapatos de tacón. Voy con el último traje de la noche: un vaporoso vestido largo de color púrpura oscuro. Tiene muchas capas que revolotean a mi alrededor al recibir el aire de un ventilador situado en el escenario. Es el traje que más me gusta de todo el concierto, pero en este momento estoy tan sudada que solo quiero dejarlo caer al suelo en cuanto entre en mi camerino.

Mientras recorremos el pasillo, todo el mundo me felicita porque ha sido una apertura épica de la gira, y me siento agradecida de estar aquí, haciendo esto otro año. Cuando llegamos a mi camerino, Claire me abre la puerta y esboza una amplia sonrisa. Demasiado amplia. Sospechosamente amplia.

—¿Por qué pones esa cara? ¿Me has preparado alguna sorpresa o algo? ¿Se me va a caer un cubo de agua encima al entrar?

—Averígualo por ti misma —dice sonriendo todavía más.

Me estremezco al cruzar la puerta, preparada para toda clase de impactos: agua, fango, un estallido de plumas… Allá voy. Pero para lo que no estaba preparada era para recibir el impacto de la presencia de Noah. Bueno, de Noah y de mi madre, porque ahora mismo le está dando un abrazo enorme. Cuando se separa, le da palmaditas en un brazo y se acerca a mí susurrando:

—¡Es encantador! Me gusta. —Y se va y cierra la puerta.

Estamos solos y me quedo sin respiración cuando mis ojos se encuentran con los suyos. Del verde más verde, tan intenso como una avalancha. Está aquí. Conmigo. Y lo único que puedo pensar es: «Dios mío, por favor, que la deshidratación no me haga ver cosas que no están realmente aquí. En concreto, a Noah Walker».

—Estás… aquí. —Es evidente que tengo problemas para formular una frase.

Una sonrisa se va formando lentamente en sus labios mientras avanza hacia mí. Sus ojos me recorren de la cabeza a los pies y vuelven a fijarse en mi cara.

—Pues sí. Estás espectacular. Tu concierto ha sido increíb… ¡Uf!

Estampo mi cuerpo contra el suyo antes de que pueda acabar la frase y mis labios se pegan a su boca. Le rodeo el cuello con fuerza, con lo que capta el mensaje de que no voy a soltarlo nunca. Espero que no tenga miedo escénico porque voy a tener que actuar así de ahora en adelante.

Suelta una carcajada y me agarra por la cintura para estrecharme contra él.

—¡Estabas ahí fuera! —digo cuando por fin dejo de besarlo—. ¿Me has tirado un ramo de la floristería de Annie?

—Siento haber estado tan distante esta semana —dice tras asentir con la cabeza.

—No pasa nada.

—No, sí que pasa —asegura frunciendo el ceño—. Emily se pasó ayer por la pastelería y me hizo ver que me estaba comportando como un imbécil. —Me río porque puedo imaginarme a Emily leyéndole la cartilla a Noah—. Me estaba distanciando de ti porque me preocupaba que lo nuestro no fuera a funcionar.

—Lo supuse la tercera vez que me saltó tu contestador automático.

—Lo siento mucho —dice con una mueca—. Pero tienes mi palabra de que, a partir de ahora, voy a por todas. Se acabó lo de ir a lo seguro. Quiero entregarme por completo a esta relación. Y para demostrarlo…

Se mete una mano en el bolsillo y saca un iPhone. Me coge la mano, le da la vuelta y me lo pone en la palma.

—¿Tienes móvil? —Mi voz es de puro asombro. Las lágrimas se me aferran a las pestañas. Para la mayoría de gente esto no significaría gran cosa, pero para Noah, adaptarse a la tecnología moderna viene a ser como cambiar de religión.

—Y me están instalando el wifi en casa en este preciso instante. Si tengo que estar separado de ti varios meses seguidos, por lo menos quiero ver tu preciosa sonrisa por FaceTime.

—¿De verdad te estás instalando internet en casa?

—Sí. Y voy a necesitar que me enseñes a utilizar este trasto. ¿Por qué hay tantas imágenes pequeñitas en la pantalla?

—Se llaman aplicaciones.

—No me gustan —gruñe.

—Las borraremos todas excepto las que necesitas.

—Sigue sin gustarme.

Sonrío y lanzo su móvil al sofá del camerino antes de abrazarme a él.

—Que sepas que yo también voy a por todas en esto.

—Genial, porque hay más. —Me pasa los dedos por el flequillo y después los baja por mi pelo como si me estuviera saboreando—. Si tu oferta sigue en pie, me gustaría unirme a ti en la gira más a menudo. No quiero estar nueve meses enteros sin ti.

Un suspiro de felicidad se escapa de mi sonrisa de oreja a oreja.

—¿De veras? ¿Y qué pasa con tu abuela y con The Pie Shop?

—Lo he arreglado con mis hermanas. Se han ofrecido a modificar los horarios para ir más días a visitar a la abuela. Y la persona que trabaja para mí los fines de semana me ha dicho que estará encantada de cubrirme cuando esté fuera.

Le doy un beso rápido en la boca, como para confirmarle que ha dejado de fruncir el ceño.

—¿Y este finde? ¿Podrás venir conmigo a las dos próximas actuaciones?

Se agacha y me besa la mejilla. Y después la mandíbula. Y después el cuello.

—Claire ya ha subido mi bolsa de viaje al autobús de la gira —me susurra.

Suelto una carcajada de alegría. Junto con una cantidad embarazosa de lágrimas de felicidad.

—¿Hablas en serio? ¡Vamos a jugar muchísimo al Scrabble!

Sus besos se vuelven más ardientes, llamean uno tras otro a lo largo de mi garganta mientras me agarra el trasero con la mano y me lo aprieta juguetonamente.

—No sé… Estaba pensando que podíamos hacer otra cosa más divertida…

Emito un sonido de placer para indicarle lo mucho que me gusta la idea.

Se separa lo suficiente de mí para dirigirme una sonrisa torcida.

—Terminar el libro que estábamos leyendo juntos, evidentemente… ¿En qué creías que estaba pensando? —suelta.

Lo beso. Despacio y con cariño.

—Oh, en lo mismo que yo. En leer, por supuesto —respondo.

TITULAR DESTACADO DE *US WEEKLY*

Rae Rose confirma su compromiso en una enigmática entrada en los medios sociales

Durante meses los fans han especulado sobre la posible relación de Rae Rose con el hombre misterioso con el que la vieron en un pueblo de Kentucky antes del inicio de su gira mundial. Al parecer, las cosas fueron a más durante la gira, ya que se les fotografió agarrados de la mano al subir y bajar de distintos vehículos, e incluso dándose un prolongado beso en la cola de un café en Francia. Cualquiera que haya visto la foto sabrá que el beso era, sin lugar a dudas, francés.

Al término de la gira, la princesa del soulful pop ha desaparecido de la escena pública tras tuitear al día siguiente de su último concierto que quería mucho a sus fans y que se iba a tomar un largo periodo de tiempo alejada de los focos para descansar y recuperarse. No se ha oído ni visto nada de la cantante en tres meses hasta ayer, que interrumpió su paréntesis en las redes sociales con la publicación en Instagram de una foto de su mano entrelazada con la de un hombre y un espléndido anillo de compromiso de talla princesa adornándole el dedo. El pie rezaba: «En Roma…», dejando a sus fans a la expectativa y ávidos de noticias.

¿Está Rae Rose oficialmente fuera del mercado? ¿Y podría ser que haya estado escondida en Roma, Italia, todo este tiempo?

Agradecimientos

Deseaba escribir un apartado de agradecimientos bonito y elegante, pero después de terminar lo que acabó siendo un libro arduo no soy más que una calamidad agradecida y llorosa. Este libro ha sido una montaña rusa emocional para mí, y me ha exigido mucho y me ha hecho mejorar mi destreza en cuestiones formales que a veces me parecían imposibles. No estaría hoy en tus manos sin el equipo de personas que me animó a terminarlo y que después me ayudó a transformar un montón de disparates en un libro del que estoy increíblemente orgullosa.

En primer lugar, quiero dar las gracias a Shauna Summers, mi brillante, amable y portentosa editora. Gracias por tus ánimos, tu empujoncito y ¡por hacer que la historia de Amelia y Noah sea lo bonita que es! Estoy convencida de que eres la mejor editora del mundo ¡y de que no te merezco!

A Kim Lionetti, mi increíble agente, ¡GRACIAS! Por leer los embarullados capítulos iniciales de este libro, por ver su potencial y por guiarme en la dirección correcta para terminarlo. Todavía no me creo que respondieras a mi primer correo electrónico y que sigas haciéndolo sin importar la cantidad de correos absurdos que te envíe. :) Eres la mejor. ¡Equipo Kim para siempre! ¡Y muchísimas gracias a todo el equipo de BookEnds!

A Kate Byrne, mi encantadora e increíble editora en el Reino Unido, ¡es un honor para mí que te gustaran y quisieras publicar mis libros! Aún me estoy pellizcando, y te estoy muy agradecida por tu apoyo.

A todo mi equipo de Dell: Taylor Noel, Corina Diez, Jordan Pace, Mae Martinez, Laurie McGee y muchos otros a los que estoy segura de que me estoy dejando; ¡un enorme abrazo a todos! Estoy muy agradecida de trabajar con cada uno de vosotros.

Amber Reynolds, creo que has hecho la lectura beta de todas mis comedias románticas. Estoy convencida de que eres mi gema de la suerte y, por tanto, no se te permite dejarlo. Lo siento, pero tienes que seguir leyendo mis horribles borradores, porque te quiero y te necesito. ¡¡¡Gracias de corazón!!! Eres la mejor. Te estoy muy agradecida.

A Ashley y Carina, a las que quiero como hermanas, gracias por ser como sois y por dejar que me pegase a vosotras como una molesta lapa. A Chloe, Becs, Devin, Jody, Gigi, Martha, Summer, Aspen, Rachel, Sophie: todos hacéis que esta profesión sea cien veces mejor. ¡Os estoy increíblemente agradecida por vuestra amistad!

¡¡¡Y a mis lectores y mi comunidad de *bookstagram*!!! ¡¿Cómo puedo daros como es debido las gracias por todo el cariño, el apoyo, los tuits, las entradas, las reseñas, los correos electrónicos, los tableros de personajes y los MD de ánimo?! ¡Grace, Katie, Morgan, Molly, Addie, Marisol, Alison, Madison y tantos otros! ¡Mis más grandes y sinceras gracias!

A mi familia: vuestro apoyo lo es todo para mí. Gracias por animarme a seguir adelante, y realmente espero que os saltarais todas las partes tórridas.

Y, por último, pero importantísimo para mí, mi marido, Chris Adams. Mi mejor amigo, mi compañero de trabajo favorito, mi socio, mi bombón, mi mayor animador, mi persona favorita en todo el mundo: te amo. (¿Es hacer trampa en nuestro juego si digo infinito y más allá en un libro? Como es probable que sí, me contendré.)

XO,

SARAH